A HISTÓRIA DO AMOR

NICOLE KRAUSS

A história do amor

Romance

Tradução
Paulo Schiller

COMPANHIA DAS LETRAS

Publicado originalmente nos Estados Unidos, pela W. W. Norton & Company

Título original
The history of love

Capa
Angelo Venosa

Foto de capa
Nadja Groux / Getty Images

Preparação
Márcia Copola

Revisão
Olga Cafalcchio
Isabel Jorge Cury

Os personagens e as situações desta obra são reais apenas no universo da ficção; não se referem a pessoas e fatos concretos, e sobre eles não emitem opinião.

Dados Internacionais de Catalogação na Publicação (CIP)
(Câmara Brasileira do Livro, SP, Brasil)

Krauss, Nicole
A história do amor : romance / Nicole Krauss ; tradução Paulo Schiller. — São Paulo : Companhia das Letras, 2006.

Título original: The history of love
ISBN 85-359-0793-9

1. Ficção norte-americana I. Título.

06-0681 CDD-813

Índice para catálogo sistemático:
1. Ficção : Literatura norte-americana 813

[2006]

EDITORA SCHWARCZ LTDA.
Rua Bandeira Paulista 702 cj. 32
04532-002 — São Paulo — SP
Telefone (11) 3707-3501
Fax (11) 3707-3500
www.companhiadasletras.com.br

Para os meus avós,
que me ensinaram o contrário de desaparecer,

e para Jonathan, minha vida.

As últimas palavras sobre a Terra

Quando escreverem meu obituário. Amanhã. Ou no dia seguinte. Vai estar escrito: *LEO GURSKY DEIXOU UM APARTAMENTO CHEIO DE MERDA*. Fico surpreso de não ter sido enterrado vivo. O lugar não é grande. Tenho de me esforçar para manter uma passagem livre entre a cama e o banheiro, o banheiro e a mesa da cozinha, a mesa da cozinha e a porta da frente. Se quero ir do banheiro para a porta da frente, impossível, tenho de passar pela mesa da cozinha. Gosto de imaginar a cama como a base principal, o banheiro como a primeira, a mesa da cozinha como a segunda, a porta da frente como a terceira: se a campainha toca quando estou deitado, sou obrigado a passar pelo banheiro e pela mesa da cozinha para chegar à porta. Quando acontece de ser Bruno, eu o deixo entrar sem dizer uma palavra e, em seguida, corro de volta para a cama, os brados da multidão invisível ecoando nos ouvidos.

Muitas vezes me pergunto quem vai ser a última pessoa a me ver com vida. Se tivesse de apostar, eu apostaria no entregador de comida chinesa. Eu a peço em quatro de cada sete noites. Sempre que ele vem, faço da busca pela minha carteira uma grande cena. Ele fica na porta com o saco engordurado enquanto eu imagino se vai ser essa a noite em que vou acabar com o rolinho primavera, me enfiar na cama e ter um ataque do coração durante o sono.

Faço de tudo para ser visto. Às vezes, quando estou na rua, compro um suco mesmo sem estar com sede. Se a loja estiver cheia, sou capaz de derramar meus trocados no chão, espalhando os centavos por todo lado. E me ponho de joelhos. Ajoelhar é para mim um grande esforço, e me erguer, um esforço ainda maior. E no entanto. Talvez eu pareça um idiota. Entro no Pé de Atleta e digo: *Que tipos de tênis vocês têm?* O balconista identifica em mim o pobre *schmuck* que eu sou e me leva até o par de Rockports que eles têm em estoque, alguma coisa branquíssima. *Não*, eu digo, *esses eu já tenho*, e em seguida vou até os Reeboks e escolho um que nem parece um sapato, uma botinha à prova d'água quem sabe, e peço uma número 9. O rapaz olha de novo para mim, com mais cuidado. Ele me examina para valer. *Número* 9, repito, enquanto agarro o calçado trançado. Ele meneia a cabeça e vai buscá-lo no fundo, e, quando volta, eu já estou desenrolando as meias. Dobro a perna da calça e encaro aquela coisa decrépita, meus pés, e passa um minuto embaraçoso até ficar evidente a minha expectativa de que ele calce as botinhas neles. Eu nunca compro de verdade. Tudo o que quero é não morrer num dia em que passei despercebido.

Alguns meses atrás, vi um anúncio no jornal. Dizia: *PRECISA-SE: MODELO NU PARA AULAS DE DESENHO. $15/HORA*. Parecia bom demais para ser verdade. Ser tão olhado. Por tanta gente. Liguei para o número. Uma mulher me disse para aparecer na terça seguinte. Tentei me descrever, mas ela não estava interessada. *Qualquer coisa serve*, disse.

Os dias custaram a passar. Contei ao Bruno, mas ele entendeu mal e pensou que eu tinha me inscrito numa aula de desenho para ver garotas nuas. Ele não queria ser corrigido. *Elas mostram os peitos?*, perguntou. Dei de ombros. *E a parte de baixo?*

Depois que a sra. Freid do quarto andar morreu, e passaram três dias até que alguém a encontrasse, Bruno e eu criamos o hábito de nos controlar um ao outro. Inventávamos pequenas desculpas — *Meu papel higiênico acabou*, eu dizia, quando Bruno abria a porta. Passava um dia. Havia uma batida na minha porta. *Perdi o guia de programação da TV*, ele explicava, e eu procurava o meu, embora soubesse que o dele estava no lugar de sempre, no sofá. Uma vez ele desceu num domingo à tarde. *Preciso de uma xícara de farinha*, disse. Fui grosseiro, mas não resisti. *Você não sabe cozinhar*. Houve um instante de silêncio. Bruno me olhou nos olhos. *Você não sabe de nada*, disse, *estou assando um bolo*.

Quando cheguei na América, eu não conhecia quase ninguém, a não ser um primo de segundo grau, que era chaveiro, e, assim, trabalhei para ele. Se ele fosse sapateiro, eu teria me tornado sapateiro; se ele varresse merda, eu também teria varrido. Porém. Ele era chaveiro. Ensinou-me o ofício, e foi isso que eu me tornei. Possuíamos um pequeno negócio, e num determinado ano ele pegou TB, tiveram de extrair seu fígado, e ele fez uma febre de quarenta e morreu, de modo que assumi tudo sozinho. Mandava metade do lucro para a esposa dele, mesmo depois que ela se casou com um médico e se mudou para Bay Side. Fiquei com o negócio durante mais de cinqüenta anos. Não era o que eu teria imaginado para mim. E no entanto. A verdade é que acabei gostando. Eu ajudava alguns que haviam sido deixados do lado de fora, e outros eu ajudava a manter do lado de fora o que não se devia deixar entrar, para que pudessem dormir sem pesadelos.

E um dia eu estava olhando pela janela. Talvez contemplasse o céu. Ponha um imbecil diante da janela, e você terá um Spinoza. A tarde passou, a escuridão me envolveu. Procurei a corrente da lâmpada, e de súbito parecia que um elefante havia pisado no meu coração. Caí de joelhos. Pensei: não vivi para sempre. Passou um minuto. Um minuto mais. Mais um. Grudei no chão e me arrastei até o telefone.

Vinte e cinco por cento do meu músculo cardíaco morreu. A recuperação foi demorada, e eu nunca voltei a trabalhar. Passou um ano. Eu tinha consciência da passagem do tempo pelo próprio tempo em si. Eu olhava pela janela. Vi o outono virar inverno. O inverno virar primavera. Em alguns dias, Bruno descia para ficar comigo. Nós nos conhecíamos desde meninos; fomos colegas de escola. Ele era um dos meus amigos mais próximos, com óculos de aro grosso, cabelo avermelhado que ele odiava e uma voz entrecortada quando se emocionava. Eu não sabia que ele ainda estava vivo quando um dia descia a East Broadway e ouvi sua voz. Eu me virei. Ele estava de costas para mim, diante de uma mercearia, e perguntava o preço de umas frutas. Pensei: Você está ouvindo coisas, você é um sonhador, qual é a chance... seu amigo de infância? Fiquei paralisado na calçada. Ele está em terra firme, disse para mim mesmo. Aqui está você nos Estados Unidos da América, ali está o McDonald's, acorde. Esperei só para ter certeza. Não teria reconhecido seu rosto. Porém. O modo de andar era inconfundível. Ele ia passar por mim, estendi o braço. Não tinha consciência do que fazia, talvez estivesse vendo coisas, agarrei a manga da camisa dele. *Bruno*, disse. Ele se deteve e se virou. Primeiro pareceu assustado e, depois, confuso. *Bruno*. Ele olhou para mim, seus olhos começaram a se encher de lágrimas. Agarrei sua outra mão, eu agora tinha uma das mangas e uma das mãos. *Bruno*. Ele começou a tremer. Encostou a mão na minha bochecha. Estávamos no meio da calçada, pessoas passavam apressadas, era um dia quente de junho. O cabelo dele era fino e branco. Ele deixou as frutas caírem. *Bruno.*

Alguns anos depois a mulher dele morreu. Ficar no apartamento sem ela era demais, tudo remetia a ela, e, assim, quando um apartamento vagou no andar acima do meu, ele se mudou. É comum ficarmos sentados à mesa da minha cozinha. Pode passar uma tarde inteira sem que troquemos uma palavra. Quando conversamos, nunca falamos em iídiche. As palavras da infância se tornaram estranhas para nós — não podíamos usá-las da mesma forma e, portanto, escolhemos não usá-las nunca. A vida exigia uma língua nova.

Bruno, meu velho companheiro. Não o descrevi o suficiente. Basta dizer que ele não pode ser descrito? Não. É melhor tentar e não conseguir do que nem tentar. O contorno suave do cabelo branco envolvia seu crânio com delicadeza como um dente-de-leão meio aberto. Muitas vezes, Bruno, tive vontade de soprar sua cabeça e fazer um pedido. Somente um resto de decoro me impede de fazê-lo. Ou quem sabe eu deveria começar pela sua estatura, que é muito pequena. Num dia bom você mal chega à altura do meu peito. Ou deveria começar pelos óculos que você pescou numa caixa e afirmou serem seus, umas coisas redondas enormes que aumentam os olhos de modo que sua reação permanente parece ser de quatro e meio na escala Richter? São óculos de mulher, Bruno! Nunca tive coragem de lhe dizer. Tentei muitas vezes. E mais uma coisa. Quando éramos meninos, você era o melhor escritor. Na época eu me orgulhava muito de dizê-lo a você. Porém. Eu sabia. Acredite em mim se o digo, eu sabia então como sei hoje. Dói pensar que eu nunca lhe disse, e também dói pensar em tudo o que você poderia ter sido. Perdoe-me, Bruno. Meu amigo mais antigo. O melhor. Não fui justo com você. Você me fez tão boa companhia no final da minha vida. Você, especialmente você, que teria encontrado as palavras para tudo aquilo.

Uma vez, há muito tempo, encontrei Bruno deitado no meio da sala junto de um vidro de comprimidos vazio. Ele não agüentava mais. Tudo o que queria era dormir para sempre. Preso em seu peito havia um bilhete com três palavras: *ADEUS, MEUS AMORES*. Eu gritei. *NÃO, BRUNO, NÃO, NÃO, NÃO, NÃO, NÃO, NÃO, NÃO!* Bati no seu rosto. Por fim, os olhos dele se abriram, trêmulos. O olhar parecia vazio e amortecido. *ACORDE, SEU DUMKOP!*, gritei. *OUÇA-ME AGORA: VOCÊ PRECISA ACORDAR!* Os olhos dele se fecharam de novo. Disquei para o 911. Enchi uma tigela com água fria e a joguei nele. Encostei o ouvido no seu coração. Distante, um sussurro vago. A ambulância veio. No hospital, bombearam seu estômago. *Por que você tomou todas aquelas pílulas?*, o médico perguntou. Bruno, nauseado, exausto, ergueu os olhos friamente. *POR QUE VOCÊ ACHA QUE EU TOMEI TODAS AQUELAS PÍLULAS?*, guinchou. A sala de recuperação caiu no silêncio; todos olharam. Bruno gemeu e se virou para a parede. Naquela noite eu o pus para dormir. *Bruno*, eu disse. *Sinto muito*, ele disse. *Tão egoísta*. Suspirei e me voltei para sair. *Fique comigo!*, ele gritou.

Depois, nunca mais falamos daquilo. Como nunca falamos da nossa infância, dos sonhos que partilhamos e perdemos, de tudo o que aconteceu e do que não aconteceu. Uma vez, estávamos sentados em silêncio. De repente, um de nós começou a rir. Foi contagiante. Não havia razão para o riso, mas começamos com uma risadinha e no instante seguinte nos balançávamos na cadeira, uivando, *uivando* de tanto rir, com lágrimas escorrendo pelo rosto. Uma mancha úmida vicejou na minha virilha e nos fez rir ainda mais, eu esmurrava a mesa, com falta de ar, e pensei: Talvez eu morra assim, num surto de riso, o que seria melhor, rir e chorar, rir e cantar, rir para esquecer que estou só, que minha vida está no fim, que a Morte espera por mim do outro lado da porta.

Quando eu era menino, gostava de escrever. Era a única coisa que eu queria fazer na vida. Inventava pessoas imaginárias e enchia cadernos com suas histórias. Escrevi sobre um menino que cresceu e ficou tão peludo que as pessoas o caçavam interessadas em seu pêlo. Ele teve de se esconder nas árvores, e se apaixonou por um pássaro que pensava que ele era um gorila de cento e cinqüenta quilos. Escrevi sobre irmãos siameses, um dos quais estava enamorado de mim. Eu achava que as cenas de sexo eram inteiramente originais. E no entanto. Quando fiquei mais velho, decidi que desejava ser um escritor de verdade. Tentei escrever sobre coisas reais. Pretendia descrever o mundo, porque viver num mundo não descrito era muito solitário. Escrevi três livros antes dos vinte e um anos, ninguém sabe o que aconteceu com eles. O primeiro era sobre Slonim, a cidade onde eu vivia, que às vezes era Polônia, outras vezes Rússia. Desenhei o mapa para a folha de rosto, assinalei as casas e as lojas, aqui ficava Kipnis, o açougueiro, e aqui Grodzenski, o alfaiate, e aqui morava Fishl Shapiro, que ou era um grande *tzaddik* ou um idiota, ninguém conseguia decidir, e aqui a praça e o descampado onde brincávamos, e aqui o rio se alargava e aqui se estreitava, e aqui começava a floresta, e aqui ficava a árvore em que Beyla Asch se enforcou, e aqui e aqui. E no entanto. Quando o mostrei à única pessoa em Slonim cuja opinião importava, ela só deu de ombros e disse que achava melhor quando eu inventava as coisas. Assim, escrevi um segundo livro, e inventei tudo. Eu o enchi de homens que criavam asas e de árvores com raízes que cresciam para o céu, de gente que esquecia do próprio nome e de gente que não conseguia esquecer de nada; cheguei a inventar palavras. Quando ele estava terminado, corri para a casa dela. Irrompi na porta, escada acima, e o entreguei à única pessoa em Slonim cuja opinião importava. Apoiei-me na parede e observei seu rosto enquanto ela lia. Lá fora escureceu, mas ela continuou a ler. Passaram-se horas. Escorreguei para o chão. Ela lia e lia. Quando terminou, ergueu os olhos. Durante muito tempo, não falou nada. Depois, disse que talvez eu não devesse inventar *tudo*, porque ficava difícil acreditar em *alguma* coisa.

Outro talvez tivesse desistido. Eu comecei de novo. Dessa vez, não escrevi sobre coisas reais e não escrevi sobre coisas imaginárias. Escrevi sobre a única coisa que eu conhecia. As páginas se empilharam. Mesmo depois que a única pessoa cuja opinião me importava partiu num navio para a América, eu continuei a encher páginas com o nome dela.

Depois que ela se foi, tudo desmoronou. Nenhum judeu estava seguro. Havia rumores de coisas inimagináveis, e, porque não podíamos imaginá-las, deixamos de acreditar nelas, até não termos mais escolha e já ser tarde. Eu trabalhava em Minsk, mas perdi o emprego e voltei para casa, para Slonim. Os alemães arremetiam para o leste. Chegavam cada vez mais perto. Na manhã em que ouvimos a aproximação dos tanques, minha mãe mandou que eu me escondesse na mata. Eu quis levar meu irmão mais novo, ele tinha apenas treze anos, mas ela disse que ela mesma o levaria. Por que lhe dei ouvidos? Porque era mais fácil? Corri para a mata. Deitei-me no chão, imóvel. Cães latiam à distância. Passaram-se horas. E depois os disparos. Muitos disparos. Por alguma razão, ninguém gritava. Ou talvez eu não pudesse ouvir os gritos. Em seguida, apenas silêncio. Meu corpo estava amortecido, lembro de sentir gosto de sangue na boca. Não sei quanto tempo passou. Dias. Nunca voltei. Quando me levantei, tinha largado a única parte de mim que um dia pensara que eu seria capaz de encontrar palavras para o menor dos detalhes da vida.

E no entanto.

Alguns meses depois do meu ataque de coração, cinqüenta e sete anos depois de ter desistido, comecei a escrever de novo. Eu o fazia somente para mim, para mais ninguém, e essa era a diferença. Não importava se não encontrasse as palavras, e, mais que isso, eu sabia que era impossível encontrar as certas. E porque aceitei que na realidade era impossível o que um dia eu acreditara ser possível, e porque eu sabia que jamais mostraria uma palavra daquilo a ninguém, escrevi uma frase:

Era uma vez um menino.

Ela ficou ali, fitando-me da página, de resto em branco, durante dias. Na semana seguinte, acrescentei mais uma. Logo havia uma página inteira. Ela me fez feliz, como se falasse em voz alta para mim mesmo, o que às vezes faço.

Uma vez eu disse a Bruno: *Adivinhe, quantas páginas você acha que eu já tenho?*

Não faço idéia, ele disse.

Escreva um número, eu disse, *e me passe sobre a mesa*. Ele deu de ombros e tirou uma caneta do bolso. Pensou por um ou dois minutos, estudou meu rosto. *Um palpite aproximado*, eu disse. Ele se curvou sobre o guardanapo, rabiscou um número e o virou. Eu escrevi o número correto, 301, no meu próprio guardanapo. Aproximamos os dois guardanapos sobre a mesa. Eu peguei o de Bruno. Por razões que não sei explicar, ele havia escrito 200 000. Peguei meu guardanapo e o virei. Ele ficou de queixo caído.

Às vezes eu acreditava que a última página do meu livro e a última página da minha vida eram uma coisa só, que o término do meu livro seria o meu fim, um vento forte sopraria pelos quartos levando as páginas, e, quando o ar se livrasse das folhas brancas esvoaçantes, o quarto cairia no silêncio e a cadeira em que eu me sentava estaria vazia.

Toda manhã eu escrevia um pouco mais. Trezentas e uma: é melhor do que nada. Vez ou outra, ao parar, eu ia ao cinema. É sempre um grande acontecimento para mim. Talvez comprasse umas pipocas e, se houvesse gente em volta olhando, as derrubasse. Gosto de sentar na frente, gosto que a tela preencha todo o meu campo de visão para que nada me distraia do instante. E depois desejo que o instante dure para sempre. Nem sei como dizer quanto me faz feliz assistir a tudo lá no alto, ampliado. Eu diria *maior que a realidade*, mas nunca entendi a expressão. O que é maior que a realidade? Sentar na primeira fila e olhar o rosto de dois andares de altura de uma garota bonita e sentir as vibrações da voz dela massageando suas pernas é ser lembrado das dimensões da realidade. Assim, eu me sento na primeira fila. Se saio com uma cãibra no pescoço e uma ereção se acabando, o lugar foi bom. Não sou um homem sujo. Sou um homem que ansiou estar à altura da vida.

Há trechos do meu livro que eu sei de cor.

De cor não é uma expressão que uso com desprendimento.

Meu coração é fraco e indigno de confiança. Minha partida será por causa do meu coração. Procuro sobrecarregá-lo o mínimo possível. Se alguma coisa vai representar um impacto, eu a desvio para outro lugar. Para o meu intestino, por exemplo, ou para os meus pulmões, que podem se deter por um instante mas nunca deixaram de dar mais uma respirada. Quando passo por um espelho e me surpreendo num relance, ou se estou no ponto de ônibus e alguns garotos surgem atrás de mim e dizem: *Quem está com cheiro de merda?*, essas pequenas humilhações cotidianas eu, de modo geral, assimilo no fígado. Outros estragos absorvo em outros lugares. O pâncreas eu guardo para ser atingido por tudo o que foi perdido. É verdade que são muitas coisas, e o órgão é muito pequeno. Porém. Você se surpreenderia de saber quanto ele é capaz de suportar, tudo o que sinto é uma dor aguda, momentânea, e depois acaba. Às vezes imagino minha própria autópsia. Desapontamento comigo mesmo: rim direito. Desapontamento dos outros comigo: rim esquerdo. Fracassos pessoais: *kishkes*. Não quero dar a impressão de que fiz disso uma ciência. Não é tão bem pensado. Assimilo a coisa onde ela aparece. Acontece que percebo certos padrões. O anoitecer, antes que eu esteja pronto, porque os relógios foram atrasados, sinto, por razões que não consigo explicar, nos meus pulsos. E, quando acordo e os dedos estão enrijecidos, eu quase certamente sonhava com a infância. O terreno onde costumávamos brincar, o terreno onde tudo se descobriu e onde tudo era possível. (Nós corríamos tanto que achávamos que íamos cuspir sangue: para mim, esse é o som da infância, respiração difícil e sapatos esmagando a terra dura.) Rigidez nos dedos é o sonho da infância como ele voltou no final da minha vida. Tenho de corrê-los sob água quente, com vapor embaçando o espelho, lá fora o arrulho de pombos. Ontem vi um homem chutando um cachorro, e a sensação se alojou atrás dos meus olhos. Não sei que nome dar a ele, ao lugar antes das lágrimas. A dor de esquecer: na espinha. A dor de lembrar: na espinha. Todas as vezes em que de repente eu me dava conta de que meus pais estavam mortos, e, ainda hoje, me surpreende que eu exista no mundo se os que me fizeram deixaram de existir: meus joelhos requerem meio tubo de Ben-Gay e uma grande produção só para se dobrarem. Para tudo, o seu tempo, para cada vez que acordei e cometi o erro de acreditar por um instante que alguém dormia a meu lado: uma hemorróida. Solidão: não há órgão que possa suportá-la inteira.

Toda manhã, um pouco mais.

Era uma vez um menino. Ele morava numa aldeia que não existe mais, numa casa que não existe mais, na extremidade de um campo que não existe mais, onde tudo foi descoberto e tudo era possível. Um pedaço de pau podia ser uma espada. Um pedregulho podia ser um diamante. Uma árvore, um castelo.

Era uma vez um menino que morava numa casa no terreno de frente para uma menina que não existe mais. Inventaram mil jogos. Ela era Rainha e ele era Rei. Na luz do outono, o cabelo dela brilhava como uma coroa. Eles juntavam o mundo em pequenos punhados. Quando o céu escurecia, separavam-se com folhas nos cabelos.

Era uma vez um menino que amava uma menina, e a risada dela era uma pergunta que ele desejava passar a vida a responder. Quando tinham dez anos, ele a pediu em casamento. Quando tinham onze, ele a beijou pela primeira vez. Quando tinham treze, eles brigaram e não se falaram por três semanas. Quando tinham quinze, ela mostrou a ele a cicatriz no seio esquerdo. O amor deles era um segredo que não contavam para ninguém. Ele prometeu a ela que jamais amaria outra menina enquanto vivesse. E se eu morrer?, ela perguntou. *Nem assim*, ele disse. No aniversário de dezesseis anos, ele deu a ela um dicionário de inglês, e juntos eles aprenderam as palavras. O *que é isso?*, ele perguntou, passando o dedo indicador no tornozelo dela, e ela procurou. *E isso?*, ele perguntou, beijando o cotovelo dela. *Cotovelo! Que palavra é essa?*, e depois ele o lambeu, e a fez rir. *E o que acha disso?*, ele perguntou, tocando a pele macia atrás da orelha dela. *Não sei*, ela disse, e apagou a lanterna e rolou, com um suspiro, sobre as costas. Quando tinham dezessete, fizeram amor pela primeira vez, numa cama de palha num galpão. Mais tarde — quando aconteceram coisas que eles nunca poderiam ter imaginado — ela lhe escreveu uma carta que dizia: *Quando você vai aprender que não existem palavras para todas as coisas?*

Era uma vez um menino que amava uma menina cujo pai foi esperto o bastante para juntar todos os *zlotis* que tinha para mandar a filha mais nova para a América. Primeiro, ela se opôs, mas o menino também sabia que devia insistir, jurando pela sua vida que ganharia algum dinheiro e acharia um meio de ir atrás dela. Assim, ela partiu. Ele arranjou um emprego na cidade mais próxima, trabalhou como porteiro num hospital. De noite ficava acordado e escrevia o livro. Mandou para ela uma carta em que copiou onze capítulos numa letra miúda. Ele nem tinha certeza de que o correio chegaria. Guardou todo o dinheiro que pôde. Um dia, foi despedido. Ninguém disse por quê. Ele voltou para casa. No verão de 1941, os *Einsatzgruppen* penetraram mais para o leste e mataram centenas de milhares de judeus. Num dia claro, quente, de julho, entraram em Slonim. Àquela hora o menino estava deitado de costas na mata e pensava na menina. Poderia se dizer que foi o amor dele por ela que o salvou. Nos anos seguintes, o menino se transformou num homem que se tornou invisível. Assim, ele escapou da morte.

Era uma vez um homem que, tornado invisível, chegou na América. Ele havia passado três anos e meio escondido, na maior parte do tempo em árvores, mas também em frestas, porões, buracos. Depois, acabou. Os tanques russos chegaram. Durante seis meses ele morou num campo de refugiados. Enviou uma mensagem ao primo dele, que era chaveiro na América. Em sua cabeça ele praticava as únicas palavras que conhecia em inglês. *Joelho. Cotovelo. Orelha.* Finalmente, os papéis saíram. Ele tomou um trem até um navio, e depois de uma semana chegou à baía de Nova York. Num dia frio de novembro. Dobrado na mão, levava o endereço da menina. Naquela noite, ficou acordado no chão do quarto do primo. A estufa tinia e chiava, mas ele se sentia agradecido pelo calor. De manhã o primo lhe explicou três vezes como se tomava o metrô para o Brooklyn. Ele comprou um maço de rosas, mas elas murcharam, porque, embora o primo tivesse explicado o caminho três vezes, ele ainda assim se perdeu. Por fim, ele encontrou o lugar. Somente quando seu dedo pressionou a campainha, cruzou-lhe a mente o pensamento de que talvez devesse ter ligado. Ela abriu a porta. Usava um lenço azul no cabelo. Ele ouviu a transmissão de um jogo através da parede do vizinho.

Era uma vez a mulher que havia sido uma menina e embarcara num navio para a América e vomitara durante a viagem inteira, não porque estivesse mareada, mas porque estava grávida. Quando descobriu, escreveu para o menino. Todos os dias ela esperou por uma carta dele, mas não chegou nenhuma. Ela foi ficando cada vez maior. Tentou esconder para não perder o emprego na fábrica de vestidos onde trabalhava. Algumas semanas antes de nascer o bebê, alguém lhe disse ter ouvido que judeus estavam sendo mortos na Polônia. *Onde?*, ela perguntou, mas ninguém sabia. Ela parou de ir ao trabalho. Não conseguia sair da cama. Passada uma semana, o filho do patrão foi vê-la. Levou comida para ela e pôs um buquê de flores num vaso junto da sua cama. Quando descobriu que ela estava grávida, chamou uma parteira. Nasceu um menino. Um dia a menina sentou-se na cama e viu que o filho do patrão embalava a criança ao sol. Alguns meses mais tarde, ela concordou em se casar com ele. Dois anos depois, teve outro filho.

O homem que havia se tornado invisível ficou de pé na sala da casa dela e escutou isso tudo. Ele tinha vinte e cinco anos de idade. Havia mudado tanto desde que a vira pela última vez, e naquela hora uma parte dele desejou rir, uma risada dura e fria. Ela deu a ele uma pequena fotografia do menino, que tinha cinco anos. Sua mão tremia. Ela disse: *Você parou de escrever. Pensei que estivesse morto.* Ele olhou para a fotografia do menino que cresceria para se tornar parecido com ele, que, embora àquela altura o homem ainda não soubesse, entraria na universidade, se apaixonaria, se desapaixonaria, se tornaria um escritor famoso. *Como ele se chama?*, ele perguntou. Ela disse: Eu o chamei de Isaac. Ficaram em silêncio durante um longo tempo, enquanto ele fitava a fotografia. Por fim, ele conseguiu dizer duas palavras: *Venha comigo.* Da rua vinha o som de gritos de crianças. Ela apertou os olhos. *Venha comigo*, ele disse, e estendeu a mão. Lágrimas correram pelo rosto dela. Ele pediu três vezes. Ela balançou a cabeça. *Não posso*, disse. Olhou para o chão. *Por favor*, ele disse. E assim ele fez a coisa mais difícil que havia feito na vida: pegou o chapéu e foi embora.

E, se o homem que um dia havia sido um menino e prometera não se apaixonar por outra menina enquanto vivesse cumpriu a promessa, não foi porque fosse teimoso ou mesmo fiel. Ele não podia fazer diferente. E, por ter se escondido durante três anos, esconder o amor por um filho que não sabia da sua existência não parecia impensável. Não, se fosse o que a única mulher jamais amada por ele lhe pedisse. Afinal, o que significa para um homem esconder uma coisa a mais se ele desapareceu completamente?

Na noite anterior ao dia em que serviria de modelo na aula de arte, eu estava nervoso e excitado. Desabotoei e tirei a camisa. Abri e tirei a calça. A camiseta. A cueca. Fiquei de meias diante do espelho do hall. Ouvia os gritos das crianças no parquinho do outro lado da rua. A corrente da lâmpada pendia acima de mim, mas eu não a puxei. Olhei-me na luz que restava. Nunca me achei bonito.

Em criança, minha mãe e minhas tias costumavam me dizer que, quando eu crescesse, *seria* bonito. Na época, eu tinha claro para mim que não era nada atraente, mas acreditava que uma certa beleza poderia aparecer um dia. Não sei o que eu pensava: minhas orelhas, que se salientavam num ângulo indigno, se retrairiam, minha cabeça cresceria de modo a se ajustar a elas? Meu cabelo, nada diferente em textura de uma escova de toucador, se transformaria, com o tempo, se desenrolaria e refletiria a luz? Meu rosto, que prometia tão pouco — pálpebras pesadas como as de um sapo, lábios tendendo a finos —, se transformaria de certa maneira em alguma coisa não lamentável? Durante anos eu acordava de manhã e ia para o espelho, esperançoso. Mesmo quando estava velho demais para seguir com esperanças, eu persisti. Envelheci, e não houve melhora. Aconteceu que as coisas foram ladeira abaixo quando entrei na adolescência e me abandonou a atratividade agradável de toda criança. No ano do meu Bar Mitzvah, fui assaltado por uma epidemia de acne que durou quatro anos. Ainda assim, não perdi a esperança. Tão logo a acne cedeu, a linha dos meus cabelos começou a se retrair como se quisesse se dissociar do constrangimento causado pelo meu rosto. Minhas orelhas, felizes com a nova atenção recebida, pareciam abrir-se mais para os holofotes. Minhas pálpebras baixaram — certa tensão muscular teve de ceder para oferecer apoio à batalha travada pelas orelhas —, e minhas sobrancelhas ganharam vida própria, alcançaram tudo o que se poderia esperar delas, para depois superarem as esperanças e se aproximarem de Neandertal. Durante anos continuei a esperar que as coisas mudassem, mas nunca olhei no espelho para confundir o que via com alguma coisa diferente do que era. Com o tempo, pensava nisso cada vez menos. Depois, quase nunca. E no entanto. É possível que uma pequena parte de mim nunca tenha deixado de esperar — mesmo hoje há momentos em que fico diante do espelho, com meu *pischer* enrugado na mão, e acredito que a beleza ainda vai chegar.

Na manhã da aula, dia 19 de setembro, acordei agitado. Vesti-me e comi a barra matinal de Metamucil, depois fui ao banheiro e fiquei na expectativa. Nada por meia hora, mas o otimismo não diminuiu. Em seguida, consegui uma série de bolinhas. Cheio de confiança, esperei por algumas mais. Não é impossível que eu morra sentado na privada, com a calça em volta dos tornozelos. Afinal, passo muito tempo ali, fato que levanta outra questão, a saber: quem vai ser a primeira pessoa a me ver morto?

Tomei um banho de esponja e me vesti. O dia se arrastava. Depois de esperar o máximo possível, tomei um ônibus para atravessar a cidade. O anúncio do jornal estava dobrado em quatro no meu bolso, e eu o peguei algumas vezes para olhar o endereço, embora o soubesse de cor. Levei algum tempo para encontrar o edifício certo. Primeiro, pensei que teria havido um engano. Passei por ele três vezes antes de concluir que tinha de ser ele. Era um velho armazém. A porta da frente estava enferrujada, e uma caixa de papelão a mantinha aberta. Por um instante imaginei que havia sido atraído para ser roubado e morto. Imaginei meu corpo no chão numa poça de sangue.

O céu tinha escurecido, e começava a chover. Agradou-me a sensação do vento e das gotas no rosto, enquanto eu pensava que me restava pouco tempo de vida. Fiquei ali, incapaz de seguir adiante, incapaz de dar meia-volta. Por fim, ouvi risadas vindo de dentro. Vê, você está sendo ridículo, pensei. Estendi a mão para a maçaneta, e nesse instante a porta se abriu. Uma garota com um suéter muito grande para ela saiu. Arregaçou as mangas. Os braços eram finos e pálidos. *Precisa de ajuda?*, perguntou. Havia pequenos buracos no suéter. Chegava até os joelhos, e por baixo ela usava uma camisa. Tinha as pernas descobertas a despeito do frio. *Estou atrás de uma aula de desenho. Havia um anúncio no jornal, talvez eu tenha errado de lugar* — remexi no bolso do casaco procurando o anúncio. Ela fez um gesto que indicava o andar de cima. *Segundo andar, primeira sala à direita. Mas só vai começar daqui a uma hora*. Examinei o edifício. Disse: *Pensei que poderia me perder, por isso vim cedo*. Ela tremia. Tirei a capa de chuva. *Aqui, vista isso. Você vai ficar doente*. Ela deu de ombros, mas não se moveu para pegar a capa. Mantive o braço esticado até ficar evidente que ela não a aceitaria.

Não tínhamos mais nada a dizer. Havia escadas, e eu subi.

Meu coração batia forte. Pensei em voltar: passar pela garota, descer a rua cheia de lixo, atravessar a cidade até o meu apartamento, onde havia trabalho à minha espera. Que espécie de imbecil era eu de pensar que eles não me dariam as costas quando eu tirasse a camisa e deixasse cair as calças e ficasse nu diante deles? Pensar que reparariam nas minhas pernas varicosas, no meu *knedelach* peludo, caído e... começariam a desenhar? E no entanto. Não voltei. Agarrei o corrimão e subi as escadas. Ouvia a chuva na clarabóia. Por esta se filtrava uma luz suja. No alto das escadas havia um corredor. À esquerda, uma sala onde um homem pintava uma tela grande. A sala da direita estava vazia. Havia um bloco coberto por um corte de veludo preto, e um círculo desorganizado de cavaletes e cadeiras dobráveis. Entrei e me sentei para esperar.

Meia hora depois, pessoas começaram a chegar. Uma mulher me perguntou quem eu era. *Estou aqui por causa do anúncio*, eu disse. *Liguei e falei com alguém*. Para o meu alívio, ela pareceu entender. Mostrou-me onde eu devia me trocar, um canto onde tinham pendurado uma cortina improvisada. Parei ali, e ela a fechou a meu redor. Ouvi seus passos se afastando e continuei parado. Passou um minuto, e tirei os sapatos. Alinhei-os lado a lado. Tirei as meias e as enfiei nos sapatos. Desabotoei e tirei a camisa; havia um cabide, eu a pendurei. Ouvi cadeiras sendo arrastadas e em seguida risadas. De súbito, já não me importava que me vissem. Desejaria pegar os sapatos e me esgueirar da sala, descer as escadas e sair dali. E no entanto. Abri o zíper da calça. E me ocorreu: o que, exatamente, significa "nu"?

Será que eles de fato queriam dizer sem roupa de baixo? Ponderei. E se eles contassem com a roupa de baixo e eu saísse com o meu você-sabe-o-quê balançando? Peguei o anúncio no bolso da calça. *MODELO NU*, dizia. Não seja idiota, disse a mim mesmo. Não são amadores. A roupa de baixo estava na altura dos meus joelhos quando os passos da mulher voltaram. *Você aí dentro, está bem?* Alguém abriu uma janela, e um carro passou espalhando água de chuva. *Bem, bem. Vou sair num instante.* Olhei para baixo. Havia uma pequena mancha. Meus intestinos. Eles nunca param de me intimidar. Livrei-me da roupa de baixo e fiz dela uma bola.

Pensei: Afinal de contas, talvez eu tenha vindo aqui para morrer. Não era verdade que eu nunca tinha visto o armazém antes? Talvez eles fossem os assim chamados anjos. A garota lá fora, claro, como pude não perceber?, ela era tão pálida. Fiquei imóvel. Comecei a sentir frio. Pensei: Então é assim que a Morte vai levar você. Nu, num armazém abandonado. Amanhã Bruno desceria e bateria na minha porta, e não haveria resposta. Perdoe-me, Bruno, gostaria de ter me despedido. Lamento também desapontá-lo com tão poucas páginas. Depois pensei: Meu livro. Quem o encontraria? Seria jogado fora, com o resto das minhas coisas? Embora pensasse que o escrevia para mim, na verdade desejava que alguém o lesse.

Fechei os olhos e inspirei. Quem lavaria o meu corpo? Quem diria o Kaddish dos enlutados? Pensei: As mãos da minha mãe. Abri a cortina. Meu coração estava na garganta. Dei um passo para fora. Apertando os olhos ante a luz, parei diante deles.

Nunca fui um homem de grandes ambições.

Chorava com muita facilidade.

Não tinha cabeça para ciência.

As palavras muitas vezes me faltavam.

Enquanto outros rezavam, eu só movia os lábios.

Por favor.

A mulher que tinha mostrado onde eu devia me trocar apontou para a caixa coberta de veludo.

Fique ali.

Atravessei a sala. Talvez fossem quinze, sentados nas cadeiras, segurando as pranchas de desenho. A garota de suéter grande estava lá.

Qualquer coisa que pareça confortável.

Eu não sabia para onde olhar. Eles formavam um círculo, alguém veria o meu lado retal, independentemente de como eu me posicionasse. Escolhi ficar onde estava. Deixei os braços pendentes e fixei um ponto no chão. Eles ergueram os lápis.

Nada aconteceu. Em vez disso, senti o tecido aveludado sob as solas dos pés, os pêlos arrepiados nos braços, meus dedos como dez pequenos pesos forçando para baixo. Senti o corpo despertado exposto a doze pares de olhos. Ergui a cabeça.

Procure ficar imóvel, disse a mulher.

Fixei uma fenda no piso de concreto. Ouvia os lápis deles se movimentarem pelas páginas. Quis sorrir. Meu corpo se rebelava, os joelhos começavam a tremer, e os músculos das costas se tensionavam. Porém. Não me importava. Se fosse necessário, ficaria ali o dia todo. Quinze, vinte minutos se passaram. Em seguida, a mulher disse: *Por que não fazemos um rápido intervalo e depois começamos de novo com uma pose diferente?*

Sentei-me. Fiquei de pé. Girei, e os que não tiveram o meu lado retal agora o tinham. Páginas viraram. A coisa continuou, não sei por quanto tempo. Num dado momento, pensei que desmaiaria. Eu passava de sensação de dormência a sensação de dormência. Meus olhos se umedeceram com a dor.

De algum modo, entrei de novo nas minhas roupas. Não encontrei a roupa de baixo, e estava cansado demais para procurá-la. Consegui descer as escadas, agarrado ao corrimão. A mulher desceu atrás de mim, disse: *Espere, esqueceu dos quinze dólares.* Eu os peguei e, quando ia guardá-los no bolso, senti a bola de roupa de baixo nele. *Obrigado.* O agradecimento era sincero. Eu estava exausto. Mas feliz.

Eu quero dizer em algum lugar: tentei ser indulgente. E

no entanto. Houve épocas na minha vida, anos inteiros, em que a ira levou a melhor. A feiúra me consumia. Havia certa satisfação na amargura. Eu a cortejava. Ela estava fora, e eu a convidava a entrar. Olhava feio para o mundo. E o mundo olhava feio para mim. Nós nos imobilizávamos num olhar de repulsa recíproca. Eu costumava deixar a porta bater na cara das pessoas. Peidava onde queria peidar. Acusava caixas de terem me enganado em um centavo, ao passo que tinha o centavo na mão. E um dia descobri que estava a caminho de ser a espécie de *schmuck* que envenena pombos. As pessoas atravessavam a rua para me evitar. Eu era um câncer humano. E, para ser sincero: eu não estava bravo de verdade. Não mais. Tinha largado a raiva em algum lugar havia muito tempo. Eu a largara num banco de parque e fora embora. E no entanto. Fazia tanto tempo que não conhecia nenhuma outra maneira de ser. Um dia acordei e disse a mim mesmo: *Não é tarde demais*. Os primeiros dias foram estranhos. Tive de ensaiar o sorriso diante do espelho. Mas ele voltou. Era como se eu me livrasse de um peso. Abri mão, e alguma coisa abriu mão de mim. Um par de meses depois, encontrei Bruno.

Quando cheguei em casa da aula de arte, havia um recado de Bruno na minha porta. Dizia: *ANDE VOCÊ ESTÁ?* Eu me sentia cansado demais para subir as escadas e lhe contar. Estava escuro, e eu puxei a corrente da lâmpada no corredor. Eu me olhei no espelho. Meu cabelo, o que restava dele, estava espetado na parte de trás como a crista de uma onda. Meu rosto parecia enrugado como alguma coisa largada na chuva.

Caí de roupa na cama, a não ser pela roupa de baixo. Passava da meia-noite quando o telefone tocou. Acordei de um sonho em que ensinava meu irmão Josef a urinar formando um arco. Às vezes tenho pesadelos. Mas esse não era. Estávamos na mata, o frio castigava nossos traseiros. A neve exalava vapor. Josef se voltava para mim, sorridente. Uma bela criança, loira de olhos cinza. Cinza como o mar num dia sem sol, ou como o elefante que vi na praça da cidade quando tinha a idade dele. Claro como o dia, parado à luz poeirenta do sol. Mais tarde, ninguém se lembrava de tê-lo visto e, porque era impossível entender como um elefante teria chegado a Slonim, ninguém acreditava em mim. Mas eu o vira.

Uma sirene soou ao longe. No instante em que meu irmão abria a boca para falar, o sonho se interrompeu e eu acordei na escuridão do quarto, com a chuva tamborilando no vidro. O telefone continuava a tocar. Bruno, sem dúvida. Eu o ignoraria, se não tivesse receio de que ele chamasse a polícia. Por que ele simplesmente não bate na estufa com a bengala como sempre faz? Três batidas significam VOCÊ ESTÁ VIVO?, duas significam SIM, uma, NÃO. Só o fazemos de noite, durante o dia há muitos outros ruídos, e, seja como for, não é infalível, porque Bruno em geral adormece de Walkman.

Tirei as cobertas e cambaleei pelo piso, bati numa perna de mesa. *ALÔ?*, gritei ao telefone, mas a ligação tinha caído. Desliguei, fui à cozinha e peguei um copo no armário. A água gorgolejou nos canos e jorrou numa explosão. Tomei um pouco e depois me lembrei da minha planta. Eu a tenho há quase dez anos. Mal está viva, mas está viva. Mais marrom do que verde. Tem partes que secaram. Mas ainda vive, sempre inclinada para a esquerda. Mesmo quando a giro para que o lado voltado para o sol não se volte mais para o sol, ela se inclina, teimosa, para a esquerda, preferindo à necessidade física um ato de criatividade. Joguei o resto de água no vaso. De qualquer forma, o que significa *florescer*?

No instante seguinte, o telefone tocou de novo. *ESTÁ BEM, ESTÁ BEM*, eu disse, e atendi. *Não precisa acordar o prédio inteiro*. Houve um silêncio do outro lado. Eu disse: *Bruno?*

É o sr. Leopold Gursky?

Imaginei que fosse alguém tentando me vender alguma coisa. Ligam a toda hora para vender. Uma vez disseram que, se eu mandasse um cheque de noventa e nove dólares, seria pré-aprovado para um cartão de crédito, e eu disse: *Está bem, certo, e, se eu entrar debaixo de um pombo, serei pré-aprovado para um punhado de merda.*

Mas o homem disse que não queria me vender nada. Ele tinha se trancado do lado de fora de casa. Ligara para Informações em busca do número de um chaveiro. Eu lhe disse que estava aposentado. O homem fez uma pausa. Parecia incapaz de acreditar no azar. Havia telefonado para três outros, e ninguém atendera. *Está caindo um aguaceiro aqui fora,* ele disse.

Não pode passar a noite em algum outro lugar? De manhã vai ser fácil achar um chaveiro. Existem aos montes.

Não, ele disse.

Está bem, quero dizer, se for muito..., ele começou, depois parou, esperava que eu falasse. Eu não falei. *Está bem.* Ouvi a decepção na sua voz. *Desculpe por ter incomodado.*

No entanto, ele não desligou, e eu também não. Eu me sentia cheio de remorsos. Pensei: Para que preciso de sono? Não vai faltar oportunidade. Amanhã. Ou no dia seguinte.

Está bem, está bem, eu disse, embora não quisesse. Vou ter de desenterrar minhas ferramentas. Vai ser o mesmo que procurar uma agulha num palheiro ou um judeu na Polônia. *Espere um segundo, por favor... Vou pegar uma caneta.*

Ele me deu um endereço no extremo norte da cidade. Só depois de desligar, eu lembrei que poderia esperar uma eternidade até que aparecesse um ônibus àquela hora. Na gaveta da cozinha eu tinha um cartão da Goldstar Car Service, não que alguma vez os chamasse. Porém. Nunca se sabe. Pedi um táxi e fui desenterrar a caixa de ferramentas no armário do corredor.

Em vez dela, achei a caixa de óculos antigos. Nem imagino de onde vieram. Provavelmente alguém os vendia na rua com algumas peças descombinadas de louça e uma boneca sem cabeça. De tempos em tempos experimento um deles. Uma vez cozinhei uma omelete usando uns óculos de leitura femininos. Era uma omelete gigante, dava medo só de olhar. Remexi na caixa e tirei um par. Eram quadrados, cor de pele, com lentes de um centímetro de espessura. Ajeitei-os no rosto. O chão cedeu debaixo de mim e, quando tentei dar um passo, ele deu uma guinada para cima. Fui até o espelho do corredor aos tropeços. Num esforço para conseguir focar, me atirei para a frente, mas errei o cálculo e bati contra o vidro. A campainha tocou. A hora em que estamos com as calças abaixadas em volta dos tornozelos é a hora em que todos chegam. *Desço num minuto*, gritei no porteiro eletrônico. Quando tirei os óculos, a caixa de ferramentas estava debaixo do meu nariz. Corri a mão sobre a tampa gasta. Em seguida, agarrei a capa de chuva no chão, alisei o cabelo diante do espelho e saí. O recado de Bruno continuava grudado na porta. Amassei-o no bolso.

Na rua havia uma limusine preta parada, com a chuva caindo nos faróis. Além dela, apenas alguns carros vazios estacionados no meio-fio. Eu ia entrar de volta no prédio, mas o motorista da limusine desceu a janela e me chamou pelo nome. Ele usava um turbante púrpura. Fui até a janela. *Deve ser um engano*, eu disse, *eu pedi um carro*.

Sim, ele disse.

Mas isto é uma limusine, mostrei.

Sim, ele repetiu, com um gesto para que eu entrasse.

Não posso pagar a mais.

O turbante balançou. Ele disse: *Entre antes de ficar encharcado*.

Refugiei-me no carro. Tinha bancos de couro e um par de

garrafas de cristal de licor na lateral da porta. Era maior do que eu imaginara. A música calma, exótica, vinda da frente e o ritmo suave dos limpadores de pára-brisa mal chegavam até mim. Ele apontou o bico do carro para a rua, e nós entramos na noite. Os semáforos se fundiam nas poças. Abri a garrafa de cristal, mas estava vazia. Havia um pequeno pote de balas de hortelã, e eu enchi os bolsos. Quando olhei para baixo, vi a braguilha aberta.

Endireitei-me e limpei a garganta.

Senhoras e senhores, vou fazer de tudo para ser breve, vocês todos têm sido muito pacientes. A verdade é que estou chocado, realmente, estou me beliscando. Uma honra com que eu poderia apenas sonhar, o Goldstar Lifetime Achievement Award, estou quase sem palavras... Aconteceu realmente? E no entanto. Sim. Todas as evidências são sugestivas. Uma vida inteira.

Atravessamos a cidade. Eu andara por todas aquelas vizinhanças, meu trabalho me levara a todas as partes da cidade. Cheguei a ser conhecido no Brooklyn, andei por tudo. Abri fechaduras para os hassides. Fechaduras para os *shvartzers*. Algumas vezes caminhava por prazer, era capaz de passar um domingo inteiro apenas caminhando. Uma vez, anos atrás, me vi na frente do Jardim Botânico e entrei para ver as cerejeiras. Comprei alguns Cracker Jacks e me pus a observar os dourados gordos, preguiçosos, que nadavam no tanque. Um casal de noivos tirava fotografias debaixo de uma árvore cujos botões brancos davam a impressão de que somente ela havia sido atingida por uma tempestade de neve. Procurei a estufa tropical. Seu interior era outro mundo, úmido e quente, como se nela tivesse sido aprisionado o hálito de pessoas fazendo amor. Com o dedo escrevi *LEO GURSKY* no vidro.

A limusine parou. Pus o rosto na janela. *Qual deles?* O motorista apontava para um edifício. Era bonito, com escadas que levavam à porta e folhas esculpidas em pedra. *Dezessete dólares*, disse o motorista. Procurei a carteira no bolso. Não. Outro bolso. O bilhete de Bruno, minha roupa de baixo da manhã, mas nada de carteira. Os dois bolsos da capa, não, não. Na pressa, devo tê-la deixado em casa. Depois me lembrei do pagamento pela aula de arte. Fui fundo, passei pelas balas de hortelã, pelo bilhete, pela roupa de baixo, e saí com ele. *Desculpe, disse. Que desagradável. Não tenho mais do que quinze.* Reconheço que relutava em me desfazer das notas, suadas não era a palavra para elas, mas alguma coisa diferente, mais agridoce. Porém, depois de uma breve pausa, o turbante balançou, e o dinheiro foi aceito.

O homem estava na entrada, em pé. Claro que ele não me esperava numa limusine, e dela eu saltei como o sr. Chaveiro das Estrelas. Senti-me humilhado, quis explicar: *Acredite, nunca me achei alguém especial.* Mas ainda chovia a cântaros, pensei que ele precisava mais de mim que de uma explicação sobre como eu tinha chegado. Seu cabelo estava achatado pela chuva. Ele agradeceu três vezes por eu ter ido. *Não foi nada*, eu disse. E no entanto. Eu sabia que quase não tinha ido.

Era uma fechadura traiçoeira. O homem ficou segurando minha lanterna em cima de mim. A chuva me escorria pela nuca. Eu sentia quantas coisas dependiam do meu sucesso em abrir aquela fechadura. Os minutos passavam. Eu tentei e não consegui. Tentei e não consegui. E finalmente meu coração acelerou. Girei a maçaneta, e a porta se abriu.

Paramos no corredor, pingávamos. Ele tirou os sapatos, e eu tirei os meus. Ele me agradeceu de novo, e foi vestir roupas secas e chamar um táxi. Tentei me opor, disse que podia tomar um ônibus ou parar um táxi, mas ele não quis saber, com aquela chuva. Largou-me na sala de estar. Andei lentamente na direção da sala de jantar e dali divisei um quarto cheio de livros. Nunca tinha visto tantos livros num único lugar que não fosse uma biblioteca. Entrei.

Eu também gosto de ler. Uma vez por mês vou à biblioteca do bairro. Para mim, pego um romance e, para Bruno, com suas cataratas, um livro gravado em fita. Primeiro, ele ficou em dúvida. *O que eu devo fazer com isso?*, disse, olhando para a caixa da *Anna Karenina* como se eu tivesse lhe dado um enema. E no entanto. Um dia ou dois depois, eu estava ocupado com minhas coisas quando uma voz de cima berrou: *TODAS AS FAMÍLIAS FELIZES SE PARECEM* e quase tive um ataque de nervos. A partir de então ele ouvia tudo o que eu lhe trazia no volume máximo e devolvia sem comentários. Uma tarde voltei da biblioteca com o *Ulisses*. Na manhã seguinte, eu estava no banheiro quando *BUCK MULLIGAN GORDO E IMPONENTE* soou de cima. Ele ouviu sem interrupção durante um mês. Tinha o hábito de apertar o botão de parada e voltar a fita quando não entendia alguma coisa inteiramente. *MODALIDADE INELITÁVEL DO VISÍVEL: AO MENOS ISSO*. Pausa, volta. *MODALIDADE INELUTÁVEL DO*. Pausa, volta. *MODALIDADE INELUTÁVEL*. Pausa. *INELUT*. Quando a data de devolução se aproximou, ele quis renová-la. Àquela altura eu estava cansado de suas paradas e recomeços, e, assim, fui ao The Wiz e comprei um Sportsman da Sony para ele, que ele agora *schlep* para todo lado, preso ao cinto. Até onde sei, ele simplesmente gosta do som da pronúncia irlandesa.

Eu me entretive examinando as estantes do homem. Por hábito, procurei se havia alguma coisa de meu filho, Isaac. E havia. E não só um livro, mas quatro. Passei o dedo pelas lombadas. Parei no *Casas de vidro* e o tirei da estante. Um belo livro. Contos. Eu os li não sei quantas vezes. Há um — o conto que dá nome ao livro. É o meu preferido, não que eu não adore eles todos. Mas esse se destaca. Não se destaca, é particular. É curto, mas, toda vez que o leio, choro. É sobre um anjo que vive na rua Ludlow. Não distante de mim, logo do outro lado da

Delancey. Ele mora lá há tanto tempo que não se lembra por que Deus o pôs na Terra. Toda noite o anjo fala com Deus em voz alta, e todo dia espera uma palavra Dele. Para passar o tempo, ele passeia pela cidade. No início, costuma se maravilhar com tudo. Começa uma coleção de seixos. Estuda matemática avançada por conta própria. E no entanto. A cada dia que passa, ele é um pouco menos cegado pela beleza do mundo. De noite, o anjo fica acordado e escuta os passos da viúva que mora acima dele, e toda manhã ele cruza nas escadas com o velho, o sr. Grossmark, que passa os dias a se arrastar para cima e para baixo, para cima e para baixo, murmurando: *Quem está aí?* Até onde ele sabe, é tudo o que o velho diz, a não ser uma vez, quando do nada ele se voltou para o anjo que passava pelas escadas e disse: *Quem sou eu?*, e surpreendeu tanto o anjo que nunca fala e com quem ninguém fala, que ele não disse nada, nem mesmo: *Você é Grossmark, o ser humano*. Quanto mais tristeza ele vê, mais seu coração se volta contra Deus. Começa a perambular pelas ruas de noite e pára junto de qualquer um que pareça precisar de um par de ouvidos. As coisas que ouve... é demais. Não consegue compreender. Quando ele pergunta a Deus por que o fez tão inútil, a voz do anjo falha no esforço de conter lágrimas iradas. Em dado momento, ele deixa de falar com Deus de vez. Uma noite encontra um homem debaixo de uma ponte. Compartilham a vodca que o homem tem numa sacola marrom. E porque o anjo está embriagado e solitário e indignado com Deus, e porque, sem saber, sente a necessidade, familiar entre os humanos, de confiar em alguém, ele diz a verdade ao homem: que é um anjo. O homem não acredita, mas o anjo insiste. O homem lhe pede que prove, e o anjo levanta a camisa a despeito do frio e mostra ao homem o círculo perfeito no peito, a marca de um anjo. Mas isso não significa nada para o homem, que não sabe da marca dos anjos, e assim ele diz:

Mostre alguma coisa que Deus seria capaz de fazer, e o anjo, ingênuo como todos os anjos, aponta para o homem. E, porque pensa que ele está mentindo, o homem lhe acerta um soco na barriga, fazendo-o cambalear para trás e para fora do píer e mergulhar no rio escuro. Onde ele se afoga, porque um traço dos anjos é não saberem nadar.

Sozinho no quarto cheio de livros, eu segurava o livro do meu filho. Metade da noite havia passado. Mais da metade. Pensei: Pobre Bruno. A essa hora deve ter ligado para o necrotério para descobrir se alguém havia entregado um velho com uma ficha na carteira que dizia: *MEU NOME É LEO GURSKY NÃO TENHO FAMÍLIA POR FAVOR LIGUE PARA O CEMITÉRIO PINELAWN TENHO UM TERRENO LÁ NA PARTE JUDAICA OBRIGADO PELA CONSIDERAÇÃO.*

Virei o livro do meu filho para ver a fotografia dele. Nós nos encontramos uma vez. Não foi exatamente um encontro, mas nos vimos face a face. Eu estava numa conferência na rua 92 Y. Comprara o ingresso meses antes. Imaginei nosso encontro muitas vezes em minha vida. Eu como seu pai, ele como meu filho. E no entanto. Eu sabia que jamais aconteceria, não como eu desejava. Tinha aceitado que no máximo contaria com um lugar na platéia. Mas durante a conferência alguma coisa me tomou. Depois, me vi na fila, as mãos trêmulas quando passei às dele o pedaço de papel em que havia escrito meu nome. Ele deu uma olhada nele e o copiou num livro. Eu quis dizer alguma coisa, mas não saiu nada. Ele sorriu e me agradeceu. E no entanto. Não saí do lugar. *Alguma coisa mais?*, ele perguntou. Abanei as mãos. A mulher atrás de mim me lançou um olhar impaciente e abriu caminho para cumprimentá-lo. Eu abanava as mãos como um bobo. O que ele podia fazer? Autografou o livro da mulher. Todos se sentiram incomodados. Minhas mãos continuavam a dançar. A fila teve de me contornar.

De vez em quando ele erguia o olhar para mim, espantado. Uma vez sorriu como sorrimos para um idiota. Mas minhas mãos se esforçaram por lhe dizer tudo. Ao menos o quanto puderam antes que um segurança agarrasse meu cotovelo com firmeza e me acompanhasse até a porta.

Era inverno. Flocos brancos gordos flutuavam sob as luzes da rua. Esperei a saída do meu filho, mas ele nunca apareceu. Talvez houvesse uma porta nos fundos, não sei. Tomei o ônibus para casa. Caminhei pela minha rua coberta de neve. Por hábito, me voltava e conferia as passadas. Quando cheguei ao meu prédio, procurei meu nome entre as campainhas. E, porque sei que às vezes vejo coisas inexistentes, depois do jantar liguei para Informações para saber se eu constava da lista. Naquela noite, antes de dormir, abri o livro que tinha deixado sobre o criado-mudo. *PARA LEON GURSKY*, dizia.

Ainda segurava o livro quando o homem cuja porta eu tinha aberto apareceu atrás de mim. *Você o conhece?*, perguntou. Deixei o livro cair, e ele aterrissou num ruído seco a meus pés, com o rosto do meu filho voltado para cima. Eu não sabia o que fazer. Tentei explicar. *Sou o pai dele*, disse. Ou talvez tenha dito: *Ele é meu filho*. De qualquer forma, me fiz entender, porque ele pareceu chocado e depois pareceu surpreso e depois pareceu não acreditar em mim. O que não levei a mal. Porque afinal de contas quem eu pensava que era para aparecer numa limusine, abrir uma fechadura e depois afirmar que era o progenitor de um escritor famoso?

De repente, me senti cansado, mais cansado que nos anos passados. Eu me abaixei, peguei o livro e o repus na estante. O homem continuou a olhar para mim, mas nessa hora o carro buzinou, por sorte, pois eu já tinha sido suficientemente olhado para um só dia. *Bem*, eu disse, dirigindo-me para a porta da frente, *é melhor eu ir andando*. O homem pegou a carteira, tirou uma nota de cem dólares e a estendeu para mim. *Pai dele?*, perguntou. Embolsei o dinheiro e lhe dei uma bala de hortelã como agradecimento. Enfiei os pés nos sapatos molhados. *Não exatamente pai dele*, eu disse. E, porque não sabia o que mais dizer, eu disse: *Mais tio dele*. Isso pareceu confundi-lo bastante, mas por via das dúvidas acrescentei: *Não exatamente tio dele*. Ele ergueu as sobrancelhas. Peguei a caixa de ferramentas e saí na chuva. Ele tentou me agradecer de novo, mas eu já estava a caminho escadaria abaixo. Entrei no carro. Ele continuou na entrada, olhando para a rua. Para provar que eu estava fora do meu juízo, fiz a saudação da rainha.

Eram três da manhã quando cheguei em casa. Enfiei-me na cama. Estava exausto. Mas não consegui dormir. Fiquei deitado de costas, ouvindo a chuva, e pensei no meu livro. Eu nunca lhe dera um título, pois de que serve o título de um livro a não ser que alguém o leia?

Levantei-me da cama e fui para a cozinha. Eu guardava o manuscrito numa caixa no forno. Peguei-o, abri-o sobre a mesa da cozinha e pus uma folha de papel na máquina de escrever. Fiquei sentado, os olhos fixos na página em branco durante muito tempo. Com dois dedos, escolhi um título:

RINDO & CHORANDO

Estudei-o por alguns minutos. Não estava bom. Acrescentei mais uma palavra.

RINDO & CHORANDO & ESCREVENDO

E mais outra:

RINDO & CHORANDO & ESCREVENDO & ESPERANDO

Amassei o papel e o atirei no chão. Pus água para ferver. Lá fora, a chuva tinha parado. Um pombo arrulhava no parapeito da janela. Estufou o corpo, marchou para cima e para baixo, e levantou vôo. Livre como um pássaro, por assim dizer. Pus outra página na máquina e escrevi:

PALAVRAS PARA TUDO

Antes que eu pudesse mudar de idéia de novo, tirei o papel da máquina, estendi-o sobre a pilha e fechei a tampa da caixa. Achei um papel marrom e a embrulhei. Na frente, escrevi o endereço do meu filho, que sei de cor.

Esperei que alguma coisa acontecesse, mas não aconteceu nada. Nenhum vento que levasse tudo embora. Nenhum ataque cardíaco. Nenhum anjo na porta.

Eram cinco da manhã. Seriam horas até que o correio abrisse. Para passar o tempo, arrastei o projetor de slides guardado debaixo do sofá. É uma coisa que faço em ocasiões especiais, no meu aniversário, digamos. Ajeito o projetor sobre uma caixa de sapatos, ligo-o na tomada e giro o interruptor. Um feixe poeirento ilumina a parede. O slide eu guardo numa jarra na prateleira da cozinha. Eu o assopro, ponho-o na máquina, adianto a bandeja. A imagem entra em foco. Uma casa com uma porta amarela na extremidade de um campo. É fim de outono. Entre as ramagens negras o sol ganha um tom alaranjado, depois azul-escuro. Fumaça de madeira se alça da chaminé, e pela janela eu quase vejo minha mãe debruçada sobre uma mesa. Sinto o vento frio nas maçãs do rosto. Estendo a mão. E, porque minha cabeça está cheia de sonhos, por um instante acredito que posso abrir a porta e entrar.

Lá fora, já tinha clareado. Diante dos meus olhos, a casa da minha infância se dissolveu a quase nada. Desliguei o projetor, comi uma barra de Metamucil e fui ao banheiro. Quando fiz tudo o que tinha de fazer, tomei um banho de esponja e busquei meu terno no armário. Encontrei as galochas que procurava e um velho rádio. Por fim, amarrotado no chão, achei o terno, um paletó branco de verão, passável se não importasse a mancha amarelada na frente. Vesti-me. Cuspi na palma da mão e forcei o cabelo a se submeter. Sentei-me inteiramente vestido com o pacote de papel marrom no colo. Conferi e reconferi o endereço. Às oito e quarenta e cinco pus a capa de chuva e enfiei o pacote debaixo do braço. Olhei-me no espelho do corredor uma última vez. Depois, saí pela porta, para a manhã.

A tristeza da minha mãe

1. MEU NOME É ALMA SINGER

Quando eu nasci, minha mãe escolheu meu nome em homenagem a todas as garotas de um livro que meu pai havia dado a ela, intitulado *A história do amor*. Ela chamou o meu irmão de Emanuel Chaim em homenagem ao historiador judeu Emanuel Ringelblum, que enterrou latas de leite cheias de testemunhos no gueto de Varsóvia, e ao violoncelista russo Emanuel Feuermann, um dos grandes prodígios musicais do século XX, e também ao genial escritor judeu Isaac Emmanuilovich Babel, e ao tio dela Chaim, um brincalhão, um palhaço de verdade, que fazia todos rirem como loucos, morto na mão dos nazistas. Mas meu irmão se recusava a responder. Quando as pessoas lhe perguntavam o nome, ele inventava alguma coisa. Passou por quinze ou vinte nomes. Durante um mês, se referiu a si mesmo na terceira pessoa como sr. Fruta. No sexto aniversário ele saltou de uma janela do segundo andar e tentou voar. Quebrou o braço e ganhou uma cicatriz permanente na testa, mas daí em diante ninguém o chamou de mais nada a não ser de Bird.

2. O QUE EU NÃO SOU

Meu irmão e eu costumávamos fazer uma brincadeira. Eu apontava para uma cadeira. "ISTO NÃO É UMA CADEIRA", dizia. Bird apontava para a mesa. "ISTO NÃO É UMA MESA." "ISTO NÃO É UMA PAREDE", eu dizia. "AQUILO NÃO É UM TETO." Prosseguíamos assim. "NÃO ESTÁ CHOVENDO LÁ FORA." "MEU SAPATO NÃO ESTÁ DESAMARRADO!", Bird gritava. Eu apontava para o meu cotovelo. "ISTO NÃO É UM ARRANHÃO." Bird erguia o joelho. "ISTO TAMBÉM NÃO É UM ARRANHÃO." "AQUILO NÃO É UMA CHALEIRA!" "NÃO É UMA XÍCARA!" "NÃO É UMA COLHER!" "NÃO SÃO PRATOS SUJOS!" Negávamos quartos inteiros, anos, o tempo que fazia. Uma vez, no auge da gritaria, Bird respirou fundo. Com toda a força urrou: "EU! NÃO! FUI! INFELIZ! A VIDA! TODA!". "Mas você só tem sete anos", eu disse.

3. MEU IRMÃO ACREDITA EM DEUS

Quando ele tinha nove anos e meio, achou um pequeno volume intitulado *O livro dos pensamentos judaicos*, dedicado ao meu pai, David Singer, por ocasião do seu Bar Mitzvah. Nele se reúnem pensamentos judaicos precedidos de subtítulos como "Todo israelita detém a honra de seu povo inteiro nas mãos", "Sob os Romanoff" e "Imortalidade". Depois que o encontrou, Bird passou a usar um quipá de veludo vermelho em todo lugar, sem se importar se ele não se ajustava bem e se ficava estufado na parte de trás, dando-lhe uma aparência de estúpido. Também adquiriu o hábito de seguir o sr. Goldstein, o bedel da escola hebraica, que resmungava em três línguas e cujas mãos mais deixavam poeira do que limpavam. Havia rumores de que o sr. Goldstein dormia somente uma hora por noite no porão da *shul*, que ele havia estado num campo de trabalhos forçados na Sibéria, que seu coração era fraco, que um som alto podia matá-lo, que neve podia fazê-lo chorar. Bird sentiu-se atraído por ele. Seguia-o depois da aula enquanto o sr. Goldstein passava o aspirador entre as fileiras de bancos, limpava os toaletes e apagava xingamentos do quadro-negro. Era tarefa do sr. Goldstein retirar de circulação os velhos *siddurs* rasgados ou descosturados, e, uma tarde, com dois corvos do tamanho de cães observando das árvores, ele levou um carrinho de mão cheio deles atrás da sinagoga, esbarrou em pedras e raízes de árvores, cavou um buraco, entoou uma oração e os enterrou. "Não se pode simplesmente jogá-los fora", ele disse a Bird. "Não, porque levam escrito o nome de Deus. Têm de ser enterrados com respeito."

Na semana seguinte, Bird começou a escrever nas páginas da lição de casa as quatro letras hebraicas do nome que ninguém pode pronunciar e que ninguém pode jogar fora. Alguns dias depois eu abri o cesto de roupas e o encontrei escrito em tinta permanente na etiqueta de sua cueca. Ele o escreveu a giz na porta da entrada, rabiscou-o sobre a sua fotografia da escola, na parede do banheiro, e, para terminar, talhou-o com meu canivete suíço o mais alto que pôde na árvore em frente de casa.

Talvez fosse por isso, ou pelo hábito de pôr o braço sobre o rosto e cutucar dentro do nariz como se as pessoas não pudessem saber o que ele fazia, ou pelo modo como às vezes produzia sons estranhos como os de um videogame, mas naquele ano o par de amigos que ele tinha parou de vir para brincar.

Toda manhã ele acorda cedo para *daven* fora, na direção de Jerusalém. Quando o observo da janela, lamento ter lhe ensinado o som das letras hebraicas quando ele tinha apenas cinco anos. Fico triste, por saber que não pode durar.

4. MEU PAI MORREU QUANDO EU TINHA SETE ANOS

Quando lembro, lembro por partes. Suas orelhas. A pele enrugada nos cotovelos. As histórias que ele me contava sobre a infância em Israel. Como costumava sentar em sua cadeira preferida para ouvir música e como gostava de cantar. Ele falava comigo em hebraico, e eu o chamava de *Abba*. Eu me esqueci de quase tudo, mas algumas vezes me voltam palavras, *kum-kum, shemesh, chol, yam, etz, neshika, motek*, os significados gastos como as faces de moedas antigas. Minha mãe, inglesa, o encontrou quando ele trabalhava num kibutz não distante de Ashdod, um verão antes de ela ir para Oxford. Ele era dez anos mais velho. Tinha estado no Exército e mais tarde viajara pela América do Sul. Depois ele voltou para a escola e fez engenharia. Gostava de acampar, sempre levava um saco de dormir e dois galões de água no porta-malas, e sabia fazer fogo com um pedaço de pedra se fosse preciso. Pegava minha mãe nas noites de sexta-feira enquanto os outros *kibutzniks* se deitavam sobre lençóis na grama sob uma tela de cinema gigante, acariciavam cachorros e viajavam. Ele a levava para o mar Morto, onde eles boiavam, desajeitados.

5. O MAR MORTO É O LUGAR MAIS BAIXO DA TERRA

6. NÃO HÁ DUAS PESSOAS MENOS PARECIDAS QUE MEU PAI E MINHA MÃE

Quando o corpo da minha mãe ficou bronzeado, meu pai ria e dizia que ela se parecia mais com ele a cada dia, uma piada, porque, enquanto ele tinha um metro e noventa, olhos verdes brilhantes e cabelos pretos, minha mãe é pálida e tão pequena que ainda hoje, aos quarenta e um, se você a vir do outro lado da rua, pode confundi-la com uma menina. Bird é pequeno e delicado como ela, e eu sou alta como meu pai. Também tenho cabelos escuros, dentes separados, uma magreza pouco saudável, e quinze anos.

7. EXISTE UMA FOTOGRAFIA DA MINHA MÃE QUE NINGUÉM NUNCA VIU

No outono, minha mãe voltou à Inglaterra para começar a universidade. Os bolsos dela estavam cheios de areia do lugar mais baixo da Terra. Ela pesava cinqüenta quilos. Há uma história que às vezes ela conta sobre a viagem de trem da estação de Paddington para Oxford em que encontrou um fotógrafo quase completamente cego. Ele usava óculos de sol e dizia que havia danificado as retinas uma década antes numa viagem à Antártica. Tinha o paletó impecavelmente passado e levava a câmera no colo. Disse que agora via o mundo de forma diferente e ele não era necessariamente ruim. Perguntou se podia fotografá-la. Quando ergueu a lente e olhou através dela, minha mãe perguntou o que ele via. “O mesmo que vejo sempre”, ele disse. “O quê?” “Um borrão”, ele disse. “E então por que você continua?”, ela perguntou. “Para o caso dos meus olhos sararem um dia”, ele disse. “Para que eu saiba o que olhava.” No colo da minha mãe havia um saco de papel marrom com um sanduíche de fígado picado que minha avó tinha feito para ela. Ela ofereceu o sanduíche ao fotógrafo quase completamente cego. “Não está com fome?”, ele perguntou. Ela disse que sim, mas que nunca contara à mãe que não gostava de fígado picado e era tarde para fazê-lo, uma vez que não dissera nada durante anos. O trem entrou na estação de Oxford, e minha mãe desceu, deixando para trás uma trilha de areia. Sei que essa história tem uma moral, porém não sei qual é.

8. MINHA MÃE É A PESSOA MAIS TEIMOSA QUE CONHEÇO

Passados cinco minutos, ela decidiu que odiava Oxford. Na primeira semana do ano letivo minha mãe não fez nada a não ser ficar sentada em seu quarto num edifício de pedra cheio de correntes de ar, olhando a chuva cair sobre as vacas do pasto de Christ Church, enquanto sentia pena de si mesma. Tinha de esquentar água para o chá sobre uma placa quente. Para encontrar o tutor, era obrigada a escalar cinqüenta e seis degraus de pedra e bater na porta até ele acordar no catre em seu escritório, onde dormia debaixo de uma pilha de teses. Ela escrevia para o meu pai em Israel quase todos os dias em papéis de carta franceses caros, e, quando eles acabaram, ela escreveu em papéis quadriculados arrancados de um caderno. Numa dessas cartas (que eu achei numa lata velha de Cadbury sob o sofá em seu escritório), ela escreveu: *O livro que você me deu está em cima da minha mesa, e a cada dia eu aprendo a ler um pouco mais*. Ela precisava aprender a ler porque o livro era escrito em espanhol. Ela viu seu corpo voltar a empalidecer no espelho. Durante a segunda semana do ano letivo, ela comprou uma bicicleta usada e andou pelo lugar pregando pôsteres que diziam: *PROCURA-SE TUTOR DE HEBRAICO*, porque tinha facilidade para línguas e queria ser capaz de entender meu pai. Algumas pessoas se candidataram, mas apenas uma não desistiu quando minha mãe explicou que não podia pagar, um garoto cheio de espinhas chamado Nehemia, de Haifa, que estava no primeiro ano, infeliz como minha mãe, e sentia que — segundo uma carta que ela escreveu para o meu pai — a companhia de uma garota era razão suficiente para concordar com um encontro duas vezes por semana no King's Arms por nada mais que o preço da cerveja. Minha mãe também estudava espanhol por conta própria num livro chamado *Aprenda espanhol você mesmo*. Ela passava muito tempo na biblioteca Bodleian e lia centenas de livros, sem fazer nenhum amigo. Pedia tantos livros que o funcionário da recepção tentava se esconder sempre que a via chegar. No final do ano, tirou nota máxima nos exames e, a despeito das objeções dos pais, saiu da universidade e foi morar com meu pai em Tel Aviv.

9. SEGUIRAM-SE OS ANOS MAIS FELIZES DA VIDA DELES

Eles moraram numa casa ensolarada coberta de buganvílias em Ramat Gan. Meu pai plantou uma oliveira e um limoeiro no jardim, e cavou uma valeta em torno de cada uma para coletar água. De noite, ouviam música americana no rádio de ondas curtas dele. Quando as janelas estavam abertas, e o vento soprava na direção certa, sentiam o cheiro do mar. Acabaram por se casar na praia em Tel Aviv e na lua-de-mel viajaram durante dois meses pela América do Sul. Quando voltaram, minha mãe começou a traduzir livros para o inglês — primeiro do espanhol, e em seguida também do hebraico. Cinco anos se passaram assim, e depois meu pai recebeu uma oferta de emprego que não podia recusar, para trabalhar numa empresa americana na indústria aeroespacial.

10. ELES SE MUDARAM PARA NOVA YORK E ME TIVERAM

Quando minha mãe estava grávida de mim, ela leu três zilhões de livros sobre uma ampla variedade de temas. Não gostava da América, mas também não a odiava. Dois anos e meio e oito zilhões de livros depois, ela teve o Bird. Mais tarde, nós nos mudamos para o Brooklyn.

11. EU TINHA SEIS ANOS DE IDADE QUANDO DIAGNOSTICARAM UM CÂNCER DE PÂNCREAS NO MEU PAI

Naquele ano minha mãe e eu estávamos juntas no carro. Ela pediu que eu lhe desse a bolsa. “Não está comigo”, eu disse. “Talvez esteja no banco de trás”, ela disse. Mas não estava. Ela estacionou e procurou no carro, mas a bolsa não apareceu em lugar nenhum. Ela pôs a cabeça entre as mãos e tentou lembrar onde a tinha deixado. Perdia coisas o tempo todo. "Um dia desses", ela disse, "vou perder a cabeça." Tentei imaginar o que aconteceria se ela perdesse a cabeça. No fim, porém, foi meu pai quem perdeu tudo: peso, cabelo, diversos órgãos internos.

12. ELE GOSTAVA DE COZINHAR E DE RIR E DE CANTAR. ERA CAPAZ DE FAZER FOGO COM AS MÃOS, CONSERTAR COISAS QUEBRADAS E EXPLICAR COMO LANÇAR COISAS NO ESPAÇO, MAS MORREU EM NOVE MESES

13. MEU PAI NÃO ERA UM ESCRITOR RUSSO FAMOSO

No início minha mãe manteve tudo exatamente como ele deixou. Segundo Misha Shklovsky, é isso que se faz nas casas de escritores famosos. Mas meu pai não era um escritor famoso. Nem sequer era russo. E um dia eu voltei da escola para casa, e todos os sinais evidentes dele haviam desaparecido. Os armários foram esvaziados de suas roupas, os sapatos haviam desaparecido de perto da porta, e, na rua, ao lado de uma pilha de sacos de lixo, estava sua velha cadeira. O vento fazia folhas rodopiarem em volta dela na calçada. Um velho passou e sentou-se nela. Eu saí e pesquei seu suéter do cesto de lixo.

14. NO FIM DO MUNDO

Depois que meu pai morreu, tio Julian, irmão da minha

mãe, um historiador de arte que mora em Londres, me mandou um canivete suíço que, segundo ele, pertencia ao meu pai. Ele tinha três lâminas diferentes, um saca-rolhas, uma tesourinha, um par de pinças e um palito de dentes. Na carta que enviou com o canivete, tio Julian dizia que papai o tinha emprestado um dia, quando ele fora acampar nos Pireneus, que ele havia esquecido dele completamente até então e pensou que eu poderia ter vontade de ficar com ele. *Você tem de tomar cuidado*, escreveu, *porque as lâminas são afiadas. Ele é feito para ajudar a sobreviver na selva. Não cheguei a usá-lo, porque tia Frances e eu nos hospedamos num hotel depois que tomamos chuva na primeira noite e viramos ameixas secas. Seu pai era um homem da natureza muito melhor que eu. Certa vez, no Neguev, eu o vi coletar água com um funil e uma lona. Ele também sabia o nome de todas as plantas e se elas eram comestíveis. Sei que não é um grande consolo, mas, se você vier a Londres, eu vou lhe dizer os nomes de todos os lugares onde experimentar curry na região noroeste de Londres e se nesses lugares ele é comível. Com amor, tio Julian. P.S.: Não conte para a sua mãe que eu lhe dei isso, porque ela provavelmente vai ficar brava comigo e dizer que você é muito nova.* Examinei as diferentes partes, abrindo cada uma com a unha do polegar, e testei as lâminas em meu dedo.

Decidi que aprenderia a sobreviver na selva como meu pai. Seria bom saber, para o caso de alguma coisa acontecer à minha mãe, deixando Bird e a mim por nossa própria conta. Não contei a ela sobre o canivete, porque tio Julian queria que fosse um segredo, e, além disso, por que minha mãe me deixaria acampar sozinha na mata, se mal me deixava andar meio quarteirão?

15. SEMPRE QUE EU SAÍA PARA BRINCAR, MINHA MÃE QUERIA SABER EXATAMENTE ONDE EU IA ESTAR

Quando eu entrava, ela me chamava para o seu quarto, me tomava nos braços e me cobria de beijos. Acariciava meus cabelos e dizia: "Eu te amo tanto", e, quando eu espirrava, ela dizia: "Saúde, você sabe o quanto eu te amo, não sabe?", e, quando eu levantava para pegar um lenço, ela dizia: "Deixe que eu pego, e eu te amo tanto", e, quando eu procurava uma caneta para fazer a lição de casa, ela dizia: "Use a minha, tudo por você", e, quando eu sentia uma coceira na perna, ela dizia: "É aqui?, deixe eu te acariciar", e, quando eu dizia que ia subir para o meu quarto, ela me chamava: "O que eu posso fazer por você?, eu te amo *tanto*", e eu sempre quis dizer, mas nunca disse: Ame-me menos.

16. TUDO SE TRANSFORMA EM RAZÃO

Um dia minha mãe levantou da cama em que tinha estado deitada por quase um ano. Parecia que era a primeira vez que nos víamos não através de todos os copos de água que se juntaram em volta da cama dela e que, em seu tédio, Bird, com um dedo úmido em torno das bordas, às vezes tentava fazer com que cantassem. Ela fez macarrão com queijo, uma das poucas coisas que sabia preparar. Fingimos que era a melhor coisa que jamais tínhamos comido. Uma tarde, ela me chamou de lado. "De agora em diante", disse, "vou tratá-la como adulto." Só tenho oito anos, eu quis dizer, mas não disse. Ela começou a trabalhar de novo. Andava pela casa num quimono estampado com flores vermelhas e, por onde passava, deixava uma trilha de páginas amassadas. Antes de papai morrer, costumava ser mais ordeira. Porém, agora, se alguém quisesse encontrá-la, bastava seguir as páginas de palavras rabiscadas, e no fim da trilha estaria ela, olhando pela janela ou para dentro de um copo de água como se nele houvesse um peixe que apenas ela via.

17. CENOURAS

Com a minha mesada comprei um livro chamado *Plantas e flores comestíveis da América do Norte*. Aprendi que se podia lixiviar o sabor amargo de cracas cozinhando-as em água, que rosas selvagens são comestíveis e que se deve evitar tudo o que tenha cheiro de amêndoa, um padrão de crescimento trifólio ou uma seiva leitosa. Tentei identificar o maior número possível de plantas no Prospect Park. Porque sabia que demoraria muito tempo até ser capaz de identificar todas as plantas, e porque sempre existia a possibilidade de ter de sobreviver em algum lugar que não fosse a América do Norte, também memorizei o Teste Universal de Comestibilidade. É uma boa idéia conhecê-lo, uma vez que algumas plantas venenosas, como a cicuta, podem se parecer com certas plantas comestíveis, como as cenouras selvagens e as pastinacas. Para fazer o teste, é preciso primeiro ficar sem comer por oito horas. Em seguida, separa-se a planta em seus diferentes componentes — raiz, folha, caule, botão e flor — e esfrega-se um pedaço pequeno de um deles na face interna do pulso. Se nada acontecer, encosta-se o pedaço na parte interna do lábio durante três minutos, e, se depois disso não acontecer nada, mantém-se o pedaço sobre a língua durante quinze minutos. Se ainda assim nada acontecer, pode-se mastigá-lo sem engolir e mantê-lo na boca por quinze minutos, e, se depois disso nada acontecer, engolir e esperar durante oito horas, e, se depois disso nada acontecer, comer um quarto do equivalente a uma xícara, e, se depois disso não acontecer nada: ela é comestível.

Guardei *Plantas e flores comestíveis da América do Norte* debaixo da minha cama numa mochila que também tinha o canivete suíço do meu pai, uma lanterna, uma lona de plástico, um compasso, uma caixa de barras de granola, dois pacotes de M&M de amendoim, três latas de atum, um abridor de latas, Band-Aids, um kit contra picada de cobras, uma muda de roupa de baixo e um mapa do metrô de Nova York. Ela também deveria ter um pedaço de pedra de isqueiro, mas, quando tentei comprar uma no armazém, não quiseram vendê-la, ou porque eu era muito jovem, ou porque pensaram que eu fosse piromaníaca. Numa emergência pode-se gerar uma faísca com uma faca de caça e um pedaço de jaspe, de ágata ou de jade, embora eu não saiba onde conseguir jaspe, ágata ou jade. Em vez disso, eu peguei alguns fósforos no 2nd Street Café e os guardei num saco com zíper para protegê-los da chuva.

De Hanuca eu pedi um saco de dormir. O que a minha mãe me deu tinha corações cor-de-rosa, era feito de flanela e me manteria viva por cerca de cinco segundos em temperaturas abaixo de zero antes que eu morresse de hipotermia. Perguntei a ela se poderíamos levá-lo de volta e trocá-lo por um saco mais resistente. "Onde você pretende dormir, no Círculo Ártico?", ela perguntou. Eu pensei: Lá ou quem sabe nos Andes peruanos, uma vez que foi onde papai acampou um dia. Para mudar de assunto, eu lhe falei sobre cicuta, cenouras selvagens e pastinacas, mas isso se mostrou uma má idéia, porque os olhos dela se encheram de lágrimas, e, quando lhe perguntei o que havia de errado, ela não disse nada, apenas se lembrara das cenouras que papai costumava plantar no jardim em Ramat Gan. Eu queria perguntar a ela o que mais ele costumava cultivar além de uma oliveira, um limoeiro e cenouras, mas não queria que ficasse ainda mais triste.

Comecei a fazer um caderno de anotações chamado *Como sobreviver na selva*.

18. MINHA MÃE NUNCA DEIXOU DE AMAR MEU PAI

Ela manteve seu amor por ele vivo como o dia de verão em que se encontraram pela primeira vez. Para isso, deu as costas para a vida. Algumas vezes sobrevive dias a fio a água e ar. Por ser a única forma de vida complexa conhecida a fazê-lo, ela deveria receber o nome de uma espécie. Uma vez, tio Julian me contou que o escultor e pintor Alberto Giacometti disse que, algumas vezes, para pintar simplesmente uma cabeça, é preciso desistir da figura toda. Para pintar uma folha, é preciso sacrificar a paisagem toda. A princípio, isso parece uma limitação, mas passado um tempo se percebe que a posse de um centímetro de alguma coisa oferece uma oportunidade maior para apreender uma certa sensação do Universo do que o anseio de abraçar todo o firmamento.

Minha mãe não escolheu uma folha ou uma cabeça. Escolheu meu pai e, para se apegar a um certo sentimento, sacrificou o mundo.

19. A PAREDE DE DICIONÁRIOS ENTRE MINHA MÃE E O MUNDO FICA MAIS ALTA A CADA ANO

Algumas vezes, páginas de dicionários se soltam e se juntam aos pés dela: *shallon, shallop, shallot, shallow, shalom, sham, shaman, shamble,** como as pétalas de uma flor imensa. Quando eu era pequena, pensava que as páginas no chão eram palavras que ela não usaria mais e tentava grudá-las de volta em seus lugares, com medo de que um dia ela ficasse em silêncio.

20. MINHA MÃE SÓ TEVE DOIS ENCONTROS DESDE QUE MEU PAI MORREU

O primeiro foi há cinco anos, quando eu tinha dez, com um editor inglês gordo, numa das editoras que publicam as traduções dela. No mindinho esquerdo ele usava um anel com um brasão de família que podia ou não ser dele. Sempre que falava sobre si, gesticulava com essa mão. Numa conversa, eles, minha mãe e aquele homem, Lyle, concluíram que estiveram em Oxford na mesma época. Ante a força da coincidência, ele a convidou para sair. Muitos homens fizeram convites à minha mãe, e ela sempre disse não. Por alguma razão, dessa vez ela concordou. No sábado à noite, apareceu na sala de estar com o cabelo preso no alto da cabeça, usando o xale vermelho que meu pai lhe

* *Shallon*: fruto, semelhante a uma uva pequena, do *salal*, arbusto comum na costa do Pacífico da América do Norte. *Shallop*: chalupa. *Shallot*: bulbo semelhante à cebola que cresce em pequenos cachos. *Shallow*: raso. *Shalom*: saudação em hebraico, "paz". *Sham*: impostura. *Shaman*: xamã. *Shamble*: andar bamboleante. (N. T.)

comprara no Peru. "Como estou?", perguntou. Estava bonita, mas de algum modo não parecia justo ela usar o xale. Não tive tempo para dizer nada, pois exatamente naquela hora Lyle apareceu na porta da frente, ofegante. Acomodou-se no sofá. Perguntei a ele se sabia alguma coisa a respeito de sobrevivência na selva, e ele disse: "Certamente". Perguntei se sabia a diferença entre cicuta e cenouras selvagens, e ele me fez um relato detalhado dos instantes finais de uma regata em Oxford em que seu barco deu uma arrancada para a vitória nos três últimos segundos. "Puxa vida", eu disse, de uma maneira que podia ser interpretada como sarcástica. Lyle também evocou lembranças doces de passeios de barco pelo Cherwell. Minha mãe disse que não teria como saber, porque nunca navegara no Cherwell. Eu pensei: Bem, não estou surpresa.

Depois que eles saíram, fiquei acordada assistindo a um programa de televisão sobre os albatrozes da Antártica: são capazes de passar anos sem tocar o solo, dormem flutuando no céu, bebem água do mar, protestam contra o sal e voltam ano após ano para criar filhotes com o mesmo parceiro. Devo ter adormecido, porque, quando ouvi a chave da minha mãe na fechadura, era quase uma da manhã. Algumas mechas haviam caído sobre o seu pescoço e a maquiagem estava borrada, mas, quando lhe perguntei como tinha sido, ela disse que conhecia orangotangos com quem teria conversas mais estimulantes.

Cerca de um ano depois Bird fraturou o punho quando tentava saltar da varanda do nosso vizinho, e o médico alto, encurvado, que o atendeu no pronto-socorro convidou minha mãe para sair. Talvez porque ele fizera Bird sorrir embora sua mão estivesse desviada num ângulo terrível em relação ao punho, pela segunda vez desde a morte do meu pai minha mãe disse sim. O nome do médico era Henry Lavender, que me soava bem (Alma Lavender!). Quando a campainha tocou, Bird desceu correndo as escadas, nu, a não ser pela atadura, pôs "That's amore" no toca-discos e subiu correndo. Minha mãe desceu as escadas sem o xale vermelho e levantou a agulha. O disco rangeu. Ficou girando sem fazer ruído enquanto Henry Lavender entrava, aceitava um copo de vinho branco gelado e nos contava sobre a sua coleção de conchas marinhas, muitas das quais ele conseguira mergulhando em viagens para as Filipinas. Imaginei nosso futuro juntos, ele nos levaria para expedições de mergulho, os quatro sorrindo uns para os outros através das máscaras debaixo d'água. Na manhã seguinte, perguntei à minha mãe como tinha sido. Ela disse que ele era um homem perfeitamente agradável. Isso me pareceu positivo, mas, naquela tarde, quando Henry Lavender ligou, minha mãe estava no supermercado, e ela não ligou de volta para ele. Dois dias depois ele fez uma nova tentativa. Dessa vez minha mãe passeava no parque. Eu disse: "Você não vai ligar para ele, vai?", e ela disse: "Não". Quando Henry Lavender telefonou uma terceira vez, ela estava mergulhada num livro de contos e exclamava repetidas vezes que o autor deveria ganhar um Nobel póstumo. Minha mãe vive concedendo Nóbeis póstumos. Eu me esgueirei para a cozinha com o telefone sem fio. "Dr. Lavender?", disse. E lhe disse que achava que minha mãe na verdade gostava dele e, ainda que uma pessoa normal provavelmente ficasse feliz em falar e mesmo em sair com ele de novo, eu conhecia minha mãe fazia onze anos e meio, e ela nunca tinha feito nada de normal.

21. EU ACHAVA QUE ELA SÓ NÃO TINHA ENCONTRADO A PESSOA CERTA

O fato de ela ficar o dia todo de pijama em casa traduzindo livros, na maioria das vezes de pessoas mortas, não parecia ajudar muito. Algumas vezes ela ficava paralisada numa frase durante horas e andava em círculos como um cachorro com um osso até gritar: "ACHEI!" e correr para a mesa dela a fim de cavar um buraco e enterrá-lo. Decidi eu mesma assumir as coisas. Um dia, um veterinário chamado dr. Tucci veio falar à minha classe de sexta série. Tinha uma voz agradável e um papagaio verde chamado Gordo que se empoleirava no ombro dele e olhava mal-humorado pela janela. Ele tinha também um iguana, dois furões, uma tartaruga numa caixa, três sapos, um pato com uma asa quebrada e uma jibóia chamada Mahatma que acabara de trocar de pele. Criava duas lhamas no quintal. Depois da aula, enquanto todos manipulavam Mahatma, perguntei-lhe se era casado, e quando, com ar de perplexidade, ele disse não, pedi seu cartão de visita. Este trazia a imagem de um macaco, e algumas crianças perderam o interesse pela cobra e começaram a pedir cartões de visita, também.

Naquela noite achei um instantâneo atraente da minha mãe de maiô para mandar ao dr. Frank Tucci, com uma lista datilografada das melhores qualidades dela. Incluíam *QI ELEVADO, GRANDE LEITORA, ATRAENTE* (VER FOTO), *ENGRAÇADA*. Bird examinou a lista e, depois de pensar um pouco, sugeriu que acrescentasse *OBSTINADA*, palavra que eu lhe ensinara, e também *TEIMOSA*. Quando eu disse que não achava que essas fossem as melhores ou mesmo boas qualidades dela, Bird disse que, se estivessem na lista, elas poderiam *parecer* boas, e, se o dr.

Tucci concordasse em se encontrar com ela, não se decepcionaria. Na época, isso pareceu um argumento razoável, e eu acrescentei *OBSTINADA* e *TEIMOSA*. No final, escrevi o número do nosso telefone. Depois, pus a lista no correio.

Passou uma semana, e ele não ligou. Depois de três dias, pensei que talvez não devesse ter escrito *OBSTINADA* e *TEIMOSA*.

No dia seguinte o telefone tocou, e ouvi minha mãe dizer: "Frank quem?". Houve um longo silêncio. "Desculpe?" Mais silêncio. Depois ela começou a rir histericamente. Saiu do telefone e veio ao meu quarto. "O que está acontecendo?", perguntei com ar inocente. "O que está acontecendo?", minha mãe perguntou com ar mais inocente ainda. "A pessoa que acabou de ligar", eu disse. "Oh, isso", ela disse. "Espero que você não se incomode, marquei um encontro, eu e o encantador de serpentes e você e Herman Cooper."

Herman Cooper era um pesadelo da oitava série que morava no nosso quarteirão, chamava todo mundo de Pênis e zombava das bolas enormes do cachorro do nosso vizinho.

"Prefiro lamber a calçada", eu disse.

22. NAQUELE ANO USEI O SUÉTER DO MEU PAI DURANTE QUARENTA E DOIS DIAS SEGUIDOS

No décimo segundo dia, passei por Sharon Newman e suas amigas no corredor. "O QUE ACONTECE COM ESSE SUÉTER NOJENTO?", ela disse. Vá comer cicuta, pensei, e decidi usar o suéter do meu pai pelo resto da vida. Consegui quase até o fim do ano escolar. Era de lã de alpaca, e lá pela metade de maio estava insuportável. Minha mãe pensou que fosse um luto retardado. Mas eu não tentava estabelecer nenhum recorde. Apenas gostava de como me sentia.

23. MINHA MÃE TEM UMA FOTOGRAFIA DO MEU PAI NA PAREDE JUNTO DA MESA DELA

Uma ou duas vezes passei pela porta e a ouvi falar em voz alta com ela. Minha mãe é solitária mesmo quando estamos à sua volta, mas às vezes meu estômago dói de pensar o que vai ser dela quando eu crescer e partir para dar início ao resto da minha vida. Outras vezes, imagino que não vou ser nem mesmo capaz de sair.

24. TODOS OS AMIGOS QUE EU TIVE UM DIA SE FORAM

No meu aniversário de catorze anos, Bird me acordou pulando na minha cama e cantando "Ela é uma boa camarada". Ele me deu uma barra derretida de Hershey e um chapéu de lã vermelho que encontrou nos Achados e Perdidos. Eu tirei dele um fio de cabelo loiro encaracolado e o usei durante o resto do dia. Minha mãe me deu um casaco impermeável testado por Tenzing Norgay, o sherpa que escalou o monte Everest com sir Edmund Hillary, e também um velho chapéu de piloto, de couro, do tipo usado por Antoine de Saint-Exupéry, um de meus heróis. Meu pai leu O *pequeno príncipe* para mim quando eu tinha seis anos e me contou que Saint-Ex era um grande piloto que arriscara a vida para abrir rotas postais para lugares remotos. No final, foi abatido por um caça alemão, e ele e seu avião se perderam para sempre no mar Mediterrâneo.

Com o casaco e o chapéu de piloto, minha mãe também me deu um livro de alguém chamado Daniel Eldridge, que, segundo ela, mereceria um Nobel se este fosse dado a paleontologistas. "Ele morreu?", perguntei. "Por que está perguntando?" "Por nada", eu disse. Bird quis saber o que era paleontologista, e mamãe disse que, se ele pegasse um guia ilustrado completo do Metropolitan Museum of Art, picasse em cem pedaços, os lançasse ao vento das escadas do museu, deixasse passar algumas semanas e voltasse e percorresse a Quinta Avenida e o Central Park em busca do maior número de pedaços que pudesse encontrar e depois tentasse reconstruir a história da pintura, incluindo as escolas, os estilos, os gêneros e os nomes dos pintores a partir dos pedaços, isso seria como se ele fosse um paleontologista. A única diferença é que paleontologistas estudam fósseis para decifrar a origem e a evolução da vida. Qualquer um com catorze anos deveria saber alguma coisa sobre o lugar de onde vem, disse minha mãe. Não daria certo andar por aí sem a menor idéia de como tudo começou. Depois, muito depressa, como se aquilo não tivesse importância, ela disse que o livro tinha pertencido a papai. Bird se apressou em tocar a capa.

Chamava-se *A vida como não a conhecemos*. No verso havia um retrato de Eldridge. Ele tinha olhos escuros, com cílios grossos, e barba e segurava o fóssil de um peixe de aparência amedrontadora. Embaixo estava escrito que ele era professor da Colúmbia. Naquela noite, comecei a lê-lo. Pensei que papai poderia ter feito algumas anotações nas margens, mas ele não tinha feito nenhuma. O único sinal dele era seu nome na parte interna da capa. O livro contava como

Eldridge e alguns outros cientistas tinham descido ao fundo do mar num submersível e descoberto, nos lugares onde as placas tectônicas se encontravam, aberturas hidrotérmicas que cuspiam gases, a setecentos graus, ricos em minerais. Até então os cientistas pensavam que o solo do fundo do mar fosse estéril, com pouca ou nenhuma vida. Mas Eldridge e seus colegas observaram nos fachos de luz do submersível centenas de organismos nunca antes vistos por olhos humanos — um ecossistema inteiro que eles concluíram ser muito, muito antigo. Chamaram-no de biosfera escura. Havia muitas aberturas hidrotérmicas lá embaixo, e eles logo imaginaram a existência de microrganismos na rocha em volta das aberturas vivendo em temperaturas quentes o bastante para derreter chumbo. Quando trouxeram alguns microrganismos para a superfície, estes cheiravam a ovo podre. Descobriram que esses organismos estranhos viviam do sulfeto de hidrogênio cuspido pelas aberturas e expiravam enxofre como as plantas terrestres produzem oxigênio. Segundo o livro do dr. Eldridge, o achado não era nada menos que uma janela para as vias químicas que levavam à aurora da evolução há bilhões de anos.

A idéia da evolução é bela e triste. Desde os primórdios da vida na Terra, existiram entre cinco e cinqüenta bilhões de espécies, das quais vivem de cinco a cinqüenta milhões hoje em dia. Assim, noventa e nove por cento de todas as espécies que um dia viveram na Terra estão extintas.

25. MEU IRMÃO, O MESSIAS

Naquela noite, enquanto eu lia, Bird veio ao meu quarto e entrou na minha cama. Com sete anos e meio, ele era baixo para a sua idade. Pressionou os pezinhos frios contra a minha perna. "Conte alguma coisa sobre o papai", sussurrou. "Você esqueceu de cortar as unhas do pé", eu disse. Ele esfregou os pés encolhidos na minha barriga da perna. "Por favor?", implorou. Tentei pensar e, porque não pude lembrar de nada que não tivesse lhe contado uma centena de vezes, inventei alguma coisa. "Ele gostava de escalar rochas", disse. "Era um bom alpinista. Uma vez escalou uma rocha que tinha uns sessenta metros de altura. Em algum lugar no Neguev, acho." Senti a respiração quente de Bird no meu pescoço. "Masada?", ele perguntou. "Pode ser", eu disse. "Ele simplesmente gostava. Era um hobby", eu disse. "Ele gostava de dançar?", Bird perguntou. Eu não tinha a menor idéia, mas disse: "Adorava. Sabia até dançar tango. Aprendeu em Buenos Aires. Ele e a mamãe dançavam o tempo todo. Ele empurrava a mesa do café para a parede e usava a sala inteira. Costumava erguer a mamãe e abaixá-la e cantar no ouvido dela". "Eu estava junto?" "É claro que estava", eu disse. "Ele costumava jogar você para o alto e agarrá-lo." "Como ele sabia que eu não ia cair?" "Ele simplesmente sabia." "Do que ele me chamava?" "De muitas coisas, Buddy, Garotinho, Punch." Eu inventava à medida que falava. Bird não parecia impressionado. "Judas, o Macabeu", eu disse. "Só Macabeu. Mac." "Do que ele me chamava mais vezes?" "Acho que de Emmanuel." Fingi que pensava. "Não, espere. De Manny. Ele costumava chamar você de Manny." "*Manny*", disse Bird, experimentando. Aninhou-se mais. "Quero contar um segredo para você", sussurrou. "Porque é seu aniversário." "O quê?" "Primeiro você tem de prometer que vai acreditar em mim." "Está bem." "Diga: 'Eu prometo'." "Eu prometo." Ele respirou profundamente. "Eu acho que posso ser um *lamed vovnik*." "Um o quê?" "Um dos *lamed vovniks*", ele sussurrou. "As trinta e seis pessoas sagradas." "*Que* trinta e seis pessoas sagradas?" "Aquelas de quem depende a existência do mundo." "Oh, *aquelas*. Não seja..." "Você prometeu", Bird disse. Eu não disse nada. "A cada momento há sempre trinta e seis", ele sussurrou. "Ninguém sabe quem são. Somente as orações delas chegam aos ouvidos de Deus. É o que o sr. Goldstein diz." "E você acha que pode ser uma delas", eu disse. "O que mais o sr. Goldstein diz?" "Ele diz que, quando o Messias chegar, ele vai ser um dos *lamed vovniks*. Em todas as gerações existe uma pessoa que tem o potencial para ser o Messias. Ele pode estar à altura ou não. Talvez o mundo esteja pronto para ele, ou talvez não esteja. É tudo." Fiquei deitada no escuro tentando pensar na coisa certa para dizer. Meu estômago começou a doer.

26. A SITUAÇÃO ERA QUASE CRÍTICA

No sábado seguinte, pus *A vida como não a conhecemos* na mochila e peguei o metrô para a Universidade de Colúmbia. Perambulei pelo campus durante quarenta e cinco minutos até encontrar o escritório de Eldridge no edifício de Ciências da Terra. Quando entrei, o secretário, que comia um prato para viagem, disse que o dr. Eldridge não estava. Eu disse que esperaria, e ele disse que talvez eu devesse voltar numa outra ocasião, porque o dr. Eldridge ficaria fora por algumas horas. Eu disse que não me incomodava. Ele voltou a comer. Enquanto esperava, li um exemplar da revista *Fossil*. Depois, perguntei ao secretário, que ria alto de alguma coisa em seu computador, se ele achava que o dr. Eldridge voltaria logo. Ele parou de rir e olhou para mim como se eu tivesse acabado de arruinar o momento mais importante da sua vida. Voltei à minha cadeira e li um número do *Paleontologist Today*.

Senti fome, e desci para o hall e peguei um pacote de Devil Dogs numa máquina. Depois adormeci. Quando acordei, o secretário tinha ido embora. A porta do escritório de Eldridge estava aberta e as luzes, acesas. Dentro, um homem muito velho, de cabelos brancos, estava em pé junto de um arquivo debaixo de um pôster que dizia: CONSEQÜENTEMENTE SEM PROGENITORES, POR GERAÇÃO ESPONTÂNEA, SURGEM AS PRIMEIRAS PARTÍCULAS ANIMADAS NA TERRA — *ERASMUS DARWIN*.

"Para ser franco, não pensei nessa opção", disse o velho ao telefone. "Duvido que ele se inscrevesse. De qualquer forma, acho que já temos o nosso homem. Vou ter de falar com o departamento, mas digamos que as coisas parecem andar bem." Ele me viu na porta e fez sinal de que logo desligaria. Eu ia dizer que estava tudo bem, que esperava pelo dr. Eldridge, mas ele virou de costas e olhou pela janela. "Bom, fico feliz em saber. É melhor eu me apressar. Então está bem. Tudo de bom. Até logo." Ele se voltou para mim. "Sinto muito", disse. "Em que posso ajudar?" Cocei meu braço e notei a sujeira embaixo das unhas. "O senhor não é o dr. Eldridge, é?", perguntei. "Sou sim", ele disse. Meu coração ficou apertado. Deviam ter passado trinta anos desde que a fotografia do livro fora tirada. Não tive de pensar muito para saber que ele não poderia me ajudar naquilo que me levara até ali, porque, mesmo que merecesse um Nobel por ser o maior paleontologista vivo, também mereceria um por ser o mais velho.

Eu não sabia o que dizer. "Li seu livro", tentei, "e ando pensando em me tornar uma paleontologista." Ele disse: "Bem, não se faça de tão desapontada".

27. UMA COISA QUE JAMAIS VOU FAZER QUANDO CRESCER

É me apaixonar, largar a universidade, aprender a viver a pão e água, ter uma espécie com o meu nome e arruinar minha vida. Quando eu era pequena, minha mãe costumava assumir um certo olhar e dizer: "Um dia você vai se apaixonar". Eu queria dizer, mas nunca disse: Nem em um milhão de anos.

O único garoto que beijei foi Misha Shklovsky. O primo dele o ensinara na Rússia, onde ele morava antes de se mudar para o Brooklyn, e ele me ensinou. "Sem tanta língua", foi tudo o que ele disse.

28. CEM COISAS PODEM MUDAR SUA VIDA; UMA CARTA É UMA DELAS

Passaram cinco meses, e eu quase desisti de encontrar alguém que fizesse minha mãe feliz. Depois, aconteceu: no meio de fevereiro passado chegou uma carta, datilografada em papel aéreo, azul, postada em Veneza, entregue à minha mãe pelo seu editor. Bird a viu primeiro e a levou para a mamãe a fim de perguntar se podia ficar com os selos. Estávamos todos na cozinha. Ela a abriu e leu em pé. Depois a leu uma segunda vez, sentada. "Isso é incrível", disse. "O quê?", perguntei. "Alguém escreveu para mim sobre *A história do amor*. O livro pelo qual papai e eu escolhemos seu nome." Leu a carta para nós em voz alta.

Cara sra. Singer,

Acabo de terminar a tradução dos poemas de Nicanor

Parra, que, como a senhora diz, "usava um pequeno astronauta russo na lapela e levava nos bolsos as cartas da mulher que o deixou por outro homem". Está aqui a meu lado sobre a mesa do meu quarto numa pensão no Gran Canale. Não sei o que dizer sobre ele, exceto que me emocionou como esperamos nos emocionar a cada vez que começamos um livro. O que quero dizer é que, de um modo que me parece quase impossível descrever, ele me transformou. Mas não vou prosseguir nisso. A verdade é que escrevo não para lhe agradecer, mas para fazer o que pode parecer um pedido estranho. Na sua introdução, a senhora menciona de passagem um escritor pouco conhecido, Zvi Litvinoff, que fugiu da Polônia para o Chile em 1941 e cujo único trabalho publicado, escrito em espanhol, se chama *A história do amor*. Minha pergunta é: a senhora consideraria traduzi-lo? Seria somente para o meu uso pessoal; não tenho nenhuma intenção de publicá-lo, e os direitos continuariam sendo seus se quisesse fazê-lo um dia. Eu me disporia a pagar o que seria a sua idéia de um preço justo pelo trabalho. Sempre acho essas questões incômodas. Poderíamos falar em cem mil dólares? Aí está. Se lhe parecer muito pouco, diga-me o que pensa.

Imagino sua resposta à medida que lê a carta — a qual terá passado uma ou duas semanas plantada nesta lagoa, depois mais um mês atravessando o caos do sistema postal italiano, antes de por fim cruzar o Atlântico e ser entregue ao sistema postal dos Estados Unidos, que a passará para um saco empurrado num carrinho por um carteiro que vai arrastá-la em meio a chuva e neve para inseri-la na caixa de correio, onde cairá no chão, à espera de que a senhora a encontre. E, ao imaginá-la, estou preparado para o pior, que seria a senhora me achar uma espécie de lunático. Mas talvez não tenha de ser assim. Talvez se eu lhe contasse que muito tempo atrás alguém um dia leu para mim, quando eu adormecia, algumas páginas de um livro chamado *A história do amor* e que passados todos esses anos eu nunca me esqueci daquela noite, ou daquelas páginas, a senhora compreenderia.

Ficaria grato se pudesse enviar sua resposta para o endereço acima. No caso de eu não estar mais aqui quando ela chegar, o zelador vai me reenviar a correspondência.

Ansiosamente,
Jacob Marcus

Santo Deus!, pensei. Mal podia acreditar na nossa sorte, e pensei em responder para Jacob Marcus eu mesma, com a desculpa de que havia sido Saint-Exupéry quem estabelecera a última etapa meridional da rota postal para a América do Sul, até a extremidade do continente, em 1929. Jacob Marcus parecia interessado em correio, e, de qualquer forma, um dia minha mãe tinha dito que foi em parte pela coragem de Saint-Ex que Zvi Litvinoff, o autor d'*A história do amor*, pôde mais tarde receber as últimas cartas da sua família e de amigos da Polônia. No final da carta eu acrescentaria alguma coisa no sentido de minha mãe ser solteira. Porém, mudei de idéia, no caso de ela descobrir e estragar o que havia começado tão bem, sem nenhuma interferência. Cem mil dólares era muito dinheiro. Mas eu sabia que, mesmo se Jacob Marcus não tivesse oferecido quase nada, minha mãe teria concordado em fazer a tradução.

29. MINHA MÃE COSTUMAVA LER TRECHOS D'A *HISTÓRIA DO AMOR* PARA MIM

"*A primeira mulher pode ter sido Eva, mas a primeira menina vai ser sempre Alma*", ela dizia, com o livro em espanhol aberto no colo, eu deitada na cama. Isso foi quando eu tinha quatro ou cinco anos, antes de papai ficar doente e o livro ser guardado numa estante. "Talvez a primeira vez em que a viu você tivesse dez anos. Ela estava parada, no sol, e coçava as pernas. Ou desenhava letras na terra com uma vara. Alguém puxava o cabelo dela. Ou ela puxava o cabelo de alguém. E uma parte sua se sentiu atraída por ela, e uma parte sua resistiu — quis fugir de bicicleta, chutar uma pedra, continuar sem complicações. De um mesmo fôlego você sentiu a força de um homem e a autopiedade que o fez sentir-se pequeno e ferido. Parte de você pensou: Por favor, não olhe para mim. Se você não olhar, ainda posso recuar. E parte de você pensou: Olhe para mim.

"Se você se lembra da primeira vez em que viu Alma, também se lembra da última. Ela balançava a cabeça. Ou desaparecia num campo. Ou pela sua janela. *Volte, Alma!*, você gritava. *Volte! Volte!*

"Mas ela não voltou.

"E, embora na época você já fosse crescido, sentiu-se perdido como uma criança. E, embora seu orgulho estivesse ferido, você se sentia grandioso como o seu amor por ela. Ela havia partido, e tudo o que restava era o espaço onde você crescera em torno dela, como uma árvore cresce em torno de uma cerca.

"Durante muito tempo ficou um vazio. Anos, quem sabe. E, quando por fim ele foi preenchido outra vez, você sabia que o novo amor que sentia por uma mulher teria sido impossível sem Alma. Se não fosse por ela, nunca haveria um espaço vazio, ou a necessidade de preenchê-lo.

"É claro que há alguns casos em que o rapaz em questão se recusa a parar de gritar a plenos pulmões por Alma. Encena uma greve de fome. Suplica. Enche um livro com o seu amor. Prossegue até que ela não tenha escolha a não ser voltar. Toda vez que ela tenta partir, sabedora de que é o que tem de ser feito, o rapaz a detém e implora como um bobo. E assim ela sempre volta, a despeito do número de vezes em que parte ou da distância que percorre, surge silenciosa atrás dele e cobre seus olhos com as mãos, frustra por causa dele todos que possam um dia se interessar por ela."

30. O CORREIO ITALIANO LEVA MUITO TEMPO; AS COISAS SE PERDEM, E AS VIDAS SÃO ARRUINADAS PARA SEMPRE

Deve ter levado mais algumas semanas para que a resposta da minha mãe chegasse a Veneza, e a essa altura Jacob Marcus provavelmente tinha partido e deixado instruções para que a correspondência lhe fosse reenviada. No início, eu o imaginei como alguém muito alto e magro, com uma tosse crônica, pronunciando as poucas palavras de italiano que sabia com um sotaque terrível, uma daquelas pessoas tristes que nunca se sentem em casa em lugar nenhum. Bird o imaginava como um John Travolta numa Lamborghini com uma mala de dinheiro. Se minha mãe tinha uma fantasia, nunca falou dela.

Mas a segunda carta chegou no fim de março, seis semanas depois da primeira, postada em Nova York, escrita à mão no verso de um antigo cartão-postal em preto-e-branco de um zepelim. A idéia que eu fazia dele evoluiu. Em vez de tosse, eu lhe atribuí uma bengala que ele usava desde um acidente de automóvel sofrido com pouco mais de vinte anos, e decidi que a tristeza era causada pelos pais, que o haviam deixado muito só na infância, antes de morrerem e lhe deixarem todo o dinheiro que tinham. No verso do cartão, ele escreveu:

Cara sra. Singer,

Fiquei extremamente feliz com a sua resposta e em saber que a senhora pode começar a trabalhar na tradução. Por favor, mande os dados da sua conta bancária, e eu lhe depositarei por cabo os primeiros vinte e cinco mil dólares, imediatamente. A senhora concordaria em me enviar o livro em quartos, à medida que o traduz? Espero que perdoe minha impaciência e a atribua à expectativa e excitação pela possibilidade de enfim ler o livro de Litvinoff, e o seu. Também ao meu prazer em receber cartas, e para estender, pelo maior tempo possível, uma experiência que, espero, me comoverá profundamente.

Atenciosamente,
J. M.

31. TODO ISRAELITA DETÉM A HONRA DE SEU POVO INTEIRO NAS MÃOS

O dinheiro chegou uma semana depois. Para comemorar, minha mãe nos levou para ver um filme francês legendado sobre duas meninas que fogem de casa. Só havia mais três pessoas no cinema. Uma delas era o lanterninha. Bird terminou o seu Milk Duds durante os créditos iniciais e correu para cima e para baixo pelos corredores num barato açucarado até cair adormecido na primeira fila.

Não muito depois disso, durante a primeira semana de abril, ele subiu no telhado da escola hebraica, caiu e abriu o pulso. Para se consolar, armou uma mesa de papelão do lado de fora de casa e pintou um cartaz que dizia: *LIMONAJU-DA FRESCA 50 CENTAVOS SIRVA-SE POR FAVOR (PULSO ABERTO)*. Com chuva ou com sol, ficava ali com a jarra de limonada e uma caixa de sapatos para recolher o dinheiro. Quando esgotou a clientela da rua, ele se mudou para alguns quarteirões adiante e se instalou na frente de um terreno baldio. Começou a passar cada vez mais tempo lá. Quando os negócios iam mal, ele abandonava a mesa de papelão e vagueava pelo lugar, brincava no terreno. Cada vez que eu passava, ele havia feito alguma coisa para melhorá-lo: arrastou a cerca enferrujada para um lado, cortou as ervas daninhas, encheu um saco de lixo com entulho. Quando escurecia, ele vinha para casa com as pernas arranhadas, o quipá caído de lado na cabeça. "Que bagunça", ele dizia. Mas, quando eu lhe perguntava o que planejava fazer, só dava de ombros. "Um lugar pertence a qualquer um que tenha um uso para ele", disse-me. "Obrigada, sr. Dali Lamed Vovnik. Foi o sr. Goldstein que lhe disse isso?" "Não." "Bem, qual é a grande utilidade que você tem para ele?", provoquei. Em vez de responder, ele foi até a soleira da porta, ergueu o braço para alcançar alguma coisa, beijou a mão e subiu as escadas. Era um mezuzá de plástico; ele havia pregado um em cada batente da casa. Havia um também na porta do banheiro.

No dia seguinte encontrei o terceiro volume do *Como*

sobreviver na selva no quarto de Bird. Ele tinha rabiscado o nome de Deus com um marcador permanente no alto de todas as páginas. "O QUE VOCÊ FEZ COM O MEU CADERNO?", gritei. Ele ficou em silêncio. "VOCÊ ACABOU COM ELE." "Não, eu não acabei. Eu tomei cuidado..." "Cuidado? *Cuidado?* Quem disse que você podia *encostar* a mão nele? Já ouviu falar nas palavras PROPRIEDADE PARTICULAR?" Bird fitou o caderno na minha mão. "Quando você vai começar a agir como uma pessoa normal?" "O que está acontecendo aí embaixo?", mamãe gritou do alto da escada. "Nada!", dissemos juntos. Passado um minuto, nós a ouvimos voltar para o escritório. Bird pôs o braço na frente do rosto e cutucou o nariz. "Que merda, Bird", sussurrei entre dentes. "Pelo menos tente ser normal. Você pelo menos tem de *tentar*."

32. DURANTE DOIS MESES MINHA MÃE MAL SAIU DE CASA

Uma tarde, na última semana antes das férias de verão, cheguei em casa da escola e encontrei minha mãe na cozinha com um pacote endereçado a Jacob Marcus num endereço de Connecticut. Ela havia acabado de traduzir o primeiro quarto d'A *história do amor* e queria que eu o levasse ao correio. "Sem dúvida", eu disse, enfiando-o debaixo do braço. Em vez disso, fui para o parque e passei a unha debaixo do lacre. Em cima havia uma carta, uma frase, escrita na letra pequena, em inglês, da minha mãe:

Caro sr. Marcus,

Espero que estes capítulos correspondam a tudo o que

o senhor esperava; o que estiver aquém é inteiramente falta minha.

Sua,
Charlotte Singer

Meu coração ficou apertado. Vinte palavras maçantes sem a menor sombra de romantismo! Eu sabia que devia enviá-la, que não era problema meu, que não é justo se meter nos assuntos dos outros. Porém, há muitas coisas que não são justas.

33. A HISTÓRIA DO AMOR, CAPÍTULO 10

Durante a Idade do Vidro, todos acreditavam que possuíam uma parte extremamente frágil. Para alguns era uma das mãos, para outros um fêmur, e outros ainda acreditavam que tinham o nariz feito de vidro. A Idade do Vidro seguiu-se à Idade da Pedra como um corretivo à evolução e introduziu nas relações humanas um sentido novo de fragilidade que alimentava a compaixão. Esse período durou um tempo relativamente curto na história do amor — cerca de um século —, até que um médico chamado Ignacio da Silva descobriu o tratamento em que as pessoas eram convidadas a se deitar num divã e ganhavam um beijo estimulante na parte em questão, para que se lhes demonstrasse a verdade. A ilusão anatômica que parecia tão real lentamente desaparecia e — como tantas coisas de que não mais precisamos porém não conseguimos abrir mão — se tornava vestigial. Mas de tempos em tempos, por razões que nem sempre podem ser compreendidas, ela reaparece, e sugere que a Idade do Vidro, como a Idade do Silêncio, nunca se encerrou completamente.

Tome como exemplo aquele homem que desce a rua. Você não o notaria obrigatoriamente, ele não é o tipo de homem que chama atenção; tudo nas roupas dele e seu comportamento pedem que ele não seja distinguido da multidão. De modo geral — ele mesmo lhe diria isto — passaria despercebido. Ele não leva nada. Ao menos parece não levar nada, nem um guarda-chuva, embora ameace chover, nem uma pasta, embora seja a hora do rush e, em volta dele, curvadas ante o vento, as pessoas vão para suas casas aquecidas nos limites da cidade, nas quais os filhos se debruçam sobre a lição de casa à mesa da cozinha, há cheiro de jantar no ar e provavelmente um cachorro, porque nessas casas há sempre um cachorro.

Certa noite, quando esse homem ainda era jovem, ele decidiu ir a uma festa. Lá, encontrou uma garota com quem havia cursado a escola desde o primário, uma garota de quem sempre estivera um pouco enamorado, embora tivesse certeza de que ela não sabia da sua existência. A garota tinha o nome mais bonito que ele jamais ouvira: Alma. Quando ela o viu na porta, seu rosto se iluminou e ela atravessou a sala para falar com ele. Ele não podia acreditar.

Passou-se uma hora ou duas. Deve ter sido uma conversa boa, porque na seqüência ele se deu conta de que Alma o mandara fechar os olhos. Em seguida ela o beijou. O beijo dela era uma pergunta que ele desejava passar a vida a responder. Ele sentiu o corpo estremecer. Receou estar prestes a perder o controle dos músculos. Para outro seria diferente, mas para ele não era fácil, porque esse homem acreditava — também segundo suas lembranças mais remotas — que parte dele era feita de vidro. Imaginou um movimento equivocado, em que caía e se despedaçava diante dela. Afastou-se, ainda que não o quisesse. Sorriu aos pés de Alma, na esperança de que ela compreendesse. Falaram durante horas.

Naquela noite ele foi para casa cheio de alegria. Não conseguiu dormir, excitado com a idéia do dia seguinte, quando ele e Alma teriam um encontro para ir ao cinema. Apanhou-a à noite e lhe deu um maço de narcisos amarelos. No cinema, lutou contra — e venceu — os perigos de permanecer sentado. Assistiu ao filme todo inclinado para a frente, de modo que seu peso se apoiava na parte de baixo das coxas e não na porção feita de vidro. Se Alma notou, não disse nada. Ele movimentou um pouco o joelho, e um pouco mais, até encostá-lo no dela. Transpirava. Quando o filme acabou, ele não tinha idéia do enredo. Propôs que dessem um passeio no parque. Dessa vez, foi ele que parou, tomou Alma nos braços e a beijou. Quando seus joelhos começaram a tremer e ele se viu largado entre cacos de vidro, conteve o impulso de se afastar. Correu os dedos pela espinha dela sobre a blusa fina e por um instante se esqueceu do perigo em que se encontrava, agradecido pelo mundo, que deliberadamente ergue anteparos de modo que possamos superá-los, sentindo a alegria da aproximação, ainda que no fundo não possamos jamais esquecer a tristeza pelas diferenças intransponíveis. Antes de poder reagir, ele tremeu violentamente. Contraiu os músculos para tentar detê-los. Alma sentiu a hesitação. Inclinou-se para trás e olhou para ele como se estivesse ferida, e depois ele quase não disse as duas frases que tencionara dizer ao longo de anos: *Parte de mim é feita de vidro*, e também: *Eu te amo.*

Ele viu Alma uma última vez. Não fazia idéia de que seria a última. Pensava que tudo era apenas o começo. Passou a tarde fazendo para ela um colar de passarinhos de papel dobrado, unidos por uma linha. Logo antes de sair pela porta, num impulso pegou uma almofada bordada do sofá de sua mãe e a enfiou na parte de trás da calça como medida de proteção. Assim que o fez, perguntou-se por que não pensara nisso antes.

Naquela noite — depois de dar o colar para Alma e prendê-lo com delicadeza em volta do seu pescoço enquanto a beijava, sentindo apenas um ligeiro tremor, nada terrível, enquanto ela corria os dedos *dela* pelas costas *dele* e parava um instante antes de escorregar a mão pela parte de trás da calça, para se afastar com um ar que oscilava entre o riso e o horror, um ar que o lembrou de uma espécie de dor que ele jamais deixou de conhecer — ele lhe disse a verdade. Ele ao menos tentou dizer a verdade, mas o que saiu foi apenas metade da verdade. Mais tarde, muito mais tarde, ele descobriu que era incapaz de se desfazer de dois arrependimentos: um, de que, quando ela se afastou, ele viu à luz da rua que o colar que havia feito tinha arranhado seu pescoço, e, dois, de que no momento mais importante da vida dele, escolhera a frase errada.

Fiquei ali sentada por muito tempo e li os capítulos que minha mãe havia traduzido. Quando terminei o décimo, sabia o que tinha de fazer.

34. NÃO HÁ NADA A PERDER

Amassei a carta da minha mãe e a atirei no lixo. Corri para casa e subi ao meu quarto para esboçar outra carta para o único homem que eu acreditava capaz de fazer minha mãe mudar.

Trabalhei nela durante horas. Tarde naquela noite, depois que ela e Bird haviam se deitado, me levantei da cama, desci para o hall na ponta dos pés e levei para o meu quarto a máquina de escrever que minha mãe ainda gosta de usar para cartas de mais de vinte palavras. Tive de datilografá-la muitas vezes até conseguir uma sem erros. Li a carta uma última vez. Depois assinei o nome da minha mãe e fui dormir.

Perdoe-me

Quase tudo o que se sabe sobre Zvi Litvinoff vem da introdução que sua esposa escreveu no volume d'A *história do amor*, reeditado alguns anos depois da morte dele. O tom da prosa, suave e retraído, é colorido pela devoção de alguém que dedicou a vida à arte de outro. Começa com: *Encontrei Zvi em Valparaíso, no outono de 1951, pouco depois de completar vinte anos. Tinha-o visto muitas vezes nos cafés ao longo da orla que eu costumava freqüentar com amigos. Ele usava um casaco mesmo nos meses mais quentes, e contemplava a paisagem, melancólico. Tinha quase vinte anos mais que eu, mas havia nele alguma coisa que me atraía. Eu sabia que ele era um refugiado porque tinha ouvido sua pronúncia nas poucas ocasiões em que algum conhecido, também daquele outro mundo, se detinha por um instante na mesa dele. Meus pais emigraram de Cracóvia para o Chile quando eu era muito jovem, de modo que havia nele alguma coisa para mim familiar e comovente. Eu fazia meu café durar, observava-o enquanto ele lia o jornal. Meus amigos riam de mim, chamando-o de* viejón, *e um dia uma garota de nome Gracia Stürmer me desafiou a ir falar com ele.*

E assim fez Rosa. Naquele dia falou com ele durante quase três horas, enquanto a tarde se estendia e o ar fresco que vinha do mar entrava. E Litvinoff, de sua parte — feliz com a atenção da jovem de rosto pálido e cabelos escuros, encantado porque ela compreendia fragmentos de iídiche, de repente invadido por uma nostalgia que ele não sabia ter carregado dentro de si durante anos —, despertou, entretendo-a com histórias e citações de poemas. Naquela noite, Rosa foi para casa numa grande felicidade. Entre os rapazes arrogantes, autocentrados, da universidade, com os cabelos engomados e uma conversa vazia sobre filosofia, e os poucos melodramáticos que lhe confessavam seu amor diante do seu corpo nu, não havia nenhum que tivesse pelo menos a metade da experiência de Litvinoff. Na tarde seguinte, depois das aulas, Rosa correu de volta para o café. Litvinoff estava lá, esperando por ela, e de novo falou excitado durante horas: sobre o som do violoncelo, sobre filmes mudos e sobre as lembranças que os dois associavam ao cheiro da água salgada. Isso prosseguiu por duas semanas. Tinham muito em comum, mas entre eles pairava uma diferença sombria e pesada que atraiu Rosa para mais perto, num esforço por agarrar nem que fosse o menor fragmento dele. Porém, Litvinoff raramente falava do passado e de tudo o que havia perdido. E nunca mencionava nada sobre o trabalho que tinha iniciado todas as noites sobre a velha prancheta no quarto onde morava, o livro que viria a ser sua obra-prima. Disse apenas que lecionava durante meio período numa escola judaica. Era duro para Rosa imaginar o homem sentado diante dela — sombrio como um corvo em seu manto e com um traço de solenidade de uma fotografia antiga — rodeado por uma classe de crianças rindo, impacientes. *Somente dois meses depois*, escreve Rosa, *durante os primeiros momentos de tristeza que pareciam se esgueirar pela janela aberta sem que percebêssemos, para perturbar a atmosfera rarefeita que chega com o início do amor, Litvinoff leu para mim as primeiras páginas da* História.

Elas estavam escritas em iídiche. Mais tarde, com a ajuda de Rosa, Litvinoff traduziu-as para o espanhol. O manuscrito original em iídiche perdeu-se quando a casa dos Litvinoff foi inundada enquanto eles estavam fora, nas montanhas. Resta apenas uma única página, que flutuava na superfície da água, a qual havia chegado à altura de meio metro no escritório de Litvinoff, e que Rosa resgatou. *No fundo entrevi a tampa dourada da caneta que ele sempre levava no bolso,* ela escreve, *e tive de mergulhar o braço até o ombro para alcançá-la.* A tinta havia escorrido, e em alguns lugares a escrita era ilegível. Mas o nome que ele tinha dado a ela em seu livro, o nome que pertencia a todas as mulheres na *História,* podia ser divisado na escrita inclinada de Litvinoff no pé da página.

Diferentemente do marido, Rosa Litvinoff não era uma escritora, e ainda assim a introdução é conduzida por uma inteligência natural, e matizada, de maneira quase intuitiva, por pausas, sugestões, elipses, cujo efeito geral é uma espécie de meia-luz em que o leitor, ou leitora, pode projetar sua imaginação. Ela descreve a janela aberta e como a voz de Litvinoff tremia de emoção enquanto ele lia para ela desde o início, mas não diz nada acerca do quarto em si — que temos razões para imaginar devesse ser o de Litvinoff, com a prancheta que um dia pertencera ao filho da proprietária e trazia entalhadas no canto as palavras da reza judaica mais importante, *Shema yisrael adonai elohanu adonai echad,* de modo que, toda vez que Litvinoff sentava para escrever sobre a superfície inclinada, ele murmurava, conscientemente ou não, uma reza —, nada acerca da cama estreita em que dormia, nem das meias que lavara e pendurara na noite anterior, agora estendidas como dois animais exaustos no encosto de uma cadeira, nada acerca da fotografia emoldurada, disposta num ângulo tal que ficava voltada para o papel de parede descascado (a qual Rosa deve ter visto quando Litvinoff se desculpou para descer ao banheiro do hall), de um menino e uma menina em pé, com os braços rígidos pendentes dos lados, as mãos entrelaçadas, os joelhos nus, paralisados, enquanto pela janela, vista no canto mais distante da moldura, a tarde aos poucos os deixava. E, embora Rosa descreva como se casou, depois de algum tempo, com o corvo sombrio, como seu pai morreu e como a grande casa da infância, com os jardins de aromas adocicados, foi vendida e de algum modo tiveram dinheiro, como compraram um bangalô branco nos penhascos acima da água ao largo de Valparaíso e Litvinoff pôde abrir mão do trabalho na escola e escrever na maior parte das tardes e noites, ela não diz nada acerca da tosse persistente de Litvinoff, que com freqüência, no meio da noite, o levava ao terraço, onde ele olhava fixamente para a água escura, nada acerca de seus longos silêncios, nem do modo como suas mãos às vezes tremiam, nem como ela o viu envelhecer diante de seus olhos, como se para ele o tempo passasse mais depressa do que para tudo ao redor dele.

Quanto ao próprio Litvinoff, sabemos somente o que está nas páginas do livro que escreveu. Ele não fez um diário e escreveu poucas cartas. As que escreveu foram perdidas ou destruídas. Além de algumas listas de compras e anotações pessoais e da única página do manuscrito em iídiche que Rosa conseguiu salvar da inundação, sabe-se da sobrevivência de apenas uma carta, um cartão-postal de 1964 endereçado a um sobrinho em Londres. Por essa época, a *História* havia sido publicada numa tiragem modesta de um par de milhares de cópias, e Litvinoff dava aulas de novo, dessa vez — por conta do pouco de estima adquirido pela publicação recente — um curso de literatura na universidade. O cartão-postal pode ser visto numa vitrine guarnecida de veludo azul gasto no museu empoeirado de história da cidade, quase sempre fechado quando alguém pensa em visitá-lo. No verso, lê-se, simplesmente:

Caro Boris,

Fiquei muito feliz em saber que você passou nos exames. Sua mãe, que sua memória seja bendita, ficaria orgulhosa. Um médico de verdade! Você estará mais ocupado do que nunca, mas, se quiser fazer uma visita, sempre haverá um quarto extra. Venha pelo tempo que quiser. Rosa é uma boa cozinheira. Você pode sentar-se à beira do mar e transformar a visita em férias de verdade. E as moças? É só uma pergunta. Você nunca deve se ocupar a ponto de não ter tempo para elas. Aceite meu amor e minhas felicitações.

Zvi

A frente do cartão, uma fotografia do mar colorida à mão, acha-se reproduzida no mural da parede, com os dizeres: *Zvi Litvinoff, autor d'*A história do amor, *nasceu na Polônia e morou em Valparaíso durante trinta e sete anos, até sua morte, em 1978. Esse cartão foi escrito para o filho de sua irmã mais velha, Boris Perlstein*. Em letras menores, impresso no canto inferior esquerdo, pode-se ler: *Doação de Rosa Litvinoff*. O que não se diz é que a irmã dele, Miriam, foi atingida por uma bala na cabeça disparada por um oficial nazista no gueto de Varsóvia, nem que, além de Boris, que escapou num *Kindertransport* e viveu os anos remanescentes da guerra e da infância num orfanato em Surrey, e mais tarde dos filhos de Boris, às vezes sufocados pelo desespero e medo que acompanhavam o amor do pai, Litvinoff não tinha parentes sobreviventes. Também não se diz que o cartão nunca foi enviado, mas qualquer observador atento pode notar que o selo não tem carimbo.

O que *não* se sabe sobre Zvi Litvinoff é interminável. Não se sabe, por exemplo, que no outono de 1954, em sua primeira e última viagem a Nova York — para onde Rosa insistira em ir a fim de mostrar o manuscrito a alguns editores —, ele simulou que havia se perdido da mulher numa loja de departamentos cheia de gente, atravessou a rua e ficou piscando ao sol no Central Park. Que, enquanto ela o procurava entre as meias e luvas de couro expostas, ele caminhava por uma avenida de olmos. Que, quando Rosa encontrou um gerente e solicitou um anúncio pelo alto-falante — *Sr. Z. Litvinoff. Por favor, venha ao encontro de sua esposa na seção de calçados femininos* —, ele havia chegado a um lago e observava um barco, remado por um jovem casal, que flutuava na direção dos juncos atrás dos quais ele estava, e a moça, pensando que ninguém a via, desabotoou a blusa para revelar dois seios brancos. Que a visão dos seios encheu Litvinoff de remorso e ele correu de volta pelo parque para a loja de departamentos, onde encontrou Rosa — com o rosto vermelho e o cabelo úmido na nuca — falando com um par de policiais. Que, quando ela jogou os braços em volta dele e disse que ele a tinha aterrorizado e perguntou onde diabos estivera, Litvinoff respondeu que havia ido ao banheiro e ficara trancado na cabine. Que mais tarde, num bar de hotel, os Litvinoff encontraram o editor que concordara em vê-los, um homem nervoso com uma risada fina e dedos manchados de nicotina, e ele lhes disse que, embora gostasse muito do livro, não poderia publicá-lo, pois ninguém o compraria. Como prova de sua estima, ele os presenteou com um livro que a editora acabava de publicar. Passada uma hora, desculpou-se, disse que tinha um jantar, saiu às pressas e deixou a conta para os Litvinoff.

Naquela noite, depois que Rosa adormeceu, Litvinoff se trancou de verdade no banheiro. Repetia isso quase toda noite, porque o constrangia que a mulher sentisse o cheiro do que fazia. Sentado na privada, ele leu a primeira página do livro que o editor lhes dera. Chorou, também.

Não se sabe que a flor preferida de Litvinoff era a peônia. Que sua forma preferida de pontuação era o ponto de interrogação. Que ele tinha sonhos terríveis e somente adormecia, quando adormecia, com um copo de leite quente. Que muitas vezes imaginava a própria morte. Que pensava que a mulher que o amava estava errada em amá-lo. Que tinha pé chato. Que seu alimento preferido era batata. Que gostava de se imaginar filósofo. Que questionava todas as coisas, mesmo as mais simples, tanto que, quando alguém passava por ele na rua, erguia o chapéu e dizia: "Bom dia", Litvinoff muitas vezes fazia uma pausa tão longa para pesar os indícios que, ao chegar a uma resposta, a pessoa havia ido embora, deixando-o sozinho. Essas coisas ficaram perdidas no esquecimento como tantas sobre tantos que nascem e morrem sem que alguém se dê o trabalho de anotálas. O fato de Litvinoff ter tido uma esposa tão devotada é, para ser franco, a única razão pela qual se sabe de alguma coisa sobre ele.

Alguns meses depois de o livro ser publicado por uma pequena editora de Santiago, Litvinoff recebeu um pacote pelo correio. No instante em que o carteiro tocou a campainha, a caneta de Litvinoff pairava sobre uma folha de papel em branco e ele tinha os olhos marejados pela revelação, tomados pela sensação de que estava prestes a compreender a essência de alguma coisa. Mas, quando a campainha tocou, o pensamento se perdeu e Litvinoff, de novo comum, arrastou os pés pelo hall escuro e abriu a porta, onde o carteiro estava, ao sol. "Bom dia", disse o carteiro, entregando-lhe um grande envelope marrom, fechado com cuidado, e Litvinoff não teve de pesar os indícios por muito tempo para chegar à conclusão de que havia pouco o dia prometia ser excelente, mais do que ele poderia esperar, e de súbito se modificara como a direção de uma rajada de vento no horizonte. A confirmação veio quando Litvinoff abriu o pacote e encontrou a prova d'A *história do amor*, com uma breve nota do editor: *Não precisamos mais da matéria morta anexa e a reenviamos ao senhor*. Litvinoff estremeceu, sem saber que era hábito remeter as provas de volta para o autor. Perguntou-se se isso afetaria a opinião de Rosa sobre o livro. Não querendo descobrir, queimou a nota com o material, observando as brasas que estalavam e se retorciam na lareira. Quando a mulher voltou das compras, abriu as janelas para que entrasse luz e ar fresco e perguntou por que ele tinha acendido o fogo num dia tão bonito, Litvinoff deu de ombros e se queixou de frio.

Das duas mil cópias originais impressas d'A *história do amor*, algumas foram compradas e lidas, muitas foram compradas e não lidas, algumas foram dadas de presente, algumas jaziam desbotadas em vitrines de livrarias a serviço do desembarque de moscas, algumas foram marcadas a lápis, e muitas acabaram enviadas à prensa de papéis, onde foram retalhadas e transformadas em polpa com outros livros não lidos e rejeitados, as frases separadas e picadas nas lâminas giratórias da máquina. Olhando pela janela, Litvinoff imaginou as duas mil cópias d'A *história do amor* como uma revoada de dois mil pombos-correios batendo as asas e voltando a ele para dar conta das lágrimas vertidas, das risadas, das passagens lidas em voz alta, dos gestos cruéis de fechar a capa depois de uma página mal lida, das páginas nunca abertas.

Ele não podia saber, mas, da tiragem original d'A *história do amor* (houve uma centelha de interesse depois da morte de Litvinoff, e o livro voltou a ser editado por um breve período com a introdução de Rosa), ao menos uma cópia se destinou a mudar uma vida — mais de uma vida. Esse livro em particular era um dos últimos dos dois mil impressos, e ficou por mais tempo que o resto num armazém nos subúrbios de Santiago, absorvendo a umidade. Dali, ele foi por fim enviado a uma livraria em Buenos Aires. O proprietário descuidado mal o notou, e durante alguns anos ele definhou nas prateleiras e ganhou um desenho embolorado na capa. Era um volume fino, e sua posição na prateleira não era exatamente ótima: oprimido à esquerda pela biografia excessiva de uma atriz menor e à direita por uma novela um dia sucesso de vendas de um autor que desde então todos haviam esquecido, ele mal exibia a lombada, nem mesmo para o mais curioso dos olhares. Quando a loja mudou de dono, ele caiu vítima de uma limpeza maciça e foi transportado para outro armazém, malcheiroso, sujo, apinhado de pernilongos, onde ficou na escuridão e na umidade até ser afinal enviado a uma pequena livraria de segunda mão, pouco distante da casa do escritor Jorge Luis Borges. Por essa época, Borges estava completamente cego e não tinha razão para visitar a livraria — porque já não podia ler e porque ao longo da vida lera tanto, memorizara porções tão vastas de Cervantes, Goethe e Shakespeare que só lhe restava sentar-se na escuridão e refletir. Muitas vezes, visitantes que amavam o escritor Borges procuravam seu endereço e batiam na porta, mas, ao entrar, deparavam-se com o leitor Borges, que passava os dedos nas lombadas dos livros até encontrar o que desejava ouvir e o estendia ao visitante, a quem não restava escolha a não ser se acomodar e ler para ele em voz alta. Ocasionalmente, ele deixava Buenos Aires para viajar com sua amiga María Kodama e lhe ditava seus pensamentos sobre a alegria de um passeio de balão ou a beleza do tigre. Mas não visitou a livraria de segunda mão, embora, quando ainda enxergava, tivesse uma relação amistosa com a proprietária.

A proprietária não teve pressa em desempacotar os livros que havia comprado por um preço baixo no atacado do armazém. Certa manhã, ao explorar as caixas, descobriu o exemplar embolorado d'A *história do amor*. Nunca tinha ouvido falar dele, mas o título chamou sua atenção. Ela o pôs de lado e durante uma hora morta na loja leu o capítulo inicial, intitulado "A Idade do Silêncio":

A primeira linguagem dos humanos compunha-se de gestos. Não havia nada de primitivo nessa linguagem, que fluía das mãos das pessoas, tudo o que dizemos hoje em dia podia ser dito no elenco interminável de movimentos possíveis com os ossos finos dos dedos e dos punhos. Os gestos eram complexos e sutis, e continham uma delicadeza que desde então se perdeu por completo.

Durante a Idade do Silêncio, as pessoas se comunicavam mais, não menos. A sobrevivência básica exigia que as mãos quase nunca estivessem paradas, e somente durante o sono (e algumas vezes nem mesmo então) é que as pessoas deixavam de dizer uma ou outra coisa. Não se fazia nenhuma distinção entre os gestos da linguagem e os gestos da vida. O trabalho de construir uma casa, digamos, ou de preparar uma refeição não era menos expressivo do que fazer o sinal de *eu te amo* ou *estou sendo sincero*. Quando se usava a mão para esconder um rosto amedrontado por um ruído alto, alguma coisa era dita, e, quando se usavam os dedos para erguer o que alguém deixasse cair, alguma coisa era dita; e, mesmo quando as mãos estavam em repouso, aí também elas diziam alguma coisa. Naturalmente, havia mal-entendidos. Se no momento de alguém levar um dedo ao nariz para coçá-lo acontecesse por acaso um contato visual com o amante, o amante poderia tomar esse gesto como um não muito diferente de *Agora percebo que errei em amá-lo*. Esses erros eram de cortar o coração. E, no entanto, porque as pessoas sabiam como eles eram fáceis de acontecer, porque não viviam na ilusão de que entendiam perfeitamente as coisas que os outros diziam, elas costumavam interromper umas às outras para perguntar se estavam sendo bem compreendidas. Algumas vezes, esses mal-entendidos eram mesmo desejáveis, pois davam às pessoas uma razão para dizer: *Perdoe-me, eu estava apenas coçando o nariz. É claro que sempre fiz bem de te amar*. Dada a freqüência desses erros, ao longo do tempo o gesto de pedir perdão evoluiu para uma forma mais simples. Apenas abrir a palma da mão significava: Perdoe-me.

A não ser por uma exceção, quase não existe registro dessa primeira linguagem. A exceção, em que todo o conhecimento sobre o tema se baseia, é uma coleção de setenta e nove gestos fossilizados, gravuras de mãos humanas paralisadas em meio à frase, abrigadas num pequeno museu de Buenos Aires. Uma detém o gesto para *Algumas vezes quando a chuva*, outra para *Depois de todos esses anos*, outra para *Errei em te amar?* Foram encontradas no Marrocos em 1903 por um médico argentino chamado Antonio Alberto de Biedma. Ele fazia caminhadas no Alto Atlas quando descobriu a caverna em que os setenta e nove gestos estavam gravados no xisto. Estudou-os durante anos sem sequer chegar perto de compreendê-los, até que um dia, já acometido da febre disentérica que o mataria, de súbito se viu capaz de decifrar os significados dos movimentos delicados de punhos e dedos aprisionados na pedra. Pouco depois ele foi levado a um hospital de Fez, e, quando jazia, à morte, suas mãos se moviam como pássaros esboçando milhares de gestos, dormentes durante todos aqueles anos.

Se em grandes reuniões ou festas, ou entre pessoas de quem você se sente distante, suas mãos às vezes pendem desajeitadas nas extremidades dos braços — se você se vê perdido quanto ao que fazer com elas, tomado da tristeza que surge quando você reconhece a estranheza do próprio corpo —, é porque suas mãos se lembram de um tempo em que a divisão entre mente e corpo, cérebro e coração, o que está dentro e o que está fora, era muito *menor*. Não é que esquecemos inteiramente a linguagem dos gestos. O hábito de movimentar as mãos enquanto falamos é um remanescente. Bater palmas, apontar, fazer sinal de positivo: todos artefatos de gestos antigos. Ficar de mãos dadas, por exemplo, é um modo de lembrar o que se sente quando não se diz nada a dois. E de noite, quando está escuro para ver, parece-nos necessário gesticular um sobre o corpo do outro para nos fazer entender.

A proprietária da livraria de segunda mão baixou o volume do rádio. Buscou a orelha no final do livro para saber mais sobre o autor, mas ela dizia apenas que Zvi Litvinoff nascera na Polônia e se mudara para o Chile em 1941, onde ainda vivia. Não havia fotografia. Naquele dia, entre as horas em que ajudava os clientes, ela terminou o livro. Antes de fechar a loja à noite, ela o pôs na vitrine, um pouco melancólica por ter que se desfazer dele.

Na manhã seguinte, os primeiros raios do sol nascente caíram sobre a capa d'A *história do amor*. A primeira de muitas moscas pousou na sobrecapa. As páginas emboloradas começaram a secar no calor, enquanto o gato persa azul acinzentado que reinava na loja se esgueirou para junto dele a fim de reivindicar uma mancha de sol. Algumas horas depois, o primeiro de muitos passantes deu uma olhada distraída para ele ao passar pela vitrine.

A proprietária da loja não tentou empurrar o livro para nenhum de seus clientes. Ela sabia que nas mãos erradas o livro poderia ser facilmente descartado ou, pior, não ser lido. Em vez disso, deixou-o largado onde estava, na esperança de que o leitor certo o descobrisse.

E foi o que aconteceu. Uma tarde, um jovem alto viu o livro na vitrine. Entrou na loja, pegou-o, leu algumas páginas e o levou ao caixa. Quando falou com a proprietária, ela não soube situar seu sotaque. Perguntou-lhe de onde era, curiosa pela pessoa que levava o livro. Israel, ele disse, e explicou que terminara o serviço militar havia pouco e viajava pela América do Sul por alguns meses. A proprietária ia pôr o livro numa sacola, mas o jovem disse que não precisava e o enfiou na mochila. Os sinos da porta ainda tilintavam quando ela o viu desaparecer, as sandálias estalando no calçamento quente, brilhante.

Naquela noite, sem camisa no quarto alugado, debaixo de um ventilador que espalhava preguiçoso o ar quente, o jovem abriu o livro e, num floreio que lapidara durante anos, assinou o nome: *David Singer*.

Tomado de excitação e nostalgia, começou a ler.

Uma alegria para sempre

Não sei o que eu esperava, mas esperava alguma coisa. Meus dedos tremiam toda vez que eu abria a caixa de correio. Fui na segunda. Nada. Fui na terça e na quarta. Na quinta também não havia nada. Duas semanas e meia depois de eu ter enviado o livro pelo correio, o telefone tocou. Tinha certeza de que era o meu filho. Eu cochilava na cadeira, havia saliva no meu ombro. Dei um pulo para atender. *ALÔ?* Porém. Era apenas a professora de arte dizendo que procurava gente para um projeto que estava realizando numa galeria e que tinha pensado em mim, por causa da minha presença, entre aspas, instigante. Naturalmente, me senti envaidecido. Em qualquer outra época isso seria razão suficiente para uma comilança de costeletas de porco. E no entanto. *Que espécie de projeto?*, perguntei. Ela disse que tudo o que eu teria de fazer seria me sentar, nu, numa banqueta de metal no meio da sala e depois, se eu sentisse vontade, que ela desejava que eu sentisse, mergulhar meu corpo numa tina de sangue de uma vaca kosher e rolar sobre as grandes folhas de papel branco que seriam fornecidas.

Posso ser um idiota, mas não estou desesperado. Há um limite até onde me disponho a ir, de modo que agradeci muito a proposta mas disse que a recusaria, uma vez que tinha programado sentar-me sobre o meu polegar e girar de acordo com os movimentos da Terra ao redor do Sol. Ela ficou desapontada. Mas pareceu compreender. Disse que, se eu quisesse aparecer e ver os desenhos que a classe havia feito de mim, poderia ir à exposição que preparavam para dali a um mês. Anotei a data e desliguei o telefone.

Eu tinha passado o dia todo no apartamento. Estava ficando escuro, e decidi sair para dar uma volta. Sou um velho. Mas ainda consigo andar por aí. Passei pela lanchonete do Zafi e pelo Original Mr. Man Barber e pelo Kossar's Bialys, onde às vezes como um *bagel* quente num sábado à noite. Eles não costumavam fazer *bagels*. Por que os fariam? Se-se chamava Bialys, era porque faziam *bialys*. E no entanto.

Continuei a andar. Fui à farmácia e derrubei um expositor de geléia KY. Porém. Não foi para valer. Passei pelo Center, onde havia um grande cartaz que dizia: DUDU FISHER NESTE DOMINGO À NOITE COMPRE INGRESSOS AGORA. Por que não?, pensei. Não vou pela coisa em si, mas Bruno ama Dudu Fisher. Entrei e comprei dois ingressos.

Não tinha nenhum destino em mente. Escurecia, mas persisti. Quando vi um Starbucks, entrei e comprei um café, porque senti vontade de tomar café, não porque quisesse ser notado. Normalmente eu faria uma grande cena. *Traga um Grande Vente, quero dizer um Grande Grande, traga um Chai Super Vente Grande, ou eu quero um frappé pequeno?*, e depois, para realçar, enfrentaria um pequeno percalço ao me servir de leite. Não dessa vez. Verti leite como uma pessoa normal, um cidadão do mundo, e me sentei numa poltrona diante de um homem que lia o jornal. Envolvi o café com as mãos. O calor fazia bem. Na mesa em frente havia uma garota de cabelo azul, debruçada sobre um caderno, mascando uma caneta esferográfica, e na mesa ao lado havia um menino numa camisa de futebol, sentado com a mãe, que lhe dizia: *O plural de duende é duendes.* Fui tomado por uma onda de felicidade. Senti vertigem por fazer parte daquilo tudo. Tomar uma xícara de café como uma pessoa normal. Quis gritar: *O plural de duende é duendes! Que língua! Que mundo!*

Havia um telefone público perto dos banheiros. Procurei vinte e cinco centavos no bolso e liguei para o número de Bruno. Tocou nove vezes. A garota de cabelo azul passou por mim a caminho do banheiro. Sorri para ela. Espantoso! Ela devolveu o sorriso. No décimo toque, ele atendeu.

Bruno?

Sim?

Não é bom estar vivo?

Não, obrigado, não quero comprar nada.

Não estou tentando te vender nada! É Leo. Ouça. Estou aqui no Starbucks tomando um café e de repente me bateu.

Quem te bateu?

Ach, escute! Me bateu como é bom estar vivo. Vivo! E me deu vontade de te dizer. Você entende o que estou dizendo? Estou dizendo que a vida é uma coisa bela, Bruno. Uma coisa bela e uma alegria para sempre.

Houve uma pausa.

Claro, como quiser, Leo. A vida é bela.

E uma alegria para sempre, eu disse.

Está bem, disse Bruno. *E uma alegria.*

Esperei.

Para sempre.

Ia desligar quando Bruno disse: *Leo?*

Sim?

Você quis dizer: a vida humana?

Eu me ocupei do meu café durante meia hora, aproveitei-o ao máximo. A garota fechou o caderno e se levantou para sair. O homem se aproximava do fim do jornal. Li as manchetes. Eu era uma parte menor de alguma coisa maior que eu. Sim, *a vida humana*. Humana! Vida! A seguir o homem virou a página, e meu coração parou.

Era uma fotografia de Isaac. Eu nunca a tinha visto. Coleciono todas as matérias sobre ele, se existisse um fã-clube, eu seria o presidente. Durante vinte anos assinei a revista em que ele às vezes publicava alguma coisa. Pensava ter visto todas as fotografias dele. Eu as estudara milhares de vezes. E no entanto. Essa era nova para mim. Ele, em pé, diante de uma janela. O queixo caído, a cabeça inclinada para o lado. Poderia estar pensativo. Mas os olhos olhavam para cima, como se alguém o tivesse chamado pouco antes do disparo da objetiva. Eu quis chamá-lo. Era apenas um jornal, mas senti vontade de urrar a plenos pulmões. *Isaac! Estou aqui! Você pode me ouvir, meu pequeno Isaac?* Queria que ele voltasse os olhos para mim como fizera para quem o havia despertado de seus pensamentos. Porém. Ele não podia. Porque a manchete dizia: ISAAC MORITZ, ROMANCISTA, MORTO AOS 60 ANOS.

> *Isaac Moritz, aclamado autor de seis romances, entre eles* O corretivo, *que lhe rendeu o National Book Award, morreu na terça-feira à noite. A morte foi causada por doença de Hodgkin. Ele tinha 60 anos de idade.*
>
> *Os romances do sr. Moritz se caracterizam pelo humor e compaixão, e pela esperança que buscam em meio ao desespero. Desde o início, ele teve admiradores fervorosos. Estes incluíram Philip Roth, um dos jurados do National Book Award de 1972, conferido ao sr. Moritz por seu primeiro ro-*

mance. "No cerne d'O corretivo há um coração humano vivo, feroz e suplicante", disse Roth na nota à imprensa que anunciou o prêmio. Outro dos fãs do sr. Moritz, Leon Wieseltier, ao falar pelo telefone hoje de manhã dos escritórios do New Republic em Washington, D. C., proclamou o sr. Moritz "um dos escritores mais importantes e mais subestimados do final do século XX. Classificá-lo como um escritor judeu", acrescentou, "ou, pior, como um escritor experimental é ignorar inteiramente sua humanidade, que resistia a toda categorização".

O sr. Moritz nasceu em 1940, no Brooklyn, filho de pais imigrantes. Criança silenciosa e séria, ele enchia cadernos com descrições detalhadas de cenas da sua própria vida. Uma delas — uma passagem sobre a observação de um cachorro espancado por uma gangue de crianças, escrita aos doze anos — inspirou mais tarde a cena mais famosa d'O corretivo, em que o protagonista, Jacob, deixa o apartamento de uma mulher com quem fez amor pela primeira vez e, parado à sombra de um poste, num frio glacial, vê um cão ser brutalmente morto a pontapés por dois homens. Naquele momento, dominado pela delicada brutalidade da existência física — com a "contradição insolúvel entre sermos animais condenados à auto-reflexão e seres morais amaldiçoados por instintos animais" —, Jacob se entrega a uma lamentação, num parágrafo único, extático, ininterrupto por cinco páginas, que a revista Time afirmou ser "uma das passagens mais ardentes, mais perturbadoras" da literatura contemporânea.

Além de lhe render uma avalanche de elogios e o National Book Award, O corretivo também fez do sr. Moritz um nome conhecido. No primeiro ano da publicação foram vendidos 200 000 exemplares, e o livro figurou como best-seller na lista do New York Times.

Sua tentativa mais madura gerou muita expectativa, mas, finalmente publicado cinco anos mais tarde, Casas de vidro, *um livro de contos, foi recebido por resenhas ambivalentes. Enquanto alguns críticos o viram como uma empreitada inovadora, outros, como Morton Levy, que escreveu uma crítica mordaz em* Commentary, *consideraram a coletânea um fracasso. "O sr. Moritz", escreveu Levy, "cujo romance de estréia foi animado por suas especulações escatológicas, desviou aqui seu foco para a pura escatologia." Escritos num estilo fragmentado e, por vezes, surreal, os contos de* Casas de vidro *abrangem de anjos a lixeiros.*

Reinventando a voz uma vez mais, o terceiro livro do sr. Moritz, Cante, *foi escrito numa linguagem despojada, descrita no* New York Times *como "tensa como um tambor". Embora em seus dois romances mais recentes ele tenha continuado a perseguir novos meios de expressá-los, os temas do sr. Moritz eram consistentes. Na raiz de sua arte havia um humanismo passional e uma exploração inabalável da relação entre o homem e seu Deus.*

O sr. Moritz deixa um irmão, Bernard Moritz.

Continuei sentado, num estupor. Pensei no rosto do meu filho de cinco anos. Também no tempo em que o via amarrar o sapato do outro lado da rua. Por fim, um empregado do Starbucks, com uma argola na sobrancelha, se aproximou de mim. *Vamos fechar*, disse. Olhei em volta. Era verdade. Todos haviam saído. Uma garota de unhas pintadas arrastava uma vassoura pelo chão. Levantei-me. Ou tentei me levantar, e minhas pernas se dobraram. O empregado do Starbucks olhou para mim como se eu fosse uma barata numa massa de brownie. A xícara de papel se amassava numa polpa escura na minha mão. Eu a estendi para ele e comecei a abrir caminho. Depois lembrei do jornal. O empregado já o tinha jogado no cesto de lixo que ele rolava pelo chão. Pesquei-o, manchado de Danish não comido, enquanto o empregado me observava. Porque não sou um mendigo, dei-lhe os ingressos para o Dudu Fisher.

Não sei como cheguei em casa. Bruno deve ter me ouvido abrir a porta, porque um minuto depois desceu e bateu. Não respondi. Estava sentado no escuro na cadeira perto da janela. Ele continuou a bater. Por fim, ouvi-o subindo as escadas. Passada mais uma hora, ouvi-o nas escadas de novo. Enfiou um pedaço de papel debaixo da porta. Dizia: *A VIDA É BLA*. Eu o empurrei de volta. Ele o enfiou outra vez. Eu o empurrei para fora, ele o empurrou para dentro. Para fora, para dentro, para fora, para dentro. Olhei para aquilo. *A VIDA É BLA*. Pensei: Talvez seja. Talvez seja essa a palavra para vida. Ouvi Bruno respirar do outro lado da porta. Achei um lápis. Rabisquei: *E UMA ETERNA BRINCADEIRA*. Empurrei o papel de novo por baixo da porta. Uma pausa enquanto ele lia. A seguir, satisfeito, subiu as escadas.

É possível, gritei. Que diferença faz?

Adormeci quase ao nascer do dia. Sonhei que estava numa estação ferroviária. O trem chegou, e meu pai desceu. Usava um casaco de pêlo de camelo. Corri para ele. Não me reconheceu. Disse-lhe quem eu era. Ele balançou a cabeça, não. Disse: *Eu só tive filhas*. Sonhei que meus dentes caíam, que os cobertores me sufocavam. Sonhei com meus irmãos, havia sangue por todo lado. Eu desejaria dizer: Sonhei que a garota que eu amava e eu envelhecemos juntos. Ou: Sonhei com uma porta amarela e um campo aberto. Gostaria de dizer: Sonhei que morri e meu livro foi encontrado entre as minhas coisas, e, nos anos que se seguiram ao fim da minha vida, fiquei famoso. E no entanto.

Peguei o jornal e recortei a fotografia do meu Isaac. Estava amassada, mas eu a alisei. Guardei-a na minha carteira, na parte de plástico feita para abrigar uma foto. Abri e fechei o velcro algumas vezes para olhar o rosto dele. Em seguida, notei que abaixo de onde eu a tinha recortado estava escrito: *Uma cerimônia fúnebre será* — não consegui ler o resto. Tive de tirar a fotografia dali e juntar as duas partes. *Uma cerimônia fúnebre será realizada no sábado, 7 de outubro, às 10h, na Sinagoga Central.*

Era sexta-feira. Eu sabia que não devia ficar em casa, e assim me obriguei a sair. A sensação do ar nos meus pulmões era diferente. O mundo não parecia mais o mesmo. Você muda e depois muda de novo. Você se transforma num cão, num pássaro, numa planta que se inclina sempre para a esquerda. Somente agora que meu filho havia partido, eu me dava conta do quanto vivera por ele. Quando acordava de manhã, era porque ele existia, e, quando pedia comida, era porque ele existia, e escrevi meu livro porque ele existia para lê-lo.

Tomei o ônibus para o norte da cidade. Disse a mim mesmo que não podia ir ao funeral do meu próprio filho num *shmatta* amarrotado que eu chamava de terno. Não queria embaraçá-lo. Mais do que isso, queria que ele se orgulhasse. Desci na avenida Madison e caminhei ao longo dela olhando as vitrines. Meu lenço estava frio e úmido em minha mão. Eu não sabia em que loja entrar. Por fim, escolhi uma de aparência simpática. Apalpei o tecido de um paletó. Um *shvartzer* gigante num terno bege brilhante e botas de caubói se aproximou de mim. Pensei que ia me despejar. *Estou apenas sentindo o tecido*, eu disse. *O senhor quer prová-lo?*, ele perguntou. Eu me senti envaidecido. Perguntou meu tamanho. Eu não sabia. Mas ele pareceu compreender. Tirou minhas medidas, me levou a um provador e pendurou o terno no cabide. Tirei a roupa. Havia três espelhos. Eu me vi exposto a partes minhas que não via fazia anos. A despeito do luto, examinei-as por um instante. As calças estavam duras e apertadas, e o paletó quase caía nos meus joelhos. Eu parecia um palhaço. O *shvartzer* abriu a cortina com um sorriso. Ele me endireitou e me abotoou e me fez dar uma volta. Olhamos os dois para o espelho. *Cai como uma luva*, ele anunciou. *Se quiser*, disse, prendendo um pouco de tecido atrás, *podemos tirar um pouco aqui. Mas não é preciso. Parece ter sido feito para o senhor*. Eu pensei: O que eu entendo de moda? Pergunteі-lhe o preço. Ele enfiou a mão na parte de trás da calça e remexeu no meu *tuchas. Este custa... mil*, anunciou. Olhei para ele. *Mil o quê?*, disse. Ele riu, educado. Estávamos diante dos três espelhos. Dobrei e tornei a dobrar meu lenço molhado. Com um derradeiro resto de compostura, dei um puxão na cueca, que havia se alojado entre as minhas nádegas. Deveria existir uma palavra para isso. A harpa de uma corda só.

Na rua, continuei andando. Sabia que o terno não tinha importância. Porém. Precisava fazer alguma coisa. Para me acalmar.

Havia uma loja na Lexington que anunciava fotografias para passaporte. Às vezes, eu gostava de ir lá. Eu as guardo num pequeno álbum. A maioria delas é minha, a não ser uma de Isaac, com cinco anos, e outra do meu primo, o chaveiro. Ele era fotógrafo amador e um dia me mostrou como fazer uma câmera pinhole. Foi na primavera de 1947. Eu estava nos fundos de sua lojinha, vendo-o fixar o papel fotográfico no interior da caixa. Ele me fez sentar e apontou uma lâmpada para o meu rosto. Em seguida, retirou a tampa do orifício. Eu estava tão imóvel que mal respirava. Quando terminou, fomos para o quarto escuro e mergulhamos o papel na bandeja de revelação. Esperamos. Nada. Onde eu deveria estar havia somente riscos cinzentos. Meu primo insistiu em que repetíssemos, e assim fizemos, e, de novo, nada. Três vezes ele tentou tirar um retrato meu com a câmera pinhole, e três vezes eu deixei de aparecer. Meu primo não conseguia entender. Amaldiçoou o homem que tinha lhe vendido o papel, achando que ele lhe vendera um lote estragado. Mas eu sabia que não era isso. Sabia que, como outros perdem uma perna ou um braço, eu havia perdido a coisa que faz as pessoas indeléveis. Mandei meu primo sentar-se na cadeira. Ele relutou, mas por fim concordou. Tirei uma fotografia dele, e, enquanto observávamos o papel na bandeja de revelação, seu rosto apareceu. Ele riu. Ri também. Eu havia feito o retrato, e, se este provava a existência dele, provava também a minha. Ele me deixou ficar com a fotografia. Sempre que a tirava da carteira e olhava para ela, eu sabia que, na realidade, olhava para mim. Comprei um álbum e a colei na segunda página. Na primeira página pus a fotografia do meu filho. Algumas semanas mais tarde, passei por uma farmácia com uma cabine fotográfica. Entrei. Daí em diante, toda vez que sobrava algum dinheiro, eu ia até a cabine. No início, foi sempre igual. Porém. Continuei tentando. Depois, um dia, sem querer me mexi quando a objetiva disparou. Uma sombra apareceu. Na vez seguinte vi o contorno do meu rosto, e passadas algumas semanas o rosto todo. Foi o contrário de desaparecer.

Quando abri a porta da loja de câmeras, um sino tilintou. Dez minutos depois eu estava na calçada, agarrado a quatro fotografias minhas idênticas. Olhei para elas. Alguém poderia me chamar de muitas coisas. Porém. Bonito não seria uma delas. Enfiei uma na carteira, junto da foto de Isaac recortada do jornal. As restantes, joguei no lixo.

Ergui os olhos. Do outro lado da rua ficava a Bloomingdale's. Eu estivera lá uma ou duas vezes nos bons tempos para levar um pequeno *shpritz* de uma das vendedoras de perfume. Como dizer?, trata-se de um país livre. Subi e desci as escadas rolantes para encontrar a seção de ternos no piso inferior. Dessa vez, olhei os preços antes. Havia um terno azul-escuro pendurado no cabideiro, em liquidação, por duzentos dólares. Parecia ser do meu tamanho. Levei-o ao provador e experimentei.

As calças eram muito compridas, mas isso era de esperar. O mesmo acontecia com as mangas. Saí do cubículo. Um alfaiate com uma fita métrica no pescoço me conduziu ao estrado. Dei um passo adiante e, ao fazê-lo, lembrei-me de quando minha mãe me mandou ao alfaiate para pegar as camisas novas do meu pai. Eu tinha nove, talvez dez anos. No recinto escuro, os manequins se enfileiravam num canto como se esperassem um trem. Grodzenski, o alfaiate, estava curvado sobre a máquina e pedalava. Eu o observei, fascinado. Todos os dias, nas mãos dele, com apenas manequins como testemunhas, retalhos pardos de tecido se transformavam em colarinhos, punhos, pregas, bolsos. *Quer tentar?*, perguntou. Sentei na sua cadeira. Ele me mostrou como dar vida à máquina. Vi a agulha saltar para cima e para baixo, deixando um rastro milagroso de pontos azuis. Enquanto eu pedalava, Grodzenski trouxe as camisas do meu pai embrulhadas em papel marrom. Ele me chamou para trás do balcão. Pegou outro pacote embrulhado no mesmo papel marrom. Com cuidado, tirou dele uma revista. Tinha alguns anos. Porém. Em perfeitas condições. Ele a manuseou com a ponta dos dedos. Nela havia fotografias pretas e prateadas de mulheres de pele macia, branca, como se fossem iluminadas por dentro. Exibiam modelos de vestidos como eu nunca tinha visto: vestidos todos de pérolas, de plumas e franjas, vestidos que revelavam pernas, braços, a curva de um seio. Uma única palavra escapou dos lábios de Grodzenski: *Paris*. Em silêncio, ele virava as páginas, e, em silêncio, eu olhava. Nossa respiração se condensava nas fotografias brilhantes. Talvez Grodzenski me mostrasse, em seu orgulho comedido, a razão pela qual cantarolava de lábios cerrados enquanto trabalhava. Por fim, ele fechou a revista e a guardou de volta no papel. Voltou ao trabalho. Se alguém então me dissesse que Eva tinha comido a maçã apenas para que os Grodzenskis do mundo pudessem existir, eu teria acreditado.

O primo pobre de Grodzenski se agitava a meu redor com

giz e alfinetes. Perguntei se seria possível ele fazer a bainha do terno enquanto eu esperava. Ele olhou para mim como se eu tivesse duas cabeças. *Eu tenhumacentena de ternos ali atrás pararrumar, e você querqeu faça o seu agora?* Balançou a cabeça. Mínimo duas semanas.

É para um enterro, eu disse. *Meu filho*. Tentei me endireitar. Procurei o lenço. Depois lembrei que estava no bolso das calças amarrotadas no chão do provador. Sabia que pareceria um bobo naquele terno de palhaço. Um homem deve comprar um terno para a vida, não para a morte. Não era o que o fantasma de Grodzenski me dizia? Eu não podia constranger Isaac e não podia fazê-lo se orgulhar. Porque ele não existia.

E no entanto.

Naquela noite, fui para casa com o terno de barra feita num saco plástico. Sentei-me à mesa da cozinha e fiz um pequeno talho no colarinho. Desejaria rasgar a coisa inteira. Mas me contive. Fishl, o *tzaddik*, que poderia ter sido um idiota, uma vez disse: *É mais difícil suportar um único rasgo do que cem.*

Tomei um banho. Não um banho de gato com uma esponja, mas um de verdade, que escureceu um pouco mais a marca em volta da banheira. Vesti o terno novo e peguei a vodca na estante. Tomei um gole e limpei a boca com as costas da mão, repetindo o gesto feito uma centena de vezes pelo meu pai e pelo pai dele e pelo pai do pai dele, de olhos semicerrados à medida que o ardor do álcool substituía o ardor do luto. E depois, quando a garrafa acabou, eu dancei. No início, devagar. Mas acelerando. Bati os pés e dei chutes, as juntas rangendo. Sapateei e me agachei e esperneei na dança que meu pai dançava, e o pai dele, as lágrimas correndo no rosto enquanto eu ria e cantava, dançava e dançava, até os pés ficarem em carne viva e haver sangue debaixo da unha do dedão, eu dancei da única maneira que sabia dançar: pela vida, esbarrando nas cadeiras e girando até cair, para me levantar e dançar de novo, até o dia raiar e me encontrar prostrado no chão, próximo da morte, a ponto de poder cuspir nela e murmurar: *L'chaim*.

Acordei ao som de um pombo que esfregava as asas no batente da janela. Uma manga do paletó estava rasgada, a cabeça latejava, havia sangue seco na minha bochecha. Mas não sou feito de vidro.

Pensei: Bruno. Por que ele não tinha vindo? Talvez eu não respondesse se ele tivesse batido. Entretanto. Sem dúvida tinha me ouvido, a não ser que estivesse de Walkman. Ainda assim. Uma lâmpada havia explodido no chão, e eu tinha revirado todas as cadeiras. Estava para subir e bater na porta dele quando olhei para o relógio. Já eram dez e quinze. Gosto de pensar que o mundo não estava preparado para mim, mas talvez a verdade seja que eu não estava preparado para o mundo. Sempre cheguei tarde para a vida. Corri para o ponto de ônibus. Ou melhor, manquei, saltei nas pernas das calças, fiz um pouco de saltita-pula-pára-e-respira, saltei nas pernas das calças, corri, me arrastei, corri, me arrastei, corri, me arrastei. Tomei o ônibus para o norte da cidade. Ficamos parados no trânsito. *Essa coisa não anda mais depressa?*, eu disse em voz alta. A mulher a meu lado se levantou e mudou para outro assento. Talvez, na minha exuberância, eu tenha dado uma palmada na coxa dela, não sei. Um homem numa capa laranja e calças com estampa de pele de cobra se levantou e começou a cantar uma canção. Todos se viraram para olhar pela janela até se convencerem de que ele não queria dinheiro. Apenas cantava.

Quando chegamos à *shul*, o serviço havia terminado, mas o lugar ainda estava cheio de gente. Um homem de gravata-borboleta amarela e paletó branco, com o que restava dos cabelos laqueado sobre o couro cabeludo, disse: *É claro que sabíamos, mas, quando por fim aconteceu, nenhum de nós estava prepara-*

do, ao que uma mulher em pé a seu lado respondeu: *Quem pode estar preparado?* Fiquei sozinho perto de uma planta grande num vaso. As palmas das minhas mãos estavam úmidas, eu me sentia atordoado. Talvez houvesse sido um erro ter ido.

Eu quis perguntar onde ele fora enterrado; o jornal não dizia. De repente, fui tomado de arrependimento por ter comprado meu pedaço de terra tão cedo. Se soubesse, poderia me juntar a ele. Amanhã. Ou no dia seguinte. Tinha tido medo de ser abandonado aos cães. Fui ao terreno de lápides da sra. Freid em Pinelawn, e me pareceu um bom lugar. Um sr. Simchik me mostrou o local e me deu um panfleto. Eu havia imaginado alguma coisa debaixo de uma árvore, quem sabe um salgueiro, talvez um pequeno banco. Porém. Quando ele me disse o preço, meu coração ficou apertado. Ele me mostrou as opções, alguns terrenos que eram ou muito próximos da estrada ou onde a grama rareava. *Nada que tenha uma árvore?*, perguntei. Simchik balançou a cabeça. *Um arbusto?* Ele lambeu um dedo e folheou os papéis. Tossiu e hesitou, mas por fim se rendeu. *É possível que tenhamos alguma coisa*, disse, *é mais do que você planejava gastar, mas pode pagar em prestações*. Ficava na porção mais distante, na periferia da parte judaica. Não era exatamente debaixo de uma árvore, mas próximo de uma, próximo o bastante para que no outono algumas folhas flutuassem até mim. Pensei no assunto. Simchik disse que eu não precisava ter pressa e voltou para o escritório. Fiquei ali, parado ao sol. Depois me estendi na grama e deitei de costas. O chão era duro e frio sob a minha capa de chuva. Olhei as nuvens que passavam no alto. Talvez tenha adormecido. Depois só me lembro de Simchik, em pé, acima de mim. *Nu? Vai ficar com ele?*

Pelo canto do olho vi Bernard, o meio-irmão do meu filho. Um grande imbecil, a imagem escarrada do pai, que sua memória seja bendita. Sim, mesmo a sua. O nome dele era Mordecai. Ela o chamava de Morty. Morty! Estava na terra havia três anos. Considero uma pequena vitória ele ter batido as botas primeiro. E no entanto. Quando me lembro, acendo uma vela *yartzeit* para ele. Se não eu, quem?

A mãe do meu filho, a menina por quem me apaixonei quando eu tinha dez anos, morreu há cinco anos. Espero juntar-me a ela logo, ao menos nisso. Amanhã. Ou no dia seguinte. Disso, estou convencido. Pensei que seria estranho viver sem ela no mundo. E no entanto. Eu tinha me acostumado a viver com ela na lembrança fazia muito tempo. Só no final a vi novamente. Eu me esgueirei para o quarto dela no hospital e fiquei com ela todos os dias. Havia uma enfermeira, uma garota, e eu lhe contei — não a verdade. Porém. Uma história não diferente da verdade. Essa enfermeira permitia que eu chegasse depois do expediente, quando não havia possibilidade de eu me encontrar com ninguém. Ela estava ligada em aparelhos, com tubos no nariz, um pé no outro mundo. Sempre que eu desviava o olhar, meio que esperava que, quando me voltasse, ela teria partido. Estava miúda e enrugada e surda como uma porta. Eu tinha muito a dizer. E no entanto. Eu lhe contava piadas. Eu era um Jackie Mason pontual. Algumas vezes via o esboço de um sorriso. Procurava deixar as coisas leves. Disse: *Você acredita?, esta coisa aqui, onde o seu braço se dobra, isto se chama cotovelo.* Disse: *Dois rabinos discordaram numa mata amarela.* Disse: *Moshe vai ao médico. Doutor, ele diz et cetera et cetera. Você foi feliz? Com aquele* nebbish *aquele cabeça-dura aquele* schlemiel *pateta que você chama de marido?* A verdade é que eu tinha desistido de esperar havia muito. O momento passara, a porta entre a vida que poderíamos ter tido e a vida que levamos se fechara na nossa cara. Ou seria melhor dizer, na *minha* cara. Gramática da minha vida: como regra geral, sempre que aparecer um plural, corrija-o para o singular. Caso eu deixe escapar um *Nós* majestático, dê um fim à minha desgraça com um golpe instantâneo na cabeça.

O senhor está bem? Parece um pouco pálido.

Era o homem que eu tinha visto mais cedo, de gravata-borboleta amarela. É quando suas calças estão abaixadas em volta dos tornozelos que todos chegam, nunca um momento antes, quando você estaria em condições de recebê-los. Tentei me endireitar apoiado na planta do vaso.

Bem, bem, eu disse.

O senhor o conhecia?, ele perguntou, dando-me uma olhada rápida.

Nós éramos — enfiei o joelho entre o vaso e a parede na esperança de conseguir algum equilíbrio. *Parentes.*

Família! Sinto muito, me perdoe. Eu pensava que tinha conhecido o mishpocheh *todo*! Ele pronunciou mishpoky.

É claro, eu devia ter imaginado. Ele me examinou de alto a baixo de novo e passou a mão no cabelo para se assegurar de que estava em ordem. *Pensei que o senhor fosse um fã*, disse, e apontou para a multidão que rareava. *De que lado?*

Eu me agarrei na parte mais grossa da planta. Tentei focalizar a gravata-borboleta enquanto a sala a meu redor girava.

Dos dois, disse.

Dos dois?, ele repetiu, incrédulo, olhando para as raízes que lutavam para se manter fixas na terra.

Eu sou — comecei. Mas com um solavanco a planta se soltou. Tombei para a frente, apenas minha perna continuou presa, de modo que a perna solta foi obrigada a escapar para diante sozinha, sem deixar à borda do vaso outro espaço senão o que me esmagava a virilha, e à minha mão outra escolha senão moer o torrão de sujeira pendente das raízes contra o rosto do homem de gravata-borboleta amarela.

Desculpe, eu disse, com a dor subindo pela virilha e eletrocutando meu *kishkes*. Tentei me endireitar. Minha mãe, que sua memória seja bendita, costumava dizer: *Não caia*. Chovia sujeira das narinas do homem. Para arrematar, tirei meu lenço cheio de coágulos e o pressionei contra o seu nariz. Ele bateu na minha mão e pegou o dele, que, recém-lavado e passado, formava um quadrado regular. Ele o sacudiu para abri-lo. Uma bandeira de rendição. Houve um momento estranho enquanto ele se limpava e eu cuidava das minhas partes baixas.

Ao dar por mim de novo, estava frente a frente com o meio-irmão do meu filho, minha manga entre os dentes do pitbull de gravata-borboleta. *Veja o que eu arranquei*, ele latiu. Bernard ergueu as sobrancelhas. *Ele diz que é* mishpoky.

Bernard sorriu, educado, enquanto olhava primeiro para o meu colarinho rasgado e depois para o talho no meu braço. *Desculpe*, ele disse. *Não lembro do senhor. Já nos encontramos?*

O pitbull salivava visivelmente. Uma camada fina de terra se deslocava nas dobras de sua camisa. Bati os olhos na placa que dizia: SAÍDA. Eu poderia ter corrido para ela se não estivesse gravemente ferido nas partes íntimas. Fui tomado por uma onda de náusea. E no entanto. Algumas vezes precisamos de um golpe de gênio e, espantosamente, a genialidade vem e nos golpeia.

De rets Yiddish?, murmurei, rouco.

Perdão?

Agarrei a manga de Bernard. O cão estava com a minha, e eu com a de Bernard. Aproximei meu rosto do dele. Seus olhos estavam injetados. Ele podia ser um imbecil, mas era um homem de bem. E, no entanto, eu não tinha escolha.

Elevei a voz. *DE RETS YIDDISH?* Senti o gosto de álcool estragado em meu hálito. Agarrei o colarinho dele. As veias do seu pescoço saltaram à medida que ele recuava. *FARSHTAIST?*

Desculpe. Bernard balançou a cabeça. *Não compreendo*.

Está bem, prossegui em iídiche, *porque este idiota aqui*, disse, apontando para o homem de gravata-borboleta, *esse putz aqui se enfiou no meu* tuchas *e é só porque não consigo cagar por vontade própria que ele não foi ejetado. Você poderia fazer a gentileza de lhe pedir que tire as patas de cima de mim antes que eu seja obrigado a tampar o* schnoz *dele com outra planta, e dessa vez não vou me incomodar de arrancá-la?*

Robert? Bernard se esforçou por compreender. Parecia perceber que eu falava do homem pendurado pelos dentes no meu cotovelo. *Robert era o editor de Isaac. O senhor conhecia Isaac?*

O pitbull agarrou mais firme. Eu abri a boca. E no entanto.

Desculpe, disse Bernard. *Gostaria de falar iídiche, mas. Bem, obrigado por ter vindo. É comovente ver quanta gente apareceu. Isaac teria gostado*. Pegou minha mão entre as dele e a sacudiu. Virou-se para sair.

Slonim, eu disse. Não tinha planejado. E no entanto.

Bernard se voltou.

Perdão?

Eu repeti.

Eu sou de Slonim, disse.

Slonim?, ele repetiu.

Assenti.

Ele de repente parecia uma criança cuja mãe se atrasara para buscá-lo, e somente agora se permitia render-se às lágrimas.

Ela costumava nos falar sobre isso.

Quem é ela?, perguntou o cão.

Minha mãe. Ele veio da mesma cidade que a minha mãe, disse Bernard. *Eu ouvi tantas histórias*.

Eu queria dar um tapinha no braço dele, mas ele resolveu tirar alguma coisa do olho, e acabei dando um tapinha no seu peito. Sem saber o que mais fazer, eu lhe dei um apertão.

O rio, certo? Onde ela costumava nadar, Bernard disse.

A água congelava. Nós tirávamos as roupas e mergulhávamos da ponte gritando assassinato sangrento. Nosso coração parava. Nosso corpo virava pedra. Por um instante, parecia que íamos nos afogar. Quando escalávamos de volta a margem, ofegantes, nossas pernas estavam pesadas e a dor subia pelos tornozelos. Sua mãe era magra, com pequenos seios pálidos. Eu adormecia secando ao sol e acordava com o impacto da água gélida nas costas. E a risada dela.

O senhor conheceu a sapataria do pai dela?, Bernard perguntou.

Toda manhã eu a apanhava lá para caminharmos juntos até a escola. A não ser quando brigávamos e não nos falávamos durante três semanas, dificilmente passava um dia sem que caminhássemos juntos. No frio, seu cabelo molhado congelava em espículas.

Eu seria capaz de continuar sem parar todas as histórias que ela nos contava. O campo onde costumava brincar.

Sim, eu disse, dando um tapinha na mão dele. *Ze field.*

Quinze minutos depois eu estava ensanduichado entre o pitbull e uma jovem no banco de trás de uma limusine alongada, alguém poderia pensar que isso estava se tornando um hábito para mim. Íamos à casa de Bernard para uma pequena reunião da família e de amigos. Teria preferido a casa do meu filho, para passar o luto entre as coisas dele, mas tive de me contentar com a casa de seu meio-irmão. Sentados no assento na minha frente havia outros dois. Quando um deles assentia e sorria na minha direção, eu assentia e sorria também. *Parente de Isaac?*, ele perguntou. *Ao que parece*, respondeu o cão, alcançando um tufo de cabelos que se desgarrava na corrente de ar vinda da janela que a mulher acabara de abrir.

Levamos quase uma hora para chegar à casa de Bernard. Em algum lugar em Long Island. Bonitas árvores. Eu nunca tinha visto árvores tão bonitas. Na rampa de entrada, um dos sobrinhos de Bernard havia rasgado as pernas das calças até os joelhos, corria para cima e para baixo ao sol, e observava como elas balançavam ao vento. Dentro da casa as pessoas, em torno de uma mesa repleta de comida, falavam de Isaac. Eu sabia que não pertencia àquele lugar. Sentia-me um bobo e um impostor. Parei perto da janela, procurando ficar invisível. Não tinha imaginado que seria tão doloroso. E no entanto. Ouvir as pessoas falarem sobre o filho que eu só conseguia imaginar, como se ele fosse familiar para eles como um parente, era quase insuportável. Assim, me esgueirei. Vaguei pelos quartos da casa do meio-irmão de Isaac. Pensei: Meu filho andou neste tapete. Cheguei a um quarto de hóspedes. De vez em quando, ele dormia nessa cama. Exatamente nessa cama! Com a cabeça nesses travesseiros. Deitei. Estava cansado, não pude resistir. O travesseiro afundou sob a minha bochecha. E ali, deitado, pensei que ele olhava por essa mesma janela, para aquela mesma árvore.

Você é muito sonhador, diz Bruno, e talvez eu seja. Talvez eu estivesse também sonhando aquilo tudo, e em instantes a campainha tocaria, eu abriria os olhos, e Bruno apareceria para perguntar se eu tinha um rolo de papel higiênico.

Devo ter adormecido, porque, quando dei por mim, Bernard estava em pé a meu lado.

Desculpe! Não vi que havia alguém aqui. O senhor está mal?

Dei um pulo. Se a palavra *pulo* pudesse se aplicar a algum movimento meu, esse seria o momento. E nessa hora eu a vi. Estava numa estante, bem atrás do ombro dele. Numa moldura prateada. Eu diria *evidente para quem quisesse ver*, mas nunca compreendi a expressão.

Bernard se virou.

Oh, isso, disse, tirando-a da estante. *Vejamos. Esta é minha mãe quando criança. Minha mãe, está vendo? O senhor a conhecia nessa época, como ela era nesta fotografia?*

("Vamos ficar debaixo de uma árvore", ela disse. "Por quê?"

"Porque fica mais bonito." "Talvez você devesse sentar numa cadeira, e eu ficaria atrás de você, como sempre fazem maridos e mulheres." "Isso é estúpido." "Por que é estúpido?" "Porque não somos casados." "Deveríamos ficar de mãos dadas?" "Não podemos." "Mas por quê?" "Porque as pessoas vão saber." "Saber o quê?" "Sobre nós." "E se souberem?" "É melhor que seja um segredo." "Por quê?" "Para que ninguém possa tirá-lo de nós.")

Isaac a encontrou entre as coisas dela quando ela morreu, disse Bernard. *É uma bela fotografia, não? Não sei quem é ele. Ela não tinha muitas coisas de lá. Algumas fotos dos pais e das irmãs, era tudo. É claro que ela não imaginava que não os veria de novo, por isso não trouxe muitas coisas. Mas esta eu nunca tinha visto até o dia em que Isaac a encontrou numa gaveta no apartamento dela. Estava num envelope com algumas cartas. Eram todas em iídiche. Isaac achou que fossem de alguém que ela havia amado em Slonim. Apesar disso, eu duvido. Ela nunca mencionou ninguém. O senhor não está entendendo nenhuma palavra do que estou dizendo, não é?*

("Se eu tivesse uma câmera", eu disse, "tiraria um retrato seu todo dia. Dessa forma eu me lembraria da sua aparência a cada dia da sua vida." "Eu pareço sempre exatamente a mesma." "Não, não parece. Você muda o tempo todo. Um pouquinho a cada dia. Se pudesse, eu registraria tudo." "Se você é tão esperto, qual foi a mudança de hoje?" "Você ficou uma fração de milímetro mais alta, para começar. Seu cabelo cresceu uma fração de milímetro. E seus seios cresceram uma fração de..." "Eles, não!" "Sim, eles cresceram." "NÃO." "Sim." "Que mais, seu porcão?" "Você ficou um pouco mais feliz e um pouco mais triste." "Quer dizer que os sentimentos se anularam, e eu não mudei." "Nada disso. O fato de que você ficou um pouco mais feliz hoje não muda o fato de que também ficou um pouco mais triste. Todo dia você fica um pouco mais de cada um deles, o que significa que exatamente agora, neste exato momento, você está mais feliz e mais triste do que jamais esteve em toda a sua vida." "Como você sabe?" "Pense. Já esteve mais feliz do que agora, deitada aqui na grama?" "Acho que não. Não." "E já esteve mais triste?" "Não." "Não é assim com todo mundo, sabia? Algumas pessoas, como a sua irmã, só ficam mais e mais felizes a cada dia. E algumas pessoas, como Beyla Asch, só ficam mais e mais tristes. E algumas pessoas, como você, ficam as duas coisas." "E você? Está mais feliz e mais triste agora do que jamais esteve?" "Claro que sim." "Por quê?" "Porque nada me deixa mais feliz e nada me deixa mais triste do que você.")

Minhas lágrimas caíram na moldura do retrato. Por sorte, sobre ele havia um vidro.

Eu adoraria ficar aqui recordando, disse Bernard, *mas realmente tenho de ir. Toda aquela gente lá fora*. Fez um gesto. *Avise se precisar de alguma coisa*. Eu assenti. Ele fechou a porta atrás de si, e depois, Deus me perdoe, peguei a fotografia e a enfiei na calça. Desci as escadas e saí. Na entrada de carros bati na janela de uma das limusines. O motorista acordou.

Estou pronto para voltar, eu disse.

Para minha surpresa, ele desceu, abriu a porta e me ajudou a entrar.

Quando cheguei no meu apartamento, pensei que tinha sido roubado. A mobília estava desarrumada, e o piso cheio de um pó branco. Peguei o taco de beisebol, que guardo no porta-guarda-chuvas, e segui a trilha de pegadas até a cozinha. Todas as superfícies estavam cobertas de potes e panelas e tigelas sujas. Parecia que quem quer que tivesse entrado para me roubar havia se permitido preparar uma refeição. Fiquei ali parado, com a fotografia na calça. Ouvi um estrondo atrás de mim, e me virei e brandi o taco cegamente. Mas era apenas um pote que tinha caído do balcão e rolado pelo chão. Na mesa da cozinha, perto da minha máquina de escrever, havia um bolo grande, afundado no meio. De qualquer forma, em pé. Estava coberto de glacê amarelo, e na parte de cima, em letras cor-de-rosa malfeitas, lia-se: *VEJA QUEM ASSOU UM BOLO*. Do outro lado da máquina de escrever havia uma nota: *ESPEREI O DIA TODO*.

Não pude evitar, sorri. Larguei o taco de beisebol, arrumei a mobília que lembrei de ter revirado na noite anterior, peguei o porta-retratos, embacei o vidro, esfreguei-o com a camisa e o pus sobre o criado-mudo. Subi as escadas para o andar de Bruno. Ia bater quando vi o recado na porta. Dizia: *NÃO PERTURBE. PRESENTE DEBAIXO DO SEU TRAVESSEIRO*.

Fazia tempo que ninguém me dava um presente. Um sentimento de felicidade acelerou meu coração. Porque posso acordar toda manhã e aquecer as mãos numa xícara quente de chá. Porque posso observar os pombos voando. Porque, no fim da minha vida, Bruno não me esquecera.

Desci as escadas. Para prolongar o prazer que, eu sabia, se aproximava, parei para pegar a correspondência. Deixei-me voltar para o apartamento. Bruno tinha conseguido largar uma camada de farinha por todo o chão do lugar. Talvez um vento tivesse entrado, quem sabe. No quarto vi que ele havia se abaixado e desenhado um anjo na farinha. Contornei-o, para não estragar o que fora feito com tanto amor. Levantei o travesseiro.

Era um grande envelope marrom. Em cima, figurava o meu nome, escrito numa letra que não reconheci. Abri-o. Dentro havia uma pilha de páginas impressas. As palavras eram familiares. Por um instante, não pude situá-las. Depois, percebi que eram minhas.

A barraca do meu pai

1. MEU PAI NÃO GOSTAVA DE ESCREVER CARTAS

A velha lata de Cadbury cheia das cartas da minha mãe não tem nenhuma das respostas dele. Procurei por elas em todos os lugares, mas nunca as encontrei. Além disso, ele não me deixou uma carta para ser aberta quando eu fosse mais velha. Sei porque perguntei à minha mãe se ele o fizera e ela disse não. Disse que ele não era esse tipo de homem. Quando lhe perguntei que tipo de homem ele era, ela pensou por um minuto. Franziu a testa. Pensou um pouco mais. Depois disse que ele era o tipo de homem que gostava de desafiar a autoridade. "Também", ela disse, "ele não conseguia ficar parado." Não é assim que me lembro dele. Lembro-me dele sentado em cadeiras ou deitado em camas. A não ser quando eu era muito pequena e pensava que ser "engenheiro" significava que ele dirigia um trem. E o imaginava no comando de uma locomotiva cor de carvão, com uma fileira brilhante de vagões de passageiros atrás. Um dia meu pai deu risada e me corrigiu. Tudo ficou claro. Foi um desses momentos inesquecíveis que acontecem na infância, quando descobrimos que o mundo nos engana o tempo todo.

2. ELE ME DEU UMA CANETA QUE FUNCIONAVA SEM A GRAVIDADE

"Funciona sem a gravidade", disse meu pai, enquanto eu a examinava na caixa de veludo com o símbolo da NASA. Era o meu sétimo aniversário. Ele estava numa cama de hospital e usava um chapéu porque não tinha cabelo. O papel de embrulho brilhante estava amassado sobre o cobertor. Ele segurou minha mão e me contou uma história de quando tinha seis anos de idade e atirou uma pedra na cabeça de um garoto que incomodava o irmão dele, e como depois disso ninguém mais perturbou nenhum deles. "Você tem que se defender", disse-me. "Mas não é bom atirar pedras", eu disse. "Eu sei", ele disse. "Você é mais esperta que eu. Você vai encontrar alguma coisa melhor do que pedras." Quando a enfermeira veio, eu fui olhar pela janela. A ponte da rua 59 brilhava no escuro. Contei os barcos que passavam no rio. Quando me senti entediada, fui ver o velho na cama do outro lado da cortina. Ele dormia a maior parte do tempo, e, quando estava acordado, suas mãos tremiam. Mostrei-lhe a caneta. Disse-lhe que ela funcionava sem a gravidade, mas ele não entendeu. Tentei explicar de novo, mas ele continuou confuso. Por fim, eu disse: "É para ser usada no espaço exterior". Ele assentiu e fechou os olhos.

3. O HOMEM QUE NÃO CONSEGUIA ESCAPAR DA GRAVIDADE

Depois meu pai morreu, e eu guardei a caneta numa gaveta. Passaram-se anos, e eu tinha onze e um amigo russo com quem trocava cartas. Ele havia sido arranjado por meio da escola hebraica, pela seção local da Hadassah. Primeiro, esperava-se que escrevêssemos para judeus russos recém-chegados a Israel, mas, quando isso não deu certo, nos designaram judeus russos comuns. No Sukkot, com nossas primeiras cartas, mandamos um limão e um ramo de palmeira. Minha correspondente se chamava Tatiana. Morava em São Petersburgo, perto do Campo de Marte. Eu gostava de fazer de conta que ela morava no espaço exterior. O inglês de Tatiana não era muito bom, e eu muitas vezes não entendia suas cartas. Mas esperava por elas ansiosa. *Papai é matemático*, ela escreveu. *Meu pai era capaz de sobreviver na selva*, respondi. Para cada carta dela eu escrevia duas. *Você tem cachorro? Quantas pessoas usam o seu banheiro? Possui alguma coisa que pertenceu ao czar?* Um dia chegou uma carta. Ela queria saber se eu já tinha estado na Sears Roebuck. No final havia um P.S. Dizia: *Menino na minha classe se mudou para Nova York. Talvez você quer escrever para ele porque ele conhece qualquer um*. Foi a última coisa que ouvi dela.

4. EU DESCOBRI OUTRAS FORMAS DE VIDA

"Onde fica Brighton Beach?", perguntei. "Na Inglaterra", disse minha mãe, procurando alguma coisa que havia posto no lugar errado nos armários da cozinha. "Estou falando da que fica em Nova York." "Perto de Coney Island, acho." "A que distância fica Coney Island?" "Talvez meia hora." "De carro ou a pé?" "Você pode ir de metrô." "Quantas paradas?" "Não sei. Por que está tão interessada em Brighton Beach?" "Tenho um amigo lá. O nome dele é Misha, e ele é russo", eu disse, com admiração. "Só russo?", minha mãe perguntou de dentro do armário que ficava debaixo da pia da cozinha. "O que você quer dizer com *só* russo?" Ela se levantou e se virou para mim. "Nada", disse, e me olhou com a expressão que faz quando acaba de pensar em alguma coisa por demais espantosa. "É só que você, por exemplo, é um quarto russa, um quarto húngara, um quarto polonesa e um quarto alemã." Eu não disse nada. Ela abriu uma gaveta e depois fechou. "Na verdade", disse, "você poderia dizer que é três quartos polonesa e um quarto húngara, porque os pais de Bubbe eram da Polônia antes de se mudarem para Nuremberg, e a cidade da vovó Sasha ficava originalmente na Bielo-Rússia, ou Rússia Branca, antes de se tornar uma parte da Polônia." Ela abriu outro armário cheio de sacos plásticos e começou a revirá-lo. Dei meia-volta para sair. "Eu estava pensando", ela disse, "e acho que você poderia dizer também que é três quartos polonesa e um quarto tcheca, porque a cidade de onde Zeyde veio ficava na Hungria antes de 1918, e na Tchecoslováquia depois, embora os húngaros continuassem a se considerar húngaros e por um curto espaço de tempo tenham chegado a se tornar húngaros de novo durante a Segunda Guerra. Claro que você poderia sempre dizer simplesmente que é meio polonesa, um quarto húngara e um quarto inglesa, uma vez que o vovô Simon deixou a Polônia e se mudou para Londres quando tinha nove anos." Pegou um pedaço de papel do bloco ao lado do telefone e começou a escrever furiosamente. Passou um minuto enquanto ela rabiscava a página. "Veja!", ela disse, e empurrou o papel para que eu pudesse vê-lo. "Você pode na verdade fazer *dezesseis gráficos diferentes*, cada um deles exato!" Olhei para o papel. Nele se via:

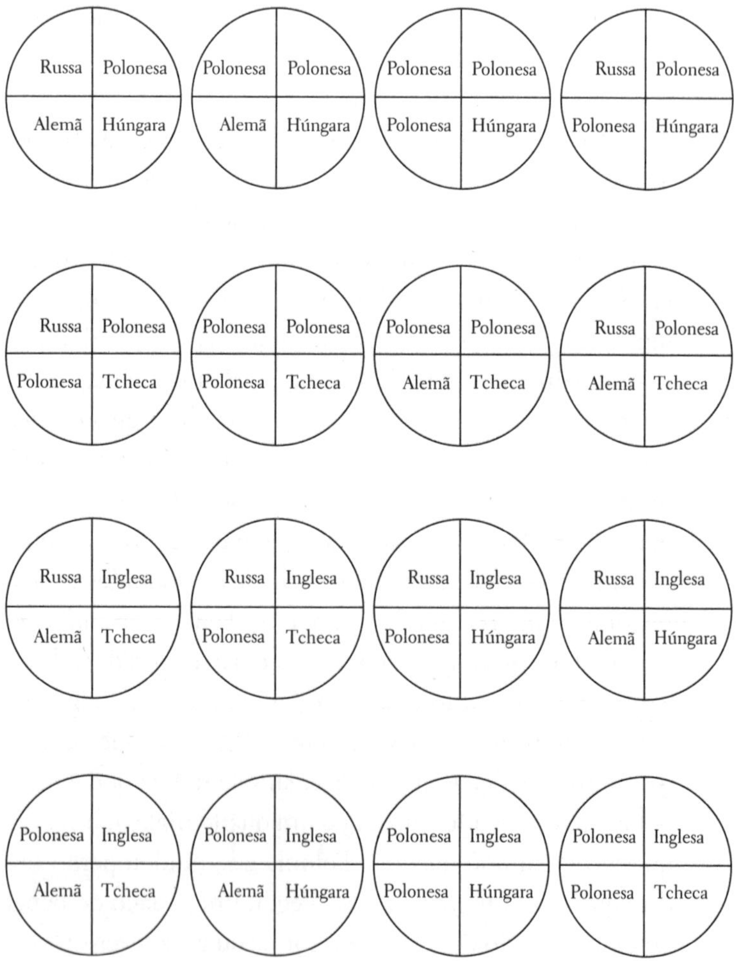

"E, de novo, você poderia sempre se contentar em ser meio inglesa e meio israelense, porque..." "EU SOU AMERICANA!", gritei. Minha mãe pestanejou. "Como queira", disse, e pôs a chaleira para ferver. Do canto da sala, onde olhava as figuras numa revista, Bird murmurou: "Não, você não é. Você é judia".

5. UMA VEZ USEI A CANETA PARA ESCREVER PARA O MEU PAI

Estávamos em Jerusalém para o meu Bat Mitzvah. Minha mãe queria que ele acontecesse no Muro das Lamentações para que Bubbe e Zeyde, os pais do meu pai, pudessem estar presentes. Quando Zeyde foi para a Palestina em 1938, ele disse que jamais iria embora, e nunca foi. Quem quisesse vê-lo tinha de ir ao apartamento deles no edifício alto em Kiryat Wolfson, com vista para o Knesset. Era mobiliado com peças escuras antigas e velhas fotografias escuras que eles haviam trazido da Europa. À tarde, eles desciam as venezianas de metal para proteger tudo da luz que cegava, porque nada do que tinham era feito para sobreviver àquele clima.

Minha mãe procurou passagens baratas durante semanas e por fim encontrou três passagens de setecentos dólares pela El Al. Ainda representava muito dinheiro para nós, mas ela disse que era bom gastá-lo nisso. Na véspera do meu Bat Mitzvah, mamãe nos levou ao mar Morto. Bubbe também foi, usando um chapéu de palha preso com um laço debaixo do queixo. Quando ela saiu do vestiário, parecia fascinante de maiô, a pele enrugada e flácida e coberta de veias azuis. Vimos o rosto dela enrubescer nas fontes sulfurosas quentes, e gotas de suor no seu lábio superior. Quando ela saiu, escorria água. Nós a seguimos até a beira da água. Bird estava parado na lama, de pernas cruzadas. "Já que é para entrar, entre na água", disse Bubbe em voz alta. Um grupo de mulheres russas pesadas, recobertas de barro mineral preto, se voltaram para olhar. Se é que Bubbe notou, ela não se importou. Flutuamos de costas enquanto ela nos observava sob a aba larga do chapéu. Meus olhos estavam fechados, mas eu sentia a sombra dela acima de mim. "Você não tem seios? Que aconteceu?" Senti o rosto quente e fingi não ter ouvido. "Você tem namorados?", ela perguntou. Bird se empertigou. "Não", murmurei. "Quê?" "*Não*." "Por que não?" "Tenho doze anos." "E daí? Quando eu tinha a sua idade, eu tinha três, às vezes quatro. Você é jovem e bonita, *keynehore*." Remei para me distanciar do seu seio gigante, imponente. A voz dela me seguiu. "E isso não vai durar para sempre!" Tentei ficar em pé, mas escorreguei na lama. Perscrutei a água lisa à procura da minha mãe até que a vi. Ela havia nadado para além do banhista mais distante, e ia em frente.

Na manhã seguinte, eu estava diante do Muro das Lamentações, ainda cheirando a enxofre. As fendas entre as pedras maciças estavam repletas de papeizinhos amassados. O rabino me disse que, se eu quisesse, poderia escrever uma mensagem para Deus e colocá-la nas fendas. Eu não acreditava em Deus, de modo que preferi escrever para o meu pai: *Querido papai, estou escrevendo com a caneta que você me deu. Ontem Bird perguntou se você sabia fazer o Heimlich, e eu lhe disse que sim. Também lhe disse que você sabia dirigir uma Hovercraft. Por falar nisso, encontrei sua barraca no porão. Imagino que a mamãe não a viu quando jogou fora tudo o que era seu. Está com cheiro de mofo, mas não tem nenhum furo. Algumas vezes eu a armo no quintal e deito lá dentro pensando como você costumava se deitar nela também. Estou escrevendo isto, mas sei que você não pode ler. Com amor, Alma.* Bubbe escreveu uma também. Quando tentei enfiar a minha na parede, a dela caiu. Ela estava ocupada rezando, de modo que peguei a mensagem e a abri. Dizia: *Baruch Hashem, eu e meu marido devemos viver para ver o amanhã, e minha Alma deve crescer para ser abençoada com saúde e felicidade e, o que seria demais, uns belos seios.*

6. SE EU TIVESSE SOTAQUE RUSSO, TUDO SERIA DIFERENTE

Quando voltei para Nova York, a primeira carta de Misha me esperava. *Querida Alma*, começava. *Saudações! Estou muito feliz com a sua boa-vinda!* Ele tinha quase treze anos, era cinco meses mais velho que eu. Seu inglês era melhor que o de Tatiana, porque ele havia memorizado as letras de quase todas as canções dos Beatles. Ele as cantava enquanto se fazia acompanhar pelo acordeão que o avô tinha lhe dado, o avô que se mudara para a casa dele depois da morte da avó de Misha, cuja alma, segundo Misha, havia descido sobre os Jardins de Verão em São Petersburgo na forma de um bando de gansos. Ficou ali durante duas semanas, grasnando na chuva, e, quando partiu, deixou a grama recoberta de cocôs. Seu avô chegou algumas semanas mais tarde, arrastando atrás de si uma mala gasta, cheia dos dezoito volumes d'A *história dos judeus*. Instalou-se no quarto atulhado que Misha dividia com a irmã mais velha, Svetlana, tirou o acordeão e começou a produzir a obra da sua vida. Primeiro escreveu apenas variações sobre canções folclóricas russas misturadas com refrãos judeus. Depois prosseguiu com versões mais sombrias, mais selvagens, e no final parou de tocar as coisas que eles reconheciam, e, à medida que se detinha nas notas longas, chorava, e ninguém precisava dizer a Misha e a Svetya, mesmo sendo eles cabeçudos como eram, que ele afinal se tornara o compositor que sempre desejara ser. Ele tinha um carro batido que ficava no beco atrás do apartamento deles. Segundo Misha, dirigia como um cego, dando ao carro independência quase completa para seguir adiante, colidindo com as coisas, só movimentando de leve a direção com a ponta dos dedos quando a situação beirava o risco de vida. Quando o avô chegava na escola para pegá-los, Misha e Svetlana protegiam os ouvidos e tentavam olhar para bem longe. Quando ele ligava o motor e já não podia ser ignorado, eles corriam para o carro com a cabeça baixa e se esgueiravam no banco traseiro. Encolhiam-se atrás enquanto o avô sentava ao volante e acompanhava num murmúrio a fita da banda punk do Lev, primo deles, Xoxota Cu Filho-da-Puta. Mas ele sempre confundia as palavras. Em vez de: "*Entrei numa briga, esmaguei a cara dele na porta do carro*", era capaz de cantar: "*Como numa biga, você me puxa a cavalo*", e, em vez de: "*Você é uma degenerada, mas é tão bonita*", cantava: "*Voz delicada, cante esta fita*". Quando Misha e a irmã apontavam os erros, o avô fingia surpresa e aumentava o volume para ouvir melhor, mas na vez seguinte cantava a mesma coisa. Quando morreu, deixou para Svetya os dezoito volumes d'A *história dos judeus* e para Misha o acordeão. Por volta da mesma época, a irmã de Lev, que usava sombra azul nos olhos, convidou Misha para ir ao quarto dela, tocou "Let it be" para ele e o ensinou a beijar.

7. O MENINO COM O ACORDEÃO

Misha e eu escrevemos vinte e uma cartas um para o outro. Era o ano em que eu tinha doze anos, dois anos antes de Jacob Marcus escrever para a minha mãe e lhe pedir que traduzisse *A história do amor*. As cartas de Misha vinham cheias de pontos de exclamação e de perguntas como: *O que significa: o seu rabo está cheio de grama?*, e as minhas eram cheias de perguntas sobre a vida na Rússia. Depois ele me convidou para a cerimônia do seu Bar Mitzvah.

Minha mãe fez tranças no meu cabelo, emprestou-me o xale vermelho e me levou ao apartamento dele em Brighton Beach. Toquei a campainha e esperei Misha descer. Minha mãe me acenou do carro. Eu tremia no frio. Um garoto alto com uma lanugem escura acima do lábio superior apareceu. "Alma?", perguntou. Eu assenti. "Seja bem-vinda, minha amiga!", ele disse. Acenei para a minha mãe e entrei com ele. O hall cheirava a repolho azedo. No andar de cima, o apartamento estava cheio de gente comendo, e cantando em russo. Havia uma banda num canto da sala de jantar, e as pessoas tentavam dançar ainda que não houvesse espaço. Misha estava ocupado conversando com todos e enfiando envelopes no bolso, de modo que passei a maior parte da festa sentada na ponta do sofá com um prato de camarões gigantes. Eu nem sequer como camarões, mas era a única coisa que conhecia. Se alguém se dirigia a mim, eu tinha de explicar que não falava russo. Um velho me ofereceu um pouco de vodca. Naquela hora, Misha correu para a cozinha atado ao acordeão, o qual estava ligado a um amplificador, e se pôs a cantar. "Você diz que é seu aniversário!", gritou. A multidão pareceu nervosa. "Bem, é meu aniversário também!", ele berrou, e o acordeão gemeu com vida. Isso levou a "Sgt. Pepper's Lonely Heart's Club Band", que levou a "Here comes the sun", e, de algum modo, depois de cinco ou seis canções, os Beatles caíram em "Hava Nagila", e a multidão enlouqueceu, todo mundo cantando e tentando dançar. Quando a música enfim parou, Misha veio ao meu encontro, com o rosto vermelho e suado. Agarrou a minha mão, e eu o segui para fora do apartamento, descemos ao hall, subimos cinco lances de escadas, passamos por uma porta e saímos no telhado. Via-se o mar à distância, as luzes de Coney Island, e mais além uma montanha-russa abandonada. Meus dentes começaram a bater, e Misha tirou o paletó e com ele envolveu meus ombros. Era quente e cheirava a suor.

8. БЛЯДЬ

Contei tudo a Misha. De como meu pai tinha morrido, e da solidão da minha mãe, e da fé inabalável de Bird em Deus. Contei-lhe dos três volumes do *Como sobreviver na selva*, e do editor inglês e sua regata, e de Henry Lavender e suas conchas das Filipinas, e do veterinário Tucci. Contei-lhe do dr. Eldridge e *A vida como não a conhecemos*, e, mais tarde — dois anos depois que começamos a nos escrever, sete anos depois da morte do meu pai, e três bilhões e novecentos milhões de anos depois da primeira forma de vida na Terra —, quando a primeira carta de Jacob Marcus chegou de Veneza, contei a Misha d'A *história do amor*. Na maioria das vezes nos escrevíamos ou falávamos por telefone, mas algumas vezes, nos fins de semana, nós nos víamos. Eu preferia ir a Brighton Beach, porque a sra. Shklovsky nos oferecia chá com cerejas doces em xícaras de porcelana e o sr. Shklovsky, cujas axilas sempre tinham círculos escuros de suor, me ensinava a praguejar em russo. Algumas vezes, alugávamos filmes, principalmente de espionagem ou de suspense. Nossos favoritos eram *Janela indiscreta*, *Pacto sinistro* e *Intriga internacional*, que tínhamos visto dez vezes. Quando escrevi a Jacob Marcus fingindo ser minha mãe, foi para Misha que o contei, enquanto lia a versão final para ele ao telefone. "O que você acha?", perguntei. "Acho que o risco..." "Esqueça", eu disse.

9. O HOMEM QUE PROCURAVA UMA PEDRA

Passou uma semana desde que mandei minha carta, ou a carta da minha mãe, ou como quer que se queira chamá-la. Outra semana passou, e eu pensei se Jacob Marcus não estaria fora do país, quem sabe no Cairo, ou talvez em Tóquio. Uma semana passou, e pensei que ele tinha, de algum modo, descoberto a verdade. Quatro dias passaram, e estudei o rosto da minha mãe em busca de sinais de ira. Era final de julho. Um dia passou, e pensei que talvez devesse escrever para Jacob Marcus e pedir desculpas. No dia seguinte, a carta dele chegou.

O nome da minha mãe, Charlotte Singer, vinha escrito na frente a caneta-tinteiro. Eu a enfiei no cós do short na hora em que tocou o telefone. "Alô?", disse, com impaciência. "O *Moshiach* está?", disse a voz do outro lado. "*Quem?*" "O *Moshiach*", disse o garoto, e eu ouvi risos abafados ao fundo. Parecia um pouco o Louis, que morava uma quadra acima e era amigo de Bird até encontrar outros amigos de quem gostou mais e parar de falar com Bird. "Deixe-o em paz", eu disse, e desliguei, com vontade de ter pensado em alguma coisa melhor.

Subi correndo o quarteirão até o parque, com a mão na

cintura para que o envelope não escorregasse. Lá fora estava quente, e eu suava. Abri a carta perto de uma lata de lixo em Long Meadow. A primeira página era sobre o quanto Jacob Marcus gostou dos capítulos que minha mãe tinha enviado. Corri os olhos até a segunda página, onde encontrei a frase que dizia: *Ainda não mencionei sua carta.* Ele escreveu:

Sua curiosidade me envaidece. Eu desejaria ter respostas mais interessantes para todas as suas perguntas. Tenho de dizer que nestes dias passo muito tempo apenas sentado, olhando pela janela. Eu adorava viajar. Mas a viagem para Veneza foi mais difícil do que eu imaginara, e duvido que a faça de novo. Minha vida, por razões que escapam ao meu controle, se reduziu aos elementos mais simples. Por exemplo, aqui em cima da minha mesa há uma pedra. Uma peça de granito cinza-escuro cortada ao meio por uma veia branca. Levei a maior parte da manhã para encontrá-la. Primeiro, rejeitei muitas pedras. Não tinha saído com uma idéia definida sobre a pedra em minha mente. Pensei que a reconheceria quando a encontrasse. Enquanto a procurava, elaborei certos requisitos. Teria de caber com folga na palma da mão, ser lisa, de preferência cinza etc. Essa foi a minha manhã. Passei as últimas horas me recuperando.

Não foi sempre assim. Um dia costumava não ter valor para mim a não ser que eu produzisse uma certa quantidade de trabalho. Perceber ou não perceber que o jardineiro mancava, o gelo no lago, as saídas prolongadas, solenes, do filho do meu vizinho que parecia não ter amigos — coisas como essas não importavam. Mas agora isso mudou.

Você perguntou se eu era casado. Eu fui um dia, mas

há muito tempo, e fomos inteligentes ou estúpidos o bastante para não termos um filho. Nós nos encontramos quando éramos jovens, antes de saber o suficiente sobre a desilusão, e, uma vez sabedores, descobrimos que alertávamos um ao outro sobre ela. Imagino você dizendo que uso um pequeno astronauta russo na lapela, também. Agora vivo só, o que não me incomoda. Ou quem sabe apenas um pouco. Mas uma mulher, para me fazer companhia, precisaria ser incomum, agora que mal consigo andar até o final da entrada de carros e de volta para pegar a correspondência. Porém, ainda o faço. Duas vezes por semana um amigo traz alguns mantimentos, e meu vizinho aparece uma vez por dia com a desculpa de acompanhar os morangos que plantou no meu jardim. Eu nem gosto de morangos.

Estou fazendo com que pareça pior do que é. Ainda nem a conheço, e já busco compaixão.

Você perguntou também o que faço. Leio. Hoje de manhã terminei *A rua dos crocodilos* pela terceira vez. Achei-o de uma beleza quase insuportável.

Além disso, assisto a filmes. Meu irmão me deu um aparelho de DVD. Você não acreditaria na quantidade de filmes que vi no mês passado. É o que faço. Assisto a filmes e leio. Algumas vezes faço de conta que escrevo, mas não engano ninguém. Ah, e vou até a caixa de correio.

Chega. Adorei seu livro. Por favor, mande mais.

JM

10. LI A CARTA CEM VEZES

E, a cada leitura, sentia que sabia um pouco menos sobre

Jacob Marcus. Ele dizia que passara a manhã procurando uma pedra, mas nunca disse mais nada sobre o motivo por que *A história do amor* era tão importante para ele. É claro que não me escapara que ele tinha escrito: *Ainda nem a conheço*. Ainda! Dando a entender que esperava nos conhecer melhor, ou ao menos à minha mãe, uma vez que ele não sabia de Bird e de mim. (Ainda!) Mas por que ele mal podia andar até a caixa de correio e voltar? E por que seria necessária uma mulher incomum para lhe fazer companhia? E por que ele usava um astronauta russo na lapela?

Decidi fazer uma lista de pistas. Fui para casa, fechei a porta do meu quarto e peguei o terceiro volume do *Como sobreviver na selva*. Abri numa página nova. Decidi anotar tudo em código, caso alguém decidisse espiar minhas coisas. Lembrei de Saint-Ex. No alto, escrevi *Como sobreviver se o pára-quedas não abrir*. Em seguida, escrevi:

1. *Procure uma pedra*
2. *More perto de um lago*
3. *Tenha um jardineiro que manca*
4. *Leia* A rua dos crocodilos
5. *Precise de uma mulher incomum*
6. *Tenha problemas simplesmente por andar até a caixa de correio*

Foram essas todas as pistas que pude encontrar na carta, de modo que me esgueirei para o escritório da minha mãe enquanto ela estava no andar de baixo e tirei as outras cartas dele da gaveta da escrivaninha. Eu as li em busca de mais pistas. Nessa hora, lembrei que a primeira carta começava com uma menção à introdução da minha mãe sobre Nicanor Parra, sobre como ele usava um pequeno astronauta russo na lapela e levava nos bolsos as cartas de uma mulher que o deixara por outro. Quando Jacob Marcus escreveu que também usava um astronauta russo, sugeriu que a esposa o havia deixado por outra pessoa? Porque não tinha certeza, não registrei o fato como uma pista. Em vez disso, escrevi:

7. *Faça uma viagem para Veneza*

8. *Há muito tempo atrás, peça que alguém leia trechos d'*A história do amor *enquanto você adormece.*

9. *Nunca esqueça.*

Revi minhas pistas. Nenhuma delas ajudou.

11. COMO ESTOU

Decidi que, se quisesse realmente descobrir quem era Jacob Marcus e por que era tão importante para ele ter o livro traduzido, o único lugar que restava para eu procurar era n'A *história do amor*.

Esgueirei-me no andar de cima para o escritório da minha mãe, para ver se conseguia imprimir os capítulos que ela havia traduzido no computador. O único problema era que ela estava sentada diante dele. "Olá", ela disse. "Olá", eu disse, tentando parecer natural. "Como vai você?", ela perguntou. "Bemobrigadaevocê?", respondi, porque foi isso que ela me ensinou a dizer, além de como segurar corretamente a faca e o garfo, como equilibrar uma xícara de chá entre dois dedos e a melhor maneira de tirar um resíduo de comida alojado entre os dentes sem chamar atenção, na improvável possibilidade de a rainha me convidar para o chá. Quando salientei que ninguém que eu conhecia segurava corretamente a faca e o garfo, ela pareceu infeliz e disse que estava tentando ser uma boa mãe e que, se não me ensinasse, quem o faria? Entretanto, eu preferiria que ela não o fizesse, porque algumas vezes ser educado é pior que ser mal-educado, como quando Greg Feldman passou por mim no corredor da escola e disse: "Ei, Alma, como estão as coisas?" e eu disse: "Bemobrigadaevocê?" e ele parou e me olhou como se eu tivesse acabado de chegar de Marte de pára-quedas e disse: "Por que você não pode nunca dizer apenas: *Nada de novo*?".

12. NADA DE NOVO

Lá fora escureceu, e minha mãe disse que não havia nada para comer em casa, se não queríamos pedir comida tailandesa, ou quem sabe da Índia Ocidental, ou talvez do Camboja. "Por que não podemos cozinhar?", perguntei. "Macarrão com queijo?", minha mãe perguntou. "A sra. Shklovsky faz uma ótima galinha à l'orange", eu disse. Minha mãe pareceu em dúvida. "Chili?", eu disse. Enquanto ela estava no supermercado, subi ao escritório e imprimi os primeiros quinze capítulos d'A *história do amor*, o ponto a que ela havia chegado. Desci com as páginas e as escondi na mochila debaixo da cama. Alguns minutos depois minha mãe voltou com meio quilo de peru moído, um maço de brócolis, um pote de picles e uma caixa de marzipã importado da Espanha.

13. O ETERNO DESAPONTAMENTO COM A VIDA COMO ELA É

Depois de jantar nuggets de carne falsa de frango feitos no microondas, eu fui para a cama cedo e li o que minha mãe tinha traduzido d'A *história do amor* embaixo dos cobertores à luz de uma lanterna. Havia o capítulo sobre como as pessoas costumavam falar com as mãos, e o capítulo sobre o homem que pensava ser feito de vidro, e um capítulo que eu não tinha lido chamado "O despertar do sentimento". *Sentimentos não são antigos como o tempo*, começava.

Exatamente como houve um primeiro instante em que alguém esfregou dois pedaços de pau para criar uma faísca, houve uma primeira vez para o sentimento de alegria e uma primeira vez para a tristeza. Por algum tempo, novos sentimentos eram inventados a toda hora. O desejo nasceu cedo, como o arrependimento. Quando a obstinação foi sentida pela primeira vez, ela despertou uma reação em cadeia, criando o ressentimento de um lado, e a alienação e a solidão de outro. Pode ter sido um certo movimento anti-horário dos quadris que marcou o nascimento do êxtase; um relâmpago teria causado a primeira sensação de espanto. Ou quem sabe não foi o corpo de uma menina chamada Alma. Contrariando a lógica, o sentimento de surpresa não nasceu de imediato. Surgiu somente depois que as pessoas tiveram tempo suficiente para se acostumar às coisas como elas eram. E, quando *havia* passado tempo suficiente e alguém sentiu o primeiro sentimento de surpresa, alguém, outro alguém, sentiu a primeira pontada de nostalgia.

Também é verdade que às vezes as pessoas sentiam coisas e, porque para elas não havia palavras, não as mencionavam. A emoção mais antiga do mundo pode ser a de se emocionar; mas descrevê-la — simplesmente nomeá-la — deve ter sido como tentar apreender algo invisível.

(E, de novo, o sentimento mais antigo do mundo pode ter sido simplesmente confusão.)

Nascido o sentimento, o desejo de sentir das pessoas cresceu. Elas queriam sentir mais, sentir com mais profundidade, a despeito do quanto isso às vezes doía. As pessoas se viciaram em sentir. Lutavam para descobrir novas emoções. É possível que a arte tenha nascido assim. Novas modalidades de alegria foram forjadas, juntamente com novas modalidades de tristeza: O eterno desapontamento com a vida como ela é; o alívio do perdão inesperado; o medo de morrer.

Mesmo hoje, ainda não existem todos os sentimentos possíveis. Restam aqueles que se situam além da nossa capacidade ou da nossa imaginação. De tempos em tempos, quando uma peça musical que ninguém jamais escreveu, ou um quadro que ninguém jamais pintou, ou alguma outra coisa impossível de prever, penetrar ou mesmo descrever acontece, um novo sentimento se introduz no mundo. E então, pela milionésima vez na história do sentimento, o coração emerge e absorve o impacto.

Todos os capítulos eram um pouco como esse, e na verdade nenhum deles me esclareceu por que o livro era tão importante para Jacob Marcus. Em vez disso, me vi pensando no meu pai. No quanto *A história do amor* significava para ele, se o dera à minha mãe apenas duas semanas depois do encontro deles, embora soubesse que ela ainda não lia em espanhol. Por quê? Porque estava enamorado dela, claro.

Em seguida, pensei mais. E se meu pai tivesse escrito

alguma coisa no exemplar d'A *história do amor* que dera à minha mãe? Nunca tinha me ocorrido procurar.

Levantei-me da cama e subi as escadas. O escritório de mamãe estava vazio, e o livro, ao lado do computador. Peguei-o e abri na folha de rosto. Uma escrita para mim desconhecida dizia: *Para Charlotte, minha Alma. Este é o livro que eu teria escrito para você se soubesse escrever. Com amor, David.*

Voltei para a cama e pensei no meu pai, e naquelas vinte palavras, durante muito tempo.

E depois comecei a pensar nela. Em Alma. Quem era ela? Minha mãe diria que era cada uma, toda garota e toda mulher amada por alguém um dia. Mas, quanto mais eu pensava sobre aquilo, mais pensava que ela também deveria ter sido *alguém*. Porque como poderia Litvinoff ter escrito tanto sobre o amor sem estar ele próprio enamorado? Por alguém em especial. E esse alguém devia se chamar...

Debaixo das nove pistas que eu tinha escrito, acrescentei mais uma:

10. Alma

14. O DESPERTAR DO SENTIMENTO

Desci correndo para a cozinha, mas ela estava vazia. Pela janela, no meio do nosso quintal tomado de ervas daninhas, vi minha mãe. Abri a porta de tela. "Alma", eu disse, ofegante. "Hmm?", minha mãe disse. Segurava uma espátula de jardinagem. Não tive tempo de parar e pensar por que estaria segurando uma espátula de jardinagem, uma vez que era o meu pai, e não ela, quem cuidava do jardim e uma vez que já eram nove e meia da noite. "Qual é o sobrenome dela?", perguntei. "Do que está falando?", disse minha mãe. "De Alma", eu disse, impaciente. "A garota do livro. Qual é o sobrenome dela?" Minha mãe enxugou a testa, deixando uma mancha de sujeira. "Na verdade, agora que você falou nisso... um dos capítulos menciona um sobrenome. Mas é estranho, porque, enquanto todos os outros nomes no livro são espanhóis, o sobrenome dela é..." Minha mãe franziu as sobrancelhas. "Qual?", eu disse, excitada. "O dela é qual?" "Mereminski", disse minha mãe. "Mereminski", repeti. Ela assentiu. "M-E-R-E-M-I-N-S-K-I. Mereminski. Polonesa. É uma das poucas pistas deixadas por Litvinoff sobre a sua própria origem."

Subi correndo as escadas, me enfiei na cama, acendi a lanterna e abri o terceiro volume do *Como sobreviver na selva*. Junto de *Alma*, escrevi *Mereminski*.

No dia seguinte, comecei a procurá-la.

O problema de pensar

Se Litvinoff tossia cada vez mais à medida que os anos passavam — uma tosse seca que sacudia todo o seu corpo, levando-o a se dobrar, e o obrigava a deixar a mesa durante jantares, a não atender telefonemas e a recusar o convite ocasional para falar em público —, não era tanto porque estivesse doente, mas porque havia alguma coisa que ele desejava dizer. Quanto mais passava o tempo, mais ele ansiava por dizê-la e mais impossível se tornava fazê-lo. Às vezes acordava em pânico de sonhos. *Rosa!*, gritava. Mas, antes que as palavras saíssem de sua boca, ele sentia a mão dela no peito e, ao som da sua voz — *Que foi? O que não está bem, querido?* —, perdia a coragem, tomado de medo das conseqüências. E assim, em vez de dizer o que desejava, ele dizia: *Não foi nada. Só um sonho ruim*, e a esperava adormecer antes de empurrar as cobertas e ir para o terraço.

Quando era jovem, Litvinoff tinha um amigo. Não o melhor, mas um bom amigo. A última vez que viu esse amigo foi no dia em que deixou a Polônia. O amigo estava perto de uma esquina. Eles já haviam se despedido, mas os dois se voltaram para ver o outro partir. Ficaram ali parados durante muito tempo. O gorro do amigo estava amarrotado na mão junto do peito. Ele ergueu a mão, saudou Litvinoff e sorriu. Depois ajustou o gorro caído sobre os olhos, deu meia-volta e desapareceu de mãos vazias na multidão. Nos últimos tempos não passava um dia sem que Litvinoff pensasse naquele instante, ou naquele amigo.

Nas noites em que não conseguia dormir, Litvinoff às vezes ia para o escritório e pegava o exemplar d'A *história do amor*. Tinha relido o décimo quarto capítulo, "A Idade da Corda", tantas vezes que a encadernação se abria nele automaticamente:

Tantas palavras se perdem. Elas deixam a boca e perdem a coragem, vagam sem rumo para serem varridas para a sarjeta como folhas mortas. Em dias de chuva pode-se ouvir o coro delas passando:
EueraumameninabonitaPorfavornãováemboraEutambémacreditoquemeucorpoéfeitodevidroEununcaameininguémEumeachoengraçadaPerdoe-me...

Houve um tempo em que não era incomum usar um pedaço de corda para guiar as palavras, que de outra forma poderiam se perder no caminho para os seus destinos. Pessoas tímidas levavam um rolo de corda no bolso, mas as pessoas tidas como espalhafatosas não tinham menos necessidade dele, uma vez que aquelas habituadas a ser ouvidas por todos muitas vezes se sentiam perdidas quando desejavam ser ouvidas por alguém. A distância física entre duas pessoas que usavam uma corda era freqüentemente pequena; algumas vezes, quanto menor a distância, maior a necessidade da corda.

O hábito de prender copos nas extremidades da corda veio muito mais tarde. Alguns dizem que tem relação com a necessidade incontida de apertarmos conchas nos ouvidos, para ouvir o eco sobrevivente da primeira expressão do mundo. Outros dizem que foi iniciado por um homem que segurava a extremidade de uma corda desenrolada sobre o mar por uma garota que partira para a América.

Quando o mundo se tornou maior e não havia corda suficiente para evitar o desaparecimento das coisas que as pessoas queriam dizer, inventou-se o telefone.

Algumas vezes, nenhuma extensão de fio é longa o bastante para se dizer o que deve ser dito. Nesses casos, tudo o que a corda pode fazer, seja qual for a sua forma, é conduzir o silêncio de alguém.

Litvinoff tossiu. O livro impresso em suas mãos era uma cópia de uma cópia de uma cópia de uma cópia do original que não existia mais, a não ser na cabeça dele. Não o "original" como o livro ideal que um escritor imagina antes de sentar-se para escrever. O original que existia na cabeça de Litvinoff era a memória do manuscrito grafado na sua língua mãe, o qual ele tivera nas mãos no dia em que dissera adeus a seu amigo pela última vez. Eles não sabiam que seria a última. Mas, intimamente, cada um imaginou.

Naqueles dias, Litvinoff era jornalista. Trabalhava num diário, escrevendo obituários. De tempos em tempos, nos fins de tarde depois do trabalho, ia a um café povoado de artistas e filósofos. Porque Litvinoff não conhecia muita gente, em geral apenas pedia uma bebida, fingia ler um jornal que já tinha lido e escutava as conversas a seu redor:

A idéia do tempo fora da nossa experiência é intolerável!

Marx, o cacete.

O romance está morto!

Antes de expressar nossa concordância, devemos examinar com cuidado...

Libertação é somente o meio de alcançar a liberdade; não é sinônimo dela!

Malévitch? O meu ranho é mais interessante que aquele imbecil.

E esse, meu amigo, é o problema de pensar!

Às vezes Litvinoff se via em desacordo com a argumentação de alguém e em sua cabeça desenvolvia uma réplica brilhante.

Certa noite ouviu uma voz atrás dele: "Deve ser um bom artigo... você o andou lendo durante a meia hora passada". Litvinoff deu um salto, e, quando ergueu os olhos, o rosto familiar do velho amigo de infância sorria para ele. Abraçaram-se e assimilaram as discretas mudanças que o tempo decretara na aparência de cada um deles. Litvinoff sempre sentira uma certa afinidade por esse amigo, e estava ansioso por saber o que ele andara fazendo nos últimos anos. "Trabalhando, como todos", o amigo disse, puxando uma cadeira. "E a escrita?", perguntou Litvinoff. O amigo deu de ombros. "De noite não há barulho. Ninguém me incomoda. O gato do proprietário vem e senta no meu colo. Em geral adormeço na escrivaninha e acordo quando o gato sai silencioso ao primeiro sinal da claridade do dia." E então, sem razão, os dois riram.

Daí em diante, encontravam-se toda noite no café. Com um horror crescente, discutiam os movimentos das tropas de Hitler e os rumores das ações praticadas contra judeus, até ficarem deprimidos demais para falar. "Mas, quem sabe, alguma coisa mais animada", o amigo por fim dizia, e Litvinoff mudava feliz de assunto, ansioso por testar uma de suas teorias filosóficas ante o velho amigo, ou por lhe submeter um novo plano para ganhar dinheiro fácil que envolvia meias femininas e o mercado negro, ou por descrever a garota bonita que morava do outro lado da rua. O amigo, por sua vez, às vezes mostrava a Litvinoff trechos do seu trabalho. Coisas pequenas, aqui e ali um parágrafo. Mas Litvinoff sempre se comovia. Lida a primeira página, reconhecia que no tempo decorrido desde que estudaram juntos, o amigo tinha se transformado num escritor de verdade.

Alguns meses mais tarde, quando se soube que Isaac Babel fora morto pela polícia secreta de Moscou, coube a Litvinoff escrever o obituário. Era uma tarefa importante, e ele trabalhou duro nela, procurando encontrar o tom exato para a morte trágica de um grande escritor. Ficou na redação até meia-noite, mas, enquanto caminhava para casa na noite fria, sorriu consigo mesmo, acreditando que o obituário era o melhor que escrevera. O material com que tinha de trabalhar era muitas vezes escasso e pobre, e ele tinha de montar alguma coisa com uns poucos superlativos, clichês e notas falsas que celebravam a vida e amparavam o sentimento de perda ante a morte. Porém, não dessa vez. Dessa vez não havia sido necessário inflar a matéria, debater-se em busca de palavras para um homem que fora um mestre das palavras, que devotara toda a existência a resistir ao lugar-comum na esperança de oferecer ao mundo um modo novo de pensar e de escrever; um modo novo, mesmo, de sentir. E cujo prêmio por seus esforços tinha sido a morte por fuzilamento.

No dia seguinte o obituário apareceu no jornal. O editor o chamou à redação e o parabenizou pelo trabalho. Alguns colegas também o cumprimentaram. Quando encontrou o amigo à noite no café, ele também elogiou o artigo. Litvinoff pediu uma rodada de vodca, sentindo-se feliz e orgulhoso.

Algumas semanas depois, o amigo não apareceu no café como de costume. Litvinoff esperou por uma hora e meia, então desistiu e foi para casa. Na noite seguinte esperou de novo, e de novo o amigo não veio. Preocupado, Litvinoff se dirigiu para a casa onde o amigo se hospedava. Nunca estivera lá, mas sabia o endereço. Ao chegar, surpreendeu-se com o estado da casa, suja e decrépita, com as paredes engorduradas na entrada e o cheiro de alguma coisa apodrecida. Bateu na primeira porta que encontrou. Uma mulher abriu. Litvinoff perguntou pelo amigo. "Sim, sem dúvida", ela disse. "O grande escritor." Apontou para cima com o polegar. "Andar de cima, à direita."

Litvinoff bateu durante cinco minutos até enfim ouvir os passos pesados do amigo do outro lado. Quando a porta se abriu, o amigo apareceu de pijama, pálido e fatigado. "Que aconteceu?", perguntou Litvinoff. O amigo deu de ombros e tossiu: "Tome cuidado ou você vai pegar também", disse, e arrastou-se de volta para a cama. Litvinoff se viu constrangido no quarto atulhado, disposto a ajudar mas sem saber como. Por fim, uma voz emergiu dos travesseiros: "Uma xícara de chá faria bem". Litvinoff correu para a cozinha improvisada num canto e se debateu à procura da chaleira ("Em cima do fogão", disse o amigo, com voz débil). Enquanto a água fervia, ele abriu a janela para que entrasse um pouco de ar fresco e lavou os pratos sujos. Quando levou a xícara de chá fervente para o amigo, viu que ele tremia de febre, assim fechou a janela e desceu para pedir mais um cobertor à zeladora. Nesse meio-tempo, o amigo adormeceu. Sem saber o que mais fazer, Litvinoff sentou-se na única cadeira que havia no quarto e esperou. Passado um quarto de hora, um gato miou à porta. Litvinoff deixou-o entrar, mas, quando o gato viu que o companheiro da meia-noite estava indisposto, foi embora.

Diante da cadeira havia uma mesa de madeira. Sobre ela, viam-se páginas espalhadas. Uma delas chamou a atenção de Litvinoff, e, olhando em redor para se certificar de que o amigo dormia profundamente, ele a ergueu. No alto da página lia-se: *A MORTE DE ISAAC BABEL.*

Somente depois de terem-no acusado do crime de silêncio,

Babel descobriu quantas espécies de silêncio existiam. Quando ouvia música, não escutava as notas, mas o silêncio entre elas. Quando lia um livro, entregava-se por inteiro às vírgulas e ponto-e-vírgulas, ao espaço depois da frase e antes da maiúscula na sentença seguinte. Descobriu os lugares de um quarto nos quais o silêncio se acumulava; as dobras das cortinas, os vasos fundos da prataria da família. Quando as pessoas lhe falavam, ele ouvia cada vez menos o que diziam e cada vez mais o que não diziam. Aprendeu a decifrar o significado de certos silêncios, que é o mesmo que solucionar um caso difícil sem nenhuma pista, apenas pela intuição. E ninguém podia acusá-lo de não ser fértil no ofício escolhido. Todos os dias ele produzia longas epopéias de silêncio. O começo havia sido difícil. Imagine o peso de ficar em silêncio quando o filho pergunta se Deus existe, ou quando a mulher que você ama pergunta se você retribui seu amor. No início, Babel ansiava por usar somente duas palavras: *sim* e *não*. Mas ele sabia que apenas articular uma única palavra seria destruir a fluência delicada do silêncio.

Mesmo depois que o prenderam e queimaram seus manuscritos, todos páginas em branco, ele se recusou a falar. Nem um gemido quando lhe acertaram um golpe na cabeça, a ponta de uma bota na virilha. Somente no último instante, ao se defrontar com o pelotão de fuzilamento, o escritor Babel, de súbito, pressentiu a possibilidade de ter errado. Enquanto os rifles apontavam para o seu peito, ele se perguntou se o que tomara pela riqueza do silêncio não seria na verdade a pobreza de jamais ter sido ouvido. Ele tinha pensado que as possibilidades do silêncio humano fossem infinitas. Mas, à medida que as balas irrompiam dos rifles, seu corpo foi perfurado pela verdade. E uma pequena parte dele ria com amargura, porque, a despeito de tudo, como podia ele ter se esquecido do que sempre soubera: Não há nada equivalente ao silêncio de Deus.

Litvinoff largou a página. Estava furioso. Como podia seu amigo, livre para escolher qualquer tema, roubar o único assunto sobre o qual acontecia de ele, Litvinoff, ter escrito alguma coisa de que se orgulhava? Sentiu-se escarnecido e humilhado. Desejava arrancar o amigo da cama e perguntar qual era sua intenção. Mas, passado um momento, acalmou-se e leu de novo, e, à medida que o fazia, reconheceu a verdade. O amigo não havia roubado nada que lhe pertencesse. Como poderia tê-lo feito? A morte de alguém não pertence a ninguém a não ser ao morto.

Foi invadido por um sentimento de tristeza. Todos aqueles anos Litvinoff se imaginara muito parecido com o amigo. Orgulhava-se do que supunha serem semelhanças entre eles. Mas a verdade é que não era mais parecido com o homem que combatia uma febre na cama a três metros dele do que com o gato que acabara de sair: pertenciam a espécies diferentes. Era óbvio, pensou Litvinoff. Bastava olhar como cada um tinha abordado o mesmo assunto. Onde ele via uma página de palavras, seu amigo via um terreno de hesitações, buracos negros e possibilidades entre as palavras. Onde o amigo via luzes com manchas, a felicidade da fuga, a tristeza da sobriedade, ele via as formas sólidas de uma andorinha comum. A vida de Litvinoff definia-se por um deleite ante o peso do real; a de seu amigo, por uma rejeição da realidade com sua armada de fatos definidos. Ao olhar para o seu reflexo na janela escura, Litvinoff acreditou que alguma coisa caíra e uma verdade se revelara: Ele era um homem comum. Um homem disposto a aceitar as coisas como elas eram, e, por causa disso, faltava-lhe o potencial para ser original. E, embora estivesse errado em tudo o que se referisse a isso, depois daquela noite nada poderia dissuadi-lo.

Ao lado d'*A MORTE DE ISAAC BABEL* havia outra página. Com lágrimas de autopiedade ardendo nas faces, Litvinoff leu.

FRANZ KAFKA ESTÁ MORTO

Ele morreu numa árvore da qual não se dispunha a descer. "Desça!", gritavam-lhe. "Desça! Desça!" Um silêncio preencheu a noite, e a noite preencheu o silêncio, enquanto esperavam que Kafka falasse. "Não posso", ele disse por fim, com uma ponta de nostalgia. "Por quê?", gritaram. Estrelas salpicavam o céu negro. "Porque senão vocês vão parar de me pedir." As pessoas cochicharam e assentiram entre si. Abraçaram umas às outras e tocaram os cabelos dos filhos. Tiraram os chapéus e os ergueram para o homem pequeno, doentio, com orelhas de um animal estranho, sentado de terno de veludo preto na árvore escura. Depois se voltaram e começaram a se dirigir para casa sob o dossel de folhas. As crianças carregadas nos ombros dos pais, sonolentas por terem sido levadas para ver o homem que havia escrito seus livros em pedaços da casca arrancada da árvore da qual se recusava a descer. Numa escrita delicada, bonita, ilegível. E admiravam aqueles livros, e admiravam sua vontade e energia. Afinal: quem não deseja fazer da solidão um espetáculo? Uma por uma as famílias se separaram com um boa-noite e um aperto de mãos, de súbito gratas pela companhia dos vizinhos. Portas se fecharam para aquecer as casas. Velas se acenderam nas janelas. Ao longe, em seu poleiro nas árvores, Kafka ouvia tudo: o rumor de roupas largadas no chão, de lábios palpitantes ao longo de ombros desnudos, camas rangentes sob o peso da ternura. Tudo se reunia nas conchas pontudas e delicadas dos ouvidos dele e rolava como bolinhas de *pinball* no salão de sua mente.

Naquela noite, soprou um vento gelado. Quando as crianças acordaram, foram às janelas e encontraram o mundo envolvido em gelo. Uma criança, a menor, gritou de alegria, e o grito rompeu o silêncio e explodiu o gelo de um carvalho gigante. O mundo brilhava.

Elas o encontraram enregelado no chão como um pássaro. Conta-se que, quando puseram o ouvido junto da concha dos ouvidos dele, ouviram a si próprias.

Debaixo dessa página havia outra, intitulada *A MORTE DE TOLSTÓI*, e debaixo dela havia outra para Ossip Mandelstamm, que morrera no amargo final de 1938 num campo de internação provisório perto de Vladivostok, e, debaixo dela, mais seis ou oito. Somente a última página era diferente. Dizia: *A MORTE DE LEOPOLD GURSKY*. Litvinoff sentiu um frio no coração. Olhou para o amigo, que respirava com dificuldade. Começou a ler. Quando chegou ao final, balançou a cabeça e leu de novo. E, depois disso, de novo. Leu e releu, movimentando os lábios com as palavras como se elas não fossem a comunicação de uma morte, mas uma oração pela vida. Como se, só por dizê-las, ele pudesse proteger o amigo contra o anjo da morte, a força de sua respiração apenas conservando as asas dele pregadas por mais um instante, mais um instante — até ele desistir e deixar o amigo em paz. A noite toda, Litvinoff velou o amigo, e a noite toda moveu os lábios. E, pela primeira vez até onde se lembra, não se sentiu inútil.

Ao chegar a manhã, Litvinoff viu aliviado que a cor voltara ao rosto do amigo. Ele dormia o sono reparador da recuperação. Quando o sol subiu à posição das oito horas, ele se levantou. As pernas estavam rijas. Seu interior parecia esvaziado. Mas ele se sentia cheio de alegria. Dobrou *A MORTE DE LEOPOLD GURSKY* ao meio. E aqui está outra coisa que ninguém sabe sobre Zvi Litvinoff: pelo resto da vida ele carregou no bolso a página que tinha evitado a noite toda que se tornasse verdadeira, para que ele ganhasse um pouco mais de tempo — pelo amigo, pela vida.

Até que a mão que escreve doa

As páginas que eu tinha escrito muito tempo antes escorregaram das minhas mãos e se espalharam pelo chão. Eu pensei: Quem? E como? Pensei: Depois de todos estes... O quê? Anos.

Voltei às minhas lembranças. A noite passou embaçada. De manhã, eu ainda estava chocado. Somente depois do meio-dia consegui continuar. Ajoelhei-me no chão. Recolhi as páginas uma a uma. A página 10, um corte na pele. A página 22, uma pontada nos rins. A página 4, um bloqueio no coração.

Uma piada amarga me veio à mente. *As palavras me faltaram.* E no entanto. Agarrei as páginas temeroso de que minha cabeça me pregasse peças, de que eu olharia para elas e elas estariam em branco.

Abri caminho para a cozinha. O bolo se desfazia sobre a mesa. Senhoras e senhores. Estamos hoje reunidos para celebrar os mistérios da vida. O quê? Não, não é permitido atirar pedras. Apenas flores. Ou dinheiro.

Varri as cascas de ovo e espanei o açúcar da cadeira e me sentei à mesa. Lá fora, meu pombo fiel arrulhava e esfregava as asas contra o vidro. Talvez eu devesse ter lhe dado um nome. Por que não?, me empenhei em nomear muitas coisas menos reais que ele. Tentei pensar num nome que eu tivesse prazer em pronunciar. Olhei em volta. Meu olho pousou no cardápio de comida chinesa para viagem. Não o modificavam havia anos. *A FAMOSA COZINHA DE CANTÃO, DE SZECHUAN E HUMANA DO SR. TONG*. Bati na janela. O pombo voou. *Adeus, sr. Tong*.

A leitura me tomou a maior parte da tarde. Lembranças se atropelavam. Meus olhos se embaçaram, tive dificuldade de focar. Pensei: Estou vendo coisas. Empurrei a cadeira para trás e fiquei de pé. Pensei: *Mazel tov*, Gursky, você finalmente perdeu de vez. Agüei a planta. *Para perder, você tem de ter tido*. Ah? Quer dizer que *agora* você se apega a detalhes? Tem, não tinha! Ouça a si mesmo! Você transformou a derrota numa profissão. Foi um perdedor campeão. E no entanto. Onde está a prova de que algum dia a teve? Onde está a prova de que ela estava disponível para você?

Enchi a pia de água com sabão e lavei as panelas sujas. E, a cada panela e frigideira e colher que guardava, guardava também um pensamento que não podia suportar, até minha cozinha e minha mente voltarem a um estado de organização mútua. E no entanto.

Shlomo Wasserman havia se transformado em Ignacio da Silva. O personagem a quem eu chamara Duddelsach agora era Rodríguez. Feingold era De Biedma. A assim dita Slonim virara Buenos Aires, uma cidade de que eu nunca ouvira falar estava no lugar de Minsk. Era quase engraçado. Mas. Não ri.

Examinei a letra no envelope. Não havia nenhuma mensagem. Acreditem: conferi cinco ou seis vezes. Não trazia o endereço do remetente. Eu teria interrogado Bruno se achasse que ele teria alguma coisa a dizer. Quando chega um pacote, o zelador o deixa sobre a mesa no hall de entrada. Sem dúvida Bruno o viu e o pegou. A chegada de alguma coisa que não cabe na caixa de correio para um de nós é um grande acontecimento. Se não estou enganado, a última vez foi há dois anos. Bruno tinha encomendado uma coleira de cachorro com tachas. Talvez seja desnecessário dizer que pouco tempo antes ele trouxera uma cadela para casa. Era pequena e quente e algo a ser amado. Ele a chamou de Bibi. Venha, Bibi, venha!, eu o ouvia chamar. Mas Bibi nunca vinha. Um dia ele a levou a uma pista de cachorros. *Vamos, Chico!*, alguém gritou para o seu cão, e Bibi saiu atrás do porto-riquenho. *Venha, Bibi, venha!*, gritou Bruno, mas sem resultado. Ele mudou de tática. *Vamos, Bibi!*, berrou a plenos pulmões. E, vejam só, Bibi veio correndo. Latiu a noite toda e sujou o chão, mas ele a amava.

Um dia Bruno a levou de novo à pista de cachorros. Ela brincou e fez cocô e farejou enquanto Bruno a observava, orgulhoso. O portão se abriu para um setter irlandês. Bibi olhou para cima. Antes que Bruno se desse conta do que estava acontecendo, ela disparou pelo portão aberto e desapareceu rua abaixo. Ele tentou persegui-la. *Corra!*, dizia a si mesmo. A lembrança da velocidade inundou seu ser, mas o corpo se rebelou. Com os primeiros passos, suas pernas se trançaram e perderam a força. *Vamos, Bibi!*, ele gritava. E no entanto. Nada. Em sua hora de necessidade — dobrado sobre a calçada enquanto Bibi o traía sendo aquilo que era: um animal — eu estava em casa catando milho na minha máquina de escrever. Ele chegou em casa desolado. Naquela noite, nós voltamos à pista de cachorros para esperá-la. *Ela vai voltar*, eu disse. Ela nunca voltou. Isso foi há dois anos, e ele ainda vai até lá para esperá-la.

Tentei dar sentido às coisas. Pensando nisso hoje, eu sempre tentei. Poderia ser meu epitáfio. LEO GURSKY. ELE TENTOU DAR SENTIDO ÀS COISAS.

A noite caiu, e eu continuava perdido. Não tinha comido nada o dia todo. Telefonei para o sr. Tong. O da comida chinesa, não a ave. Vinte minutos depois eu estava sozinho com meus rolinhos primavera. Liguei o rádio. Pediam donativos. Em troca se ganhava um desentupidor com as iniciais WNYC.

Há coisas que acho difícil escrever. E, no entanto, persisto em meus esforços como uma mula teimosa. Uma vez Bruno desceu e me viu sentado à mesa da cozinha diante da máquina de escrever. *Isso de novo?* Os fones de ouvido tinham escorregado e repousavam como um semi-halo em volta da sua nuca. Massageei as juntas dos dedos sobre o vapor que saía da xícara de chá. *Um Wladimir Horowitz comum*, ele observou, enquanto se dirigia para a geladeira. Curvou-se, buscando o que quer que procurasse ali. Pus uma nova página na máquina. Ele se virou, a porta da geladeira aberta, um bigode de leite no lábio superior. *Toque, maestro*, disse, em seguida ajustou os fones nos ouvidos e arrastou os pés ao sair, depois de acender a luz sobre a mesa ao passar por ela. Fixei os olhos na corrente da lâmpada que balançava enquanto eu ouvia a voz de Molly Bloom estourar os ouvidos dele: NÃO HÁ NADA COMO UM BEIJO LONGO E QUENTE NA SUA ALMA QUASE TE PARALISA, é só ela que Bruno escuta hoje em dia, gastando a fita magnética.

Leio repetidas vezes as páginas do livro que escrevi quando era jovem. Foi há tanto tempo. Eu era ingênuo. Um rapaz de vinte anos apaixonado. Um coração inflado e uma cabeça que o acompanhava. Eu achava que era capaz de fazer qualquer coisa! Por estranho que pareça, agora que já fiz tudo o que tinha para fazer?

Pensei: Como sobreviveu? Que eu saiba, o único exemplar se perdeu numa inundação. Isto é, se eu não contar os trechos enviados em cartas à garota que eu amava depois que ela partiu para a América. Não consegui deixar de lhe mandar as melhores páginas. Porém. Foram apenas uns poucos pedaços. E aqui nas minhas mãos estava quase o livro todo! De algum modo em inglês! Com nomes em espanhol! Era de confundir a cabeça.

Cumpri o *shiva*, sentado, por Isaac e, enquanto permanecia sentado, tentei entender. Só, em meu apartamento, as páginas no colo. A noite virou dia virou noite virou dia. Dormi e acordei. Porém. Não cheguei nem um pouco perto da solução do mistério. História da minha vida: eu era um chaveiro. Capaz de abrir todas as portas da cidade. E, no entanto, não era capaz de abrir nada que desejasse abrir.

Decidi fazer uma lista de todas as pessoas vivas que conhecia, para o caso de poder esquecer de alguma. Ocupei-me à procura de papel e caneta. Depois me sentei, alisei a página e levei a ponta da caneta ao seu encontro. Porém. Minha mente desenhou um vazio.

Em lugar da lista, escrevi: *Perguntas para o remetente*. Sublinhei duas vezes. Prossegui:

1. *Quem é você?*
2. *Onde achou isso?*
3. *Como isso sobreviveu?*
4. *Por que está em inglês?*
5. *Quem mais leu?*

~~6. *Gostaram?*~~

6. *O número de leitores é maior ou menor do que...*

Parei e refleti. Havia um número que me desapontaria?

Olhei pela janela. Do outro lado da rua, uma árvore balançava ao vento. Era de tarde, as crianças gritavam. Gosto de escutar as canções delas. *Este é um jogo! De concentração!*, as meninas cantam, e batem palmas. *Sem repetições! Nem hesitações! Começando por:* Espero, ansioso. Animais!, elas gritam. *Ani-*

mais!, penso. *Cavalo*, diz uma. *Macaco!*, diz a outra. E a coisa vai e vem. *Vaca!*, grita a primeira. *Tigre!*, grita a segunda, porque um instante de hesitação arruína o ritmo e encerra o jogo. *Pônei! Canguru! Rato! Leão! Girafa!* Uma menina se atrapalha. *IAQUE!*, eu grito.

Olhei para a minha página de perguntas. O que teria de acontecer, pensei, para que um livro que eu escrevera havia sessenta anos chegasse à minha caixa de correio, numa língua diferente?

De súbito, fui assaltado por uma idéia. Ela me veio em iídiche, vou fazer o melhor possível para parafraseá-la, alguma coisa na linha de: EU PODERIA SER FAMOSO SEM SABER? Fiquei tonto. Tomei um copo de água gelada e uma aspirina. Não seja idiota, disse a mim mesmo. E no entanto.

Agarrei meu paletó. As primeiras gotas de chuva salpicavam a janela, e calcei as galochas. Bruno as chama de borrachas. Mas isso é problema dele. Lá fora, um vento uivante. Eu me debati pelas ruas, engalfinhado com o guarda-chuva. Três vezes ele virou pelo avesso. Uma vez me atirou contra a lateral de um prédio. Duas vezes levantei vôo.

Cheguei à biblioteca, o rosto açoitado pela chuva. Água pingava do meu nariz. A besta, o guarda-chuva, estava destruída, e eu a atirei no suporte. Abri caminho para a mesa do bibliotecário. Corre, pára e arqueja, dobra as pernas da calça, dá um passo, se arrasta, dá um passo, se arrasta et cetera. A cadeira do bibliotecário estava vazia. Eu, entre aspas, corri pelo salão. Por fim, encontrei alguém. Ela estava rearrumando as estantes. Tive dificuldade para me conter.

Quero tudo o que você tem sobre o escritor Leo Gursky!, gritei.

Ela se virou para me encarar. E assim fizeram os outros todos.

Desculpe?

Tudo o que você tem sobre o escritor Leo Gursky, repeti.

Estou no meio de alguma coisa. O senhor vai ter de esperar um minuto.

Esperei um minuto.

Leo Gursky, eu disse. *G-U-R-*

Ela empurrou o carrinho. *Eu sei como soletrar.*

Eu a segui até o computador. Ela digitou meu nome. Meu coração disparou. Talvez eu esteja velho. Porém. Meu coração ainda pode resistir.

Há um livro sobre touradas por um Leonard Gursky, ela disse.

Não ele, eu disse. *E quanto a Leopold?*

Leopold, Leopold, ela disse. *Aqui está.*

Agarrei o objeto firme mais próximo. Rufar de tambores, por favor:

As incríveis, fantásticas aventuras de Frankie, a menina prodígio desdentada, ela disse, e riu. Resisti ao impulso de acertar sua cabeça com a minha galocha. E lá foi ela, buscar o livro na seção infantil. Não a detive. Em vez disso, morri uma pequena morte. Ela me fez sentar com ele. *Divirta-se*, disse.

Uma vez Bruno disse que, se eu comprasse um pombo, meia rua adiante ele se transformaria numa pomba da paz, no ônibus para casa, num papagaio, e no meu apartamento, pouco antes de eu retirá-lo da gaiola, numa fênix. *Esse é você*, ele disse, varrendo da mesa algumas migalhas que não estavam ali. Passaram alguns minutos. *Não, não sou*, eu disse. Ele deu de ombros e olhou pela janela. *Quem ouviu falar em fênix?*, eu disse. *Num pavão talvez. Mas acho que numa fênix não.* O rosto dele estava voltado para o outro lado, mas julguei ter visto sua boca se contorcer num sorriso.

Porém, naquela hora eu não podia fazer nada para transformar o nada encontrado pela bibliotecária em alguma coisa.

Nos dias que se seguiram ao meu ataque cardíaco e antes de voltar a escrever, eu não conseguia pensar em nada a não ser em morrer. Eu havia sido poupado de novo, e apenas depois de ter passado o perigo permiti que meus pensamentos se desemaranhassem no sentido do fim inevitável. Imaginei todas as maneiras de partir. Coágulo sanguíneo no cérebro. Enfarte. Trombose. Pneumonia. Obstrução da veia cava por grande mal. Eu me vi espumar pela boca, convulsionar no chão. Acordava no meio da noite agarrando o pescoço. E no entanto. A despeito do número de vezes em que imaginei a possível falência dos meus órgãos, a conseqüência me parecia inconcebível. A possibilidade de acontecer comigo. Eu me forçava a imaginar os últimos momentos. A penúltima respiração. Um suspiro final. E no entanto. Era sempre seguido de mais um.

Lembro da primeira vez em que compreendi o que era morrer. Eu tinha nove anos. Meu tio, irmão do meu pai, que sua memória seja bendita, morreu dormindo. Não havia explicação. Um homem imenso, robusto, que comia como um cavalo e saía no frio terrível para quebrar blocos de gelo com as mãos nuas. Foi-se, *kaput*. Ele costumava me chamar de Leopo. Dizia assim: *Lei-o-po*. Pelas costas da minha tia ele passava, sorrateiro, um torrão de açúcar para mim e para os meus primos. Imitava Stalin de tal modo que você se arrebentava.

Minha tia o encontrou de manhã, com o corpo já enrijecido. Foram necessários três homens para levá-lo ao *khevra kadisha*. Meu irmão e eu nos esgueiramos para ver a grande massa. Para nós o corpo era mais impressionante na morte do que fora em vida — a floresta de pêlos nas costas da mão, as unhas achatadas, amarelecidas, as crostas espessas nas solas dos pés. Ele parecia tão humano. E no entanto. Horrivelmente não. Num dado momento entrei para levar um copo de água para o meu pai. Ele estava sentado perto do corpo, que não podia ser deixado só nem por um minuto. *Preciso ir ao banheiro*, me disse. *Espere aqui até eu voltar*. Antes que eu pudesse argumentar que não tinha nem feito o Bar Mitzvah, ele saiu às pressas para se aliviar. Os minutos seguintes passaram como horas. Meu tio foi estendido sobre uma placa de pedra cor de carne crua com veias brancas. Houve um instante em que pensei ter visto o peito dele se erguer um tanto e quase gritei. Porém. Não era só dele que eu tinha medo. Eu tinha medo por mim. Naquela sala fria, senti minha própria morte. Num canto havia uma pia com azulejos rachados. Por aquele ralo tinham descido todas as unhas cortadas, cabelos e partículas de sujeira lavados do morto. Pingava água da torneira, e a cada gota eu sentia que minha vida se esvaía. Um dia, tudo acabaria. A alegria de estar vivo tornou-se tão concentrada em mim que senti vontade de gritar. Nunca fui uma criança religiosa. Porém. De repente senti a necessidade de implorar para que Deus me poupasse pelo tempo mais longo possível. Quando meu pai voltou, encontrou o filho ajoelhado no chão, com os olhos apertados e as juntas das mãos, brancas.

Daí em diante, vivi aterrorizado pela idéia de que eu ou um dos meus pais pudesse morrer. Minha mãe me preocupava mais. Ela era a força em torno da qual nosso mundo girava. Diferentemente do meu pai, que passava a vida nas nuvens, minha mãe era impelida através do Universo pela força bruta da razão. Era a juíza de todas as nossas discussões. Uma palavra desaprovadora dela bastava para que nos escondêssemos num canto, para chorar e fantasiar nosso próprio martírio. E no entanto. Um beijo nos restaurava a condição de príncipes. Sem ela, nossa vida se dissolveria no caos.

O medo da morte me perseguiu durante um ano. Eu chorava toda vez que alguém derrubava um copo ou quebrava um prato. Porém, mesmo depois que isso passou, fiquei com uma tristeza que não podia se apagar. Não que tivesse acontecido alguma coisa nova. Era pior: eu tomara consciência do que estivera comigo o tempo todo sem que eu percebesse. Arrastava essa consciência nova para todo lado como uma pedra atada ao tornozelo. Ela me seguia a todos os lugares. Eu costumava inventar pequenas canções tristes. Louvava as folhas que caíam. Imaginava minha morte de cem maneiras diferentes, mas o funeral era sempre igual: de algum lugar na minha imaginação se desenrolava um tapete vermelho. Porque depois de cada morte secreta minha grandeza era sempre descoberta.

As coisas poderiam ter sido assim.

Certa manhã, porque perdi tempo no café e depois me detive para examinar a roupa de baixo gigante da sra. Stanislawski que secava no varal, me atrasei para a escola. O sino havia tocado, mas uma garota da minha classe estava ajoelhada no pátio empoeirado. Seu cabelo descia trançado pelas costas. Ela estava com as mãos em concha em volta de alguma coisa. Eu lhe perguntei o que era. *Peguei uma mariposa*, disse, sem olhar para mim. *O que você quer com uma mariposa?*, perguntei. *Que pergunta é essa?*, ela disse. Repensei a pergunta. *Bem, se fosse uma borboleta, seria diferente*, disse. *Não, não seria*, ela disse. *Seria diferente, você deveria soltá-la*, eu disse. *É uma mariposa muito rara*, ela disse. *Como sabe?*, perguntei. *É uma sensação que eu tenho*, ela disse. Lembrei-a de que o sino havia tocado. *Então entre*, ela disse. *Nada te impede. A não ser que você a solte. E então você talvez tenha de esperar para sempre.*

Abriu o espaço entre os polegares e olhou para a abertura. *Deixe-me ver*, eu disse. Ela não disse nada. *Por favor, posso olhar?* Ela levantou os olhos para mim. Seus olhos eram verdes e vivos. *Está bem. Mas tome cuidado*. Ergueu as mãos entrelaçadas à altura do meu rosto e abriu um centímetro os polegares. Senti o cheiro de sabonete na sua pele. Tudo o que pude ver foi um fragmento de asa marrom, e com isso afastei seu polegar para ver melhor. E no entanto. Ela deve ter pensado que eu tentava libertar a mariposa, porque de súbito fechou as mãos. Olhamos horrorizados um para o outro. Quando ela separou as mãos de novo, a mariposa saltava debilitada entre as palmas. Uma asa havia se soltado. Ela engoliu em seco. *Não fui eu*, eu disse. Quando a olhei nos olhos, vi que estavam cheios de lágrimas. Um sentimento desconhecido, angustiante, apertava meu estômago. *Sinto muito*, sussurrei. Senti um ímpeto de abraçá-la, de fazer com que um beijo apagasse a mariposa e a asa partida. Ela não disse nada. Nossos olhos estavam enlaçados num olhar fixo.

Era como se partilhássemos um segredo pecaminoso. Eu a via todo dia na escola, e nunca sentira nada especial por ela antes. Para não dizer, eu a achava mandona. Ela era capaz de ser encantadora. Porém. Era má perdedora. Mais de uma vez se recusara a falar comigo nas raras ocasiões em que eu conseguia responder antes dela a uma das perguntas da professora sobre conhecimentos gerais. *O rei da Inglaterra é George!*, eu gritava, e durante o resto do dia tinha de me defender do seu silêncio gélido.

Porém, dessa vez ela me pareceu diferente. Tomei consciência de seus poderes especiais. Como ela parecia atrair a luz e a gravidade para o lugar onde estava. Notei, como nunca antes, a maneira como seus dedos dos pés apontavam ligeiramente para dentro. A sujeira em seus joelhos desnudos. O modo como o casaco se ajustava com elegância sobre os ombros estreitos. Como se meus olhos tivessem adquirido os poderes de uma lente de aumento, eu a vi mais próxima. A pinta preta, como uma nódoa de tinta sobre o lábio. A concha rosada, translúcida, da orelha. A depressão aloirada nas maçãs do rosto. Centímetro a centímetro ela se revelou para mim. Quase esperei que no momento seguinte seria capaz de divisar as células da sua pele como num microscópio, e me passou pela mente a idéia associada à preocupação familiar de que eu havia herdado muito do meu pai. Mas não durou muito, porque ao mesmo tempo que eu ganhava consciência do corpo dela, eu me apropriava do meu. A sensação quase me deixou sem fôlego. Uma sensação de formigamento se incendiou em meus nervos e se alastrou. A coisa toda deve ter acontecido em menos de trinta segundos. E no entanto. Quando passou, eu tinha sido iniciado no mistério situado no começo do fim da infância. Passaram-se anos até que eu dissipasse toda a felicidade e dor nascidas em mim em menos de meio minuto.

Sem outra palavra, ela largou a mariposa partida e correu para dentro. A pesada porta de ferro se fechou atrás dela com um estrondo.

Alma.

Muito tempo passou desde que pronunciei esse nome.

Decidi fazer com que ela me amasse, a todo custo. Porém. Não sabia o suficiente para atacar de imediato. Observei todos os seus movimentos durante as semanas seguintes. Paciência fora sempre uma das minhas virtudes. Uma vez me escondi por quatro horas inteiras no telheiro atrás da casa do rabino para descobrir se o célebre *tzaddik* de Baranowicze que nos visitava fazia cocô de verdade como todos nós. A resposta foi sim. No meu entusiasmo pelos milagres vulgares da vida, disparei do telheiro gritando uma afirmativa. Por isso, ganhei cinco pancadas nas juntas das mãos e tive de me ajoelhar sobre grãos de milho até meus joelhos sangrarem. Porém. Valeu a pena.

Eu me considerava um espião infiltrado num mundo desconhecido: o território da fêmea. Com a desculpa de juntar provas, roubei as imensas calcinhas da sra. Stanislawski do varal. Sozinho no telheiro, as cheirei, enlevado. Escondi o rosto na porção que fica entre as pernas. Pus as calcinhas na cabeça. Ergui-as e deixei que se inflassem na brisa como a bandeira de uma nova nação. Quando minha mãe abriu a porta, eu as provava para experimentar o tamanho. Dariam para três de mim.

Com um olhar letal — e a punição humilhante de ter de bater na porta da Stanislawski e lhe devolver a roupa de baixo —, minha mãe pôs fim à etapa mais geral da minha investigação. E no entanto. Prossegui com a específica. Nela, minha pesquisa foi exaustiva. Descobri que Alma era a mais nova de quatro filhos e a preferida do pai. Soube que seu aniversário era no dia 21 de fevereiro (fazendo-a mais velha que eu por cinco meses e vinte e oito dias), que ela adorava as cerejas amargas em calda contrabandeadas da Rússia pela fronteira e que uma vez havia consumido meia jarra delas em segredo e que sua mãe, quando descobriu, a obrigou a comer a outra metade, achando que ela passaria mal e desistiria das cerejas para sempre. Mas isso não aconteceu. Ela comeu a coisa toda e chegou a dizer para uma garota da nossa classe que teria comido mais. Soube que o pai desejaria que ela aprendesse piano mas ela queria aprender violino e que essa disputa não se resolvia, com os dois lados resistentes, até que Alma arranjou um estojo de violino vazio (disse que o encontrara jogado na estrada) e começou a andar com ele na presença do pai, algumas vezes fazendo de conta que tocava o violino-fantasma, e que essa foi a gota d'água que levou o pai a ceder e providenciar para que um irmão, aluno do Gymnasium, trouxesse um violino de Vilna, e o novo violino chegou num estojo preto de couro brilhante ornado de veludo púrpura, e que toda canção que Alma tocava, por mais triste que fosse, tinha o tom inconfundível da vitória. Eu soube porque a ouvia tocar enquanto ficava à janela, esperando que o segredo para o coração dela me fosse revelado com o mesmo ardor com que esperara pelo cocô do grande *tzaddik*.

Porém. Nunca aconteceu. Um dia ela deu a volta pela lateral da casa e me confrontou. *Eu vi você lá fora todos os dias da semana passada, e todos sabem que você fica me encarando o dia inteiro na escola, se tem alguma coisa para me dizer, por que não diz na minha cara em vez de ficar espreitando como um bandido?* Pesei minhas possibilidades. Ou saía correndo e nunca mais voltava à escola, talvez deixasse o país como clandestino num navio a caminho da Austrália. Ou arriscava tudo e me declarava. A resposta foi óbvia: eu iria para a Austrália. Abri a boca para dizer adeus para sempre. E no entanto. O que eu disse foi: *Quero saber se você se casaria comigo.*

Ela permaneceu imperturbável. Porém. Os olhos tinham o brilho de quando ela tirara o violino do estojo. Um longo momento se passou. Estávamos atados num olhar brutal. *Vou pensar*, ela disse por fim, e caminhou de volta pelo canto da casa. Ouvi a porta bater. Um instante depois, as notas iniciais de "Canções que minha mãe me ensinou", de Dvorak. E, embora ela não dissesse sim, daí em diante eu sabia que tinha uma chance.

Esse, em poucas palavras, foi o fim da minha aflição com a morte. Não que não a temesse mais. Apenas parei de pensar nela. Quando sobrasse algum tempo em que eu não estivesse pensando em Alma, poderia passá-lo preocupado com a morte. Mas a verdade é que aprendi a erguer um muro contra tais pensamentos. Cada coisa nova que aprendia sobre o mundo era uma pedra naquele muro, e um dia compreendi que havia me exilado de um lugar aonde jamais poderia voltar. E no entanto. O muro também me protegia da clareza dolorosa da infância. Mesmo durante os anos em que me escondi na floresta, nas árvores, em buracos, em celeiros, com o hálito da Morte na nuca, eu nunca pensava na verdade: que eu morreria. Somente depois do ataque cardíaco, quando as pedras do muro que me separava da infância começaram, por fim, a ruir, o medo da morte retornou. Aterrorizante como sempre.

Eu estava sentado, debruçado sobre As *incríveis, fantásticas aventuras de Frankie, a menina prodígio desdentada*, de um Leopold Gursky que não era eu. Não abri a capa. Ouvia a chuva correndo pelas calhas do telhado.

Saí da biblioteca. Ao atravessar a rua, fui assaltado por uma solidão brutal. Sentia-me esvaziado e sombrio. Esquecido, abandonado, despercebido, fiquei parado na calçada, um nada, um depósito de pó. As pessoas passavam por mim apressadas. E todas que passavam eram mais felizes que eu. Senti a velha inveja. Daria tudo para ser uma delas.

Um dia conheci uma mulher. Estava trancada do lado de fora, e eu a ajudei. Ela vira um dos meus cartões, eu costumava espalhá-los atrás de mim como migalhas de pão. Ela ligou, e eu cheguei o mais rápido que pude. Era Dia de Ação de Graças, e ninguém precisava dizer que nenhum de nós tinha para onde ir. A fechadura saltou ao meu toque. Talvez ela tenha pensado que isso indicava uma espécie diferente de talento. Dentro, um cheiro penetrante de cebolas fritas, um pôster de Matisse, ou talvez de Monet. Não! Modigliani. Lembro agora porque era uma mulher nua e, para agradar a ela, eu disse: É você? Fazia muito tempo que eu havia estado com uma mulher. Eu sentia o cheiro de graxa nas mãos e o odor das minhas axilas. Ela me convidou a sentar e preparou uma refeição para nós. Pedi licença para pentear o cabelo e tentei me lavar no banheiro. Quando saí, ela estava de roupa de baixo, no escuro. Havia um luminoso do outro lado da rua, e ele lançava uma sombra azul sobre as pernas dela. Quis lhe dizer que não me importava se ela não me olhasse no rosto.

Alguns meses depois, ela ligou de novo. Pediu-me que fizesse uma cópia da sua chave. Eu me senti feliz por ela. Porque ela nunca mais seria só. Não que eu sentisse pena de mim. Mas eu queria lhe dizer: *Seria mais fácil se você simplesmente pedisse a ele, àquele a quem se destina a chave, que a levasse à loja de ferragens*. E no entanto. Fiz duas cópias. Uma eu dei para ela, e a outra guardei comigo. Durante muito tempo a levei no bolso, apenas para fazer de conta.

Um dia me ocorreu que eu podia entrar em qualquer lugar. Nunca havia pensado nisso antes. Eu era um imigrante, levara muito tempo para superar o medo de ser mandado de volta. Vivia com medo de cometer algum erro. Uma vez perdi seis trens porque não sabia como pedir uma passagem. Outro homem talvez tivesse simplesmente embarcado. Porém. Não um judeu da Polônia com medo de ser deportado até mesmo por esquecer de puxar a descarga. Eu procurava manter a cabeça baixa. Trancava e destrancava, e não fazia mais que isso. No lugar de onde eu vinha, abrir um cadeado faria de mim um ladrão, mas aqui na América eu era um profissional.

Com o tempo, me senti mais à vontade. Aqui e ali acrescentava um pequeno floreio ao meu trabalho. Um meio giro no final, que não tinha nenhuma razão mas emprestava certa sofisticação. Parei de ser aflito e, em vez disso, me tornei ardiloso. Em toda fechadura que instalava, escrevia minhas iniciais. Uma assinatura, muito pequena, acima do orifício da chave. Não fazia diferença que ninguém a notasse. Bastava que eu soubesse. Mantinha controle de todas as fechaduras assinadas num mapa da cidade dobrado e dobrado de novo tantas vezes que algumas ruas se apagaram nas dobras.

Certa noite fui ao cinema. Antes do filme principal exibiram uma fita sobre Houdini. Esse era um homem capaz de se livrar de uma camisa-de-força ainda que soterrado. Eles o punham num baú, acorrentado, atiravam-no na água, e ele reaparecia. Mostraram como se exercitava e marcava seus tempos. Ele treinava e treinava até conseguir em questão de segundos. Daí em diante, passei a me orgulhar mais do meu trabalho. Levava as fechaduras mais difíceis para casa e marcava meu tempo. Depois reduzia o tempo pela metade e praticava até conseguir. Persistia até não sentir mais os dedos.

Estava deitado na cama, imaginando desafios cada vez mais difíceis, quando me ocorreu: se eu era capaz de abrir a fechadura do apartamento de um estranho, por que não poderia abrir a fechadura do Kossar's Bialys? Ou da biblioteca pública? Ou da Woolworth? Por falar em hipóteses, o que me impedia de abrir a fechadura do... Carnegie Hall?

Os pensamentos voaram enquanto meu corpo formigava de excitação. Tudo o que eu faria seria entrar, depois me retirar. Quem sabe deixar uma pequena assinatura.

Planejei durante semanas. Demarquei o território. Não deixei de pensar em nada. Basta dizer: eu fiz. Pela porta dos fundos da rua 56, nas primeiras horas da manhã. Levei cento e três segundos. Em casa, a mesma fechadura me tomara quarenta e oito. Mas lá fora estava frio e meus dedos, pesados.

O grande Arthur Rubinstein ia tocar naquela noite. Solitário no palco, um magnífico Steinway negro brilhante. Saí de trás das cortinas. Mal divisava as fileiras intermináveis de assentos na luminosidade dos sinais de saída. Sentei no banco e pressionei um pedal com a ponta do sapato. Não ousei pousar nem um dedo sobre as teclas.

Quando levantei os olhos, ela estava ali. Clara como o dia, uma garota de quinze anos, o cabelo trançado, a menos de um metro e meio de mim. Ergueu o violino que o irmão tinha lhe trazido de Vilna e baixou o queixo para encontrá-lo. Tentei enunciar o nome dela. Porém. Ficou preso na minha garganta. Além disso, eu sabia que ela não me ouviria. Ela ergueu o arco. Ouvi as notas iniciais do Dvorak. Os olhos dela estavam fechados. A música jorrava de seus dedos. A execução foi impecável, como nunca antes em sua vida.

Quando a última nota se extinguiu, ela desapareceu. Minhas palmas ecoaram no auditório vazio. Parei, e o silêncio trovejou nos meus ouvidos. Dei uma última olhada no teatro vazio. Depois saí às pressas por onde havia entrado.

Nunca o fiz de novo. Tinha provado a mim mesmo, e isso bastava. De tempos em tempos, me via passando pela entrada de um clube privado, não vou dar nomes, e pensava comigo: *Shalom*, seus merdas, aqui está um judeu que vocês não podem evitar que entre. Mas, depois daquela noite, nunca desafiei a sorte de novo. Se me atirassem na prisão, descobririam a verdade: não sou um Houdini. E no entanto. Na minha solidão, conforta-me pensar que as portas do mundo, por mais fechadas que estejam, nunca se acham verdadeiramente trancadas para mim.

Esse era o tipo de conforto a que eu me apegava, parado na chuva torrencial diante da biblioteca, enquanto estranhos passavam apressados. Afinal, não fora essa a razão real por que meu primo me ensinara o ofício? Ele sabia que eu não poderia ser invisível para sempre. *Mostre-me um judeu que sobrevive*, ele disse uma vez em que eu via uma fechadura ceder em suas mãos, *e lhe mostrarei um mágico*.

Fiquei na rua e deixei a chuva escorrer pelo pescoço. Apertei os olhos. Portas e mais portas e mais portas e mais portas e mais portas e mais portas se abriam.

Depois da biblioteca, depois do nada d'*As incríveis, fantásticas aventuras de Frankie, a menina prodígio desdentada*, fui para casa. Tirei a capa e a pendurei para secar. Pus água para ferver. Atrás de mim, alguém limpou a garganta. Quase morri de susto. Mas era apenas Bruno, sentado no escuro. *O que você pretende, causar uma crise histérica?*, gritei, acendendo a luz. As páginas do livro que eu tinha escrito ainda menino estavam espalhadas no chão. *Oh, não*, eu disse. *Não é o que você...*

Ele não me deu chance.

Nada mau, disse. *Não é como eu escolheria descrevê-la. Mas não tenho nada com isso, é problema seu.*

Olhe, eu disse.

Não precisa explicar, ele disse. *É um bom livro. Eu gosto da escrita. A não ser pelas partes que você roubou... muito criativa. Em termos puramente literários...*

Demorou um instante. E então percebi a diferença. Ele falava comigo em iídiche.

...em termos puramente literários, do que se pode não gostar? De qualquer forma, sempre me perguntei em que você trabalhava. Agora, depois desses anos todos, eu sei.

Eu é que me perguntava em que você trabalhava, eu disse, lembrando de uma vida passada, quando ambos tínhamos vinte anos e queríamos ser escritores.

Ele deu de ombros, como somente Bruno sabe fazer. *No mesmo que você.*

No mesmo?

É claro que sim.

Num livro sobre ela?

Num livro sobre ela, disse Bruno. Ele desviou o olhar para a janela. Depois percebi que tinha uma fotografia no colo, ela e eu diante da árvore em que ela jamais saberia que eu havia entalhado nossas iniciais. A + L. Você mal as vê. Porém. Estão lá.

Ele disse: *Ela era boa para guardar segredos.*

E, nessa hora, me voltou. Aquele dia, havia sessenta anos, quando saí da casa dela em prantos e o vi encostado numa árvore com um caderno, esperando para visitá-la depois que eu fosse embora. Alguns meses antes, éramos os melhores amigos. Ficávamos acordados metade da noite com alguns outros rapazes, fumávamos e discutíamos sobre livros. E no entanto. Quando o vi naquela tarde, já não éramos amigos. Nem nos falávamos mais. Passei por ele como se ele não estivesse ali.

Só uma pergunta, disse Bruno agora, sessenta anos depois. *Eu sempre quis saber.*

O quê?

Ele tossiu. Depois olhou para mim. *Ela te disse que você era um escritor melhor do que eu?*

Não, menti. E depois contei a verdade. *Ninguém precisava me dizer.*

Houve um longo silêncio.

É estranho. Sempre pensei... Ele se interrompeu.

O quê?, eu disse.

Eu pensava que lutávamos por alguma coisa maior que o amor dela, ele disse.

Agora foi a minha vez de olhar pela janela.

O que é maior que o amor dela?, perguntei.

Ficamos sentados em silêncio.

Eu menti, Bruno disse. *Tenho outra pergunta.*

Qual é?

Por que você ainda está parado aqui como um bobo?

O que você quer dizer?

O seu livro, ele disse.

O que tem ele?

Vá buscá-lo.

Ajoelhei no chão e comecei a recolher as páginas.

Não este!

Qual?

Oy vey!, disse Bruno, batendo na testa. *Eu tenho que te dizer tudo?*

Um lento sorriso se abriu nos meus lábios.

Trezentas e uma, disse Bruno. Deu de ombros e desviou os olhos, mas pensei tê-lo visto sorrir. *É melhor do que nada.*

Inundação

1. COMO FAZER FOGO SEM FÓSFOROS

Fiz uma busca na internet à procura de Alma Mereminski. Pensei que talvez alguém tivesse escrito sobre ela, ou que encontraria informações sobre a sua vida. Digitei o nome e dei enter. Mas tudo o que apareceu foi uma lista de imigrantes que chegaram a Nova York em 1891 (Mendel Mereminski) e uma lista de vítimas do Holocausto registradas no Yad Vashem (Adam Mereminski, Fanny Mereminski, Nacham, Zellig, Hershel, Bluma, Ida, mas, para o meu alívio, porque não queria perdê-la antes mesmo de começar a procurá-la, nenhuma Alma).

2. MEU IRMÃO SALVA A MINHA VIDA O TEMPO TODO

Tio Julian veio morar conosco. Permaneceria em Nova York o tempo necessário para completar a pesquisa final para um livro que escrevia sobre o escultor e pintor Alberto Giacometti. Tia Frances ficara em Londres para cuidar do cachorro. Tio Julian dormia na cama de Bird, Bird dormia na minha, e eu dormia no chão, no saco de dormir, comprado com cem por cento de desconto, embora um especialista de verdade não precisasse dele, pois em situação de emergência poderia apenas matar alguns pássaros e forrar as roupas com as penas para se aquecer.

Algumas vezes, de noite, eu ouvia Bird falar enquanto dormia. Meias frases, nada que eu pudesse compreender. A não ser uma vez, em que ele falou tão alto que pensei que estivesse acordado. "Não pise aqui", ele disse. "Quê?", eu disse, e me sentei. "É muito fundo", ele murmurou, e virou o rosto para a parede.

3. MAS POR QUÊ

Num sábado, Bird e eu fomos com tio Julian ao Museu de Arte Moderna. Bird insistiu em pagar o ingresso dele com o lucro das limonadas. Demos uma volta enquanto tio Julian subia para falar com um curador. Bird perguntou a um segurança quantas fontes havia no edifício. (Cinco.) Fez ruídos estranhos de videogame até eu pedir que se calasse. Depois contou o número de pessoas com tatuagens expostas. (Oito.) Paramos diante de um quadro de um grupo de pessoas prostradas no chão. "Por que elas estão caídas desse jeito?", ele perguntou. "Alguém as matou", eu disse, embora não soubesse de verdade por que jaziam ali, nem se eram de fato pessoas. Fui olhar outro quadro do lado oposto da sala. Bird me seguiu. "Mas por que alguém as matou?", perguntou. "Porque elas precisavam de dinheiro e roubaram uma casa", eu disse, e fui para a escada rolante que descia.

No metrô para casa, Bird tocou no meu ombro. "Mas por que elas precisavam de dinheiro?"

4. PERDIDO NO MAR

"O que faz você pensar que essa Alma d'A *história do amor* é pessoa real?", Misha perguntou. Estávamos sentados na praia, atrás do prédio do apartamento dele, com os pés enterrados na areia, comendo os sanduíches de rosbife com raiz-forte da sra. Shklovsky. "'Uma'", eu disse. "Uma o quê?" "*Uma* pessoa real." "Está bem", disse Misha. "Responda à pergunta." "É claro que ela é real." "Mas como você sabe?" "Porque só existe uma maneira de explicar por que Litvinoff, que escreveu o livro, não lhe deu um nome espanhol como aos outros todos." "Por quê?" "Não podia." "Por que não?" "Você não percebe?", eu disse. "Ele podia mudar todos os detalhes, mas não podia mudá-la." "Mas *por quê*?" A estupidez dele me frustrou. "Porque estava *apaixonado* por ela!", eu disse. "Porque, para ele, ela era a única coisa real." Misha mastigou um pedaço de rosbife. "Eu acho que você anda assistindo a filmes demais", ele disse. Mas eu sabia que estava certa. Não era preciso ser um gênio para ler *A história do amor* e chegar a essa hipótese.

5. AS COISAS QUE EU QUERO DIZER FICAM PRESAS NA MINHA BOCA

Descemos o passeio para Coney Island. Fazia um calor terrível, e uma gota de suor escorreu pela testa de Misha. Quando passamos por algumas pessoas de idade que jogavam cartas, Misha cumprimentou-as. Um velho enrugado num calção de banho muito pequeno acenou. "Eles pensam que você é minha namorada", Misha declarou. Naquele instante, meu dedão ficou preso e eu tropecei. Senti o rosto ficar vermelho e pensei: Sou a pessoa mais desajeitada da Terra. "Bem, eu não sou", disse, que não era o que eu queria dizer. Desviei os olhos, fingindo me interessar por uma criança que arrastava um tubarão cheio de ar na direção da água. "*Eu* sei", disse Misha. "Mas eles não." Ele tinha feito quinze anos, crescera cerca de dez centímetros e começara a barbear os pêlos escuros acima do lábio superior. Quando fomos para o mar, observei seu corpo enquanto ele mergulhava nas ondas e tive no estômago uma sensação que não foi de dor, mas de alguma coisa diferente.

"Aposto cem dólares como ela está na lista", eu disse. Não havia parte de mim que de fato acreditava nisso, mas foi tudo o que pude pensar para mudar de assunto.

6. PROCURANDO POR ALGUÉM QUE MUITO PROVAVELMENTE NÃO EXISTE

"Estou procurando o número de Alma Mereminski", eu disse. "M-E-R-E-M-I-N-S-K-I." "Que distrito?", disse a mulher. "Não sei", eu disse. Houve uma pausa, e ouvi o tilintar de chaves. Misha observava uma garota num biquíni turquesa que passava de patins. A mulher ao telefone dizia alguma coisa. "Desculpe?", eu disse. "Eu disse que tenho um A. Mereminski na 147 no Bronx", ela disse. "Espere um pouco que passo o número para você."

Rabisquei-o na mão. Misha se aproximou. "Então?" "Tem vinte e cinco centavos?", perguntei. Era idiota, mas eu já tinha começado. Ele ergueu as sobrancelhas e procurou no bolso do calção. Disquei o número escrito na palma da mão. Um homem atendeu. "Alma está?", perguntei. "Quem?", ele disse. "Estou procurando Alma Mereminski." "Não há nenhuma Alma aqui", ele disse. "Você discou o número errado. Quem fala é Artie", disse, e desligou.

Voltamos ao apartamento de Misha. Fui ao banheiro, que tinha o cheiro do perfume da irmã dele e estava atulhado de roupas de baixo do pai secando num varal. Quando saí, Misha estava sem camisa em seu quarto e lia um livro em russo. Esperei na cama enquanto ele tomava uma ducha e folheei o livro em cirílico. Ouvia a água caindo e a canção que ele cantava, mas não compreendia as palavras. Deitada no seu travesseiro, sentia o cheiro dele.

7. SE AS COISAS CONTINUAREM ASSIM

Quando Misha era mais novo e a família ia à datcha deles todo verão, ele e o pai pegavam as redes no sótão e tentavam capturar borboletas migratórias que enchiam os ares. A velha casa estava repleta de porcelanas da avó vindas de verdade da China e de borboletas emolduradas que haviam sido apanhadas por três gerações de Shklovsky. Ao longo do tempo, as escamas tinham caído, e, se alguém corresse descalço pela casa, as porcelanas chocalhariam, e os pés juntariam poeira de asas.

Alguns meses antes, na noite da véspera de seu aniversário de quinze anos, decidi fazer um cartão com uma borboleta para Misha. Procurei na internet a imagem de uma borboleta russa e, em vez dela, achei um artigo dizendo que a maioria das espécies de borboletas havia declinado muito nas duas últimas décadas e que o ritmo de extinção era cerca de dez mil vezes maior do que deveria ser. Também dizia que uma média de setenta e quatro espécies de insetos, plantas e animais se extinguem todos os dias. Baseados nessas e em outras estatísticas assustadoras trazidas pelo artigo, cientistas acreditam que estamos em meio à sexta extinção em massa na história da vida na Terra. Quase um quarto dos mamíferos do mundo deverá se extinguir em trinta anos. Uma de cada oito espécies de pássaros logo estará extinta. Noventa por cento dos maiores peixes do mundo desapareceram no último meio século.

Fiz uma pesquisa sobre extinções em massa.

A última extinção em massa aconteceu há cerca de sessenta e cinco milhões de anos, quando um asteróide provavelmente colidiu com o nosso planeta e matou todos os dinossauros e cerca de metade dos animais marinhos. Antes disso, houve a extinção triássica (também causada por um asteróide, ou possivelmente por vulcões), que eliminou até noventa e cinco por cento das espécies, e, antes dela, a extinção do Devoniano Tardio. A atual extinção em massa será a mais veloz na história de quatro bilhões e meio de anos da Terra e, diferentemente das outras extinções, não será causada por fenômenos naturais, mas pela ignorância dos seres humanos. Se as coisas continuarem assim, metade de todas as espécies da Terra terá desaparecido em cem anos.

Por essa razão, não pus borboleta nenhuma no cartão de Misha.

8. INTERGLACIAL

No mesmo fevereiro em que minha mãe recebeu a carta com o pedido para que traduzisse *A história do amor*, nevou quase sessenta centímetros, e Misha e eu construímos uma caverna de neve no parque. Trabalhamos durante horas, e nossos dedos perderam a sensibilidade, mas continuamos a cavar. Quando ficou pronta, engatinhamos para dentro dela. Uma luz azul se filtrava pela entrada. Sentamo-nos ombro a ombro. "Quem sabe um dia eu te levo para a Rússia", disse Misha. "Poderíamos acampar nos montes Urais", eu disse. "Ou simplesmente nas estepes do Cazaquistão." Nossa respiração fazia nuvenzinhas quando falávamos. "Eu vou te levar para o quarto onde eu morava com o meu avô", disse Misha, "e te ensinar a patinar no Neva." "Eu poderia aprender russo." Misha assentiu. "Eu vou te ensinar. Primeira palavra. *Dai.*" "*Dai.*" "Segunda palavra. *Ruku.*" "O que quer dizer?" "Primeiro diga." "*Ruku.*" "*Dai ruku.*" "*Dai ruku*. O que quer dizer?" Misha pegou na minha mão e a segurou.

9. SE ELA FOR REAL

"O que a faz pensar que Alma veio para Nova York?", Misha perguntou. Tínhamos acabado de jogar a décima rodada de *gin rummy* e estávamos deitados no chão do quarto dele olhando para o teto. Havia areia no meu maiô e entre os meus dentes. O cabelo de Misha ainda estava molhado, e eu sentia o cheiro do seu desodorante.

"No décimo quarto capítulo, Litvinoff escreve sobre uma corda estendida através do oceano que uma garota que partiu para a América segura. Ele era da Polônia, certo?, e minha mãe diz que escapou antes da invasão dos alemães. Os nazistas mataram quase todos na sua aldeia. Assim, se ele não tivesse escapado, não haveria *A história do amor*. E se Alma era também da mesma aldeia, no que aposto cem dólares, ela..."

"Você já me deve cem dólares."

"A questão é que, nos trechos que li, há histórias sobre Alma quando ela era muito nova, com cerca de dez anos. Assim, se ela for real, como penso, Litvinoff deve tê-la conhecido ainda criança. Isso significa que provavelmente eram da mesma aldeia. E o Yad Vashem não lista nenhuma Alma Mereminski da Polônia que tenha morrido no Holocausto."

"Quem é Yad Vashem?"

"O museu do Holocausto em Israel."

"Está bem, então talvez ela nem seja judia. E, ainda que seja — ainda que seja real, e polonesa, e judia, e tenha vindo para a América —, como sabe que ela não foi para outra cidade? Como Ann Arbor." "Ann *Arbor*?" "Eu tenho um primo lá", Misha disse. "Seja como for, pensei que você estivesse procurando Jacob Marcus, e não essa Alma."

"Estou", eu disse. Senti as costas da mão dele alisarem minha coxa. Não sabia como dizer que, embora tivesse começado pela procura de alguém que pudesse fazer minha mãe feliz de novo, agora procurava também alguma coisa mais. A mulher que tinha inspirado meu nome. E a mim mesma.

"Talvez a razão pela qual Jacob Marcus deseja que o livro seja traduzido tenha alguma coisa a ver com Alma", eu disse, não porque acreditasse nisso, mas porque não sabia o que mais dizer. "Talvez ele a conhecesse. Ou quem sabe esteja tentando encontrá-la."

Senti-me agradecida por Misha não me perguntar por que Litvinoff, se estivera tão apaixonado por Alma, não a seguira até a América; por que tinha ido para o Chile e casado com alguém que se chamava Rosa. Na minha imaginação a única possibilidade era que ele não tivera escolha.

Do outro lado da parede, a mãe de Misha gritava alguma coisa com o pai dele. Misha se apoiou no cotovelo e olhou para mim. Pensei no tempo, no verão anterior, em que tínhamos treze anos e estávamos no telhado do prédio dele, o alcatrão macio sob os pés, nossas línguas uma na boca do outro enquanto ele me dava uma aula da escola Shklovsky de beijos russos. Agora nos conhecíamos havia dois anos, a lateral da barriga da minha perna tocava as canelas dele, e seu estômago pressionava minhas costelas. Ele disse: "Eu não acho que seja o fim do mundo ser minha namorada". Abri a boca, mas não saiu nada. Foram necessárias sete línguas para eu ser constituída; teria sido simpático se eu fosse capaz de falar apenas uma. Mas não fui, e assim ele se inclinou e me beijou.

10. DEPOIS

A língua dele estava na minha boca. Eu não sabia se devia tocar minha língua na sua, ou deixá-la para o lado a fim de que a dele pudesse se movimentar livre da minha. Antes que eu decidisse, ele retirou a língua e fechou a boca, e eu, sem pensar, deixei minha boca aberta, o que pareceu um erro. Pensei que isso seria o fim, mas depois ele abriu a boca de novo, sem que eu esperasse, e acabou lambendo meus lábios. Depois eu abri meus lábios e pus a língua para fora, mas era tarde demais, porque a língua dele estava de volta em sua boca. Depois nos acertamos, de algum modo, abrindo nossas bocas ao mesmo tempo, como se os dois quisessem dizer alguma coisa, e eu pus minha mão na nuca dele como Eva Marie Saint fez com Cary Grant na cena do vagão do trem em *Intriga internacional*. Rolamos um pouco, e a virilha dele se esfregou na minha, mas apenas por um segundo, porque meu ombro ficou acidentalmente esmagado contra o seu acordeão. Havia saliva em torno da minha boca toda, e era difícil respirar. Pela janela vi um avião passar a caminho do JFK. O pai dele começou a gritar com a mãe. "Por que estão brigando?", perguntei. Misha jogou a cabeça para trás. Um pensamento lhe atravessou o rosto numa língua que eu não entendia. Perguntei-me se as coisas mudariam entre nós. "*Merde*", ele disse. "O que quer dizer isso?", perguntei, e ele disse: "É francês". Enrolou alguns fios do meu cabelo em volta da minha orelha e começou a me beijar de novo. "Misha?", murmurei. "Psiu", ele disse, e deslizou a mão debaixo da minha blusa em torno da cintura. "Não", eu disse, e me sentei. E depois disse: "Eu gosto de outra pessoa". Assim que o disse, me arrependi. Quando ficou claro que não havia mais nada a dizer, calcei meus tênis, que estavam cheios de areia. "Minha mãe deve estar se perguntando onde estou", eu disse, o que nós dois sabíamos que não era verdade. Quando me pus de pé, ouvimos o ruído da areia se espalhando.

11. PASSOU UMA SEMANA, E MISHA E EU NÃO NOS FALAMOS

Estudei o *Plantas e flores comestíveis da América do Norte* de novo por conta dos velhos tempos. Subi ao telhado da nossa casa para ver se conseguia identificar alguma constelação, mas havia muitas luzes, de modo que voltei para o quintal e treinei a montagem da barraca de papai no escuro, em três minutos e cinqüenta e quatro segundos, batendo meu recorde em quase um minuto. Quando terminei, deitei-me nela e tentei lembrar do máximo que podia sobre papai.

12. LEMBRANÇAS QUE ME FICARAM DO MEU PAI

echad	O gosto de cana-de-açúcar crua
shtayim	As ruas sujas de Tel Aviv quando Israel era um país jovem e, para além delas, os campos de ciclamens selvagens
shalosh	A pedra que ele atirou na cabeça de um garoto que intimidara seu irmão mais velho e lhe valeu o respeito dos outros meninos
arba	Comprar galinhas com seu pai no *moshav* e observar as pernas delas se mexendo depois que o pescoço havia sido cortado
hamesh	O som de cartas sendo embaralhadas pela mãe dele e suas amigas quando jogavam canastra nas noites de sábado depois do sabá
shesh	As cataratas do Iguaçu, para onde ele viajou sozinho, às próprias custas e com grande esforço pessoal
sheva	A primeira vez que ele viu a mulher que viria a ser sua esposa, minha mãe, lendo um livro no gramado do kibutz Yavne, de short amarelo
shmone	O som de cigarras de noite e também o silêncio
tesha	O perfume de jasmim, de hibisco e de flor de laranjeira
eser	A palidez da pele da minha mãe

13. DUAS SEMANAS PASSARAM, MISHA E EU AINDA NÃO NOS FALAMOS, TIO JULIAN NÃO FOI EMBORA, E ERA QUASE FINAL DE AGOSTO

A história do amor tem trinta e nove capítulos, e minha mãe havia terminado mais onze desde que mandara os primeiros dez para Jacob Marcus, num total de vinte e um. Isso significava que ela passara da metade e logo lhe enviaria outro pacote.

Tranquei-me no banheiro, o único lugar onde tinha alguma privacidade, e tentei elaborar uma segunda carta para Jacob Marcus, mas tudo o que procurava escrever soava errado, ou banal, ou mentira. O que de fato era.

Estava sentada no vaso sanitário com um caderno sobre os joelhos. Junto do tornozelo, o cesto de lixo, e nele um pedaço de papel amassado. Eu o peguei. *Cachorro, Frances?*, dizia. *Cachorro? Suas palavras são cortantes. Mas suponho que era essa a sua intenção. Não estou "apaixonado" por Flo, como você diz. Fomos colegas durante anos, e acontece de ela ser alguém que se importa com as coisas com que eu me importo. ARTE, Fran, lembre-se da arte, para a qual, sejamos honestos, você está se lixando hoje em dia. Você fez da crítica a mim um esporte que a impediu de ver o quanto você mudou, como você mal se parece com a garota que eu um dia...* A carta se interrompia. Voltei a amassá-la com cuidado e a recoloquei no cesto. Fechei os olhos com força. E pensei que talvez tio Julian não acabaria a pesquisa sobre Alberto Giacometti tão cedo.

14. ENTÃO TIVE UMA IDÉIA

Todas as mortes devem ser registradas em algum lugar. Os nascimentos e as mortes — deve haver um lugar, um escritório ou uma repartição na cidade, onde se tem controle de todos eles. Devem existir arquivos. Arquivos e mais arquivos de pessoas que nasceram e morreram na cidade de Nova York. Algumas vezes, ao passar pela via expressa Brooklyn—Queens ao pôr-do-sol, temos uma visão de todos aqueles milhares de lápides à medida que a linha dos arranha-céus se ilumina e o céu exibe um brilho alaranjado, e temos a impressão insólita de que a energia elétrica da cidade é gerada por todos que estão ali enterrados.

E, assim, pensei: Talvez exista um registro dela.

15. O DIA SEGUINTE ERA DOMINGO

Chovia lá fora, e por isso me entreguei à leitura do *Rua dos crocodilos* que eu tinha emprestado da biblioteca e fiquei me perguntando se Misha iria ligar. Sabia que estava no rastro de alguma coisa quando a introdução revelou que o autor era de uma aldeia na Polônia. Pensei: ou Jacob Marcus gosta de verdade de autores poloneses, ou está me dando uma pista. Quero dizer, à minha mãe.

O livro não era longo, e o terminei naquela tarde. Às cinco, Bird chegou em casa encharcado. “Está começando”, ele disse, e tocou o mezuzá na porta da cozinha e beijou a mão. “O que está começando?”, perguntei. “A chuva.” “Espera-se que pare amanhã”, eu disse. Ele se serviu de um copo de suco de laranja, bebeu e voltou, beijando um total de quatro mezuzás antes de chegar ao seu quarto.

Tio Julian chegou de seu dia no museu. "Você viu a sede do clube de Bird?", perguntou, pegando uma banana no balcão e descascando-a sobre o lixo. "É muito impressionante, não acha?"

Mas na segunda-feira a chuva não parou, e Misha não telefonou, de modo que vesti a capa, achei um guarda-chuva e me dirigi para os Arquivos Municipais da Cidade de Nova York, que, segundo a internet, era onde se guardavam os registros de nascimento e de morte.

16. RUA CHAMBERS, 31, SALA 103

"Mereminski", eu disse ao homem de óculos pretos redondos atrás da mesa. "M-E-R-E-M-I-N-S-K-I." "M-E-R", o homem disse, tomando nota. "-E-M-I-N-S-K-I", eu disse. "I-S-K-I", o homem disse. "Não", eu disse. "M-E-R..." "M-E-R", ele disse. "E-M-I-N", eu disse, e ele disse: "E-Y-N". Não!", eu disse. "E-*M-I*-N." Ele me fitou com o olhar vazio. Então eu disse: "Que tal se eu escrevesse?".

Ele olhou para o nome. Depois me perguntou se Alma M-E-R-E-M-I-N-S-K-I era minha avó ou bisavó. "Sim", eu disse, porque pensei que isso apressaria o processo. "Qual delas?", ele disse. "Bisavó", eu disse. Ele olhou para mim e mordeu uma cutícula, depois foi para os fundos e voltou com uma caixa de microfilmes. Quando inseri o primeiro rolo, ficou preso. Tentei chamar a atenção do homem acenando e apontando para a massa enroscada de filme. Ele veio, suspirou e o fez passar. Depois do terceiro rolo achei o jeito. Percorri todos os quinze. Não havia nenhuma Alma Mereminski naquela caixa, e assim ele me trouxe outra, e mais outra. Tive de ir ao banheiro e no caminho peguei um pacote de Twinkies e uma Coca na máquina. O homem saiu e pegou uma barra de Snickers. Para puxar conversa, eu disse: "Você sabe alguma coisa sobre como sobreviver na selva?". Seu rosto se contraiu, e ele ajustou os óculos no nariz. "O que você quer dizer?" "Por exemplo, você sabe que quase toda a vegetação do Ártico é comestível? A não ser por alguns cogumelos, claro." Ele ergueu as sobrancelhas, e nisso eu disse: "Bem, você sabia que pode passar fome simplesmente se comer carne de coelho? É fato documentado que pessoas que tentaram sobreviver morreram ao comer coelho em excesso. Se você comer muito de qualquer carne magra, como a de coelho, você pega, sabe... Seja como for, ela pode matá-lo". O homem jogou fora o resto da Snickers.

De volta, ele trouxe uma quarta caixa. Duas horas mais tarde, meus olhos doíam, e eu continuava ali. "Pode ser que ela tenha morrido depois de 1948?", o homem perguntou, visivelmente perturbado. Eu lhe disse que podia ser. "Bem, por que não disse? Nesse caso o atestado de óbito não está aqui." "Onde estaria?" "No Departamento de Saúde da Cidade de Nova York, na Divisão de Registros Vitais", ele disse, "rua Worth, 125, sala 133. Eles têm todas as mortes depois de 48." Pensei: Grande.

17. O PIOR ERRO QUE MINHA MÃE JAMAIS COMETEU

Quando cheguei em casa, minha mãe estava encolhida no sofá com um livro. "O que está lendo?", perguntei. "Cervantes", ela disse. "Cervantes?", perguntei. "O escritor espanhol mais famoso", minha mãe disse, e virou a página. Corri os olhos sobre ela. Às vezes me pergunto por que não se casou com um escritor famoso em vez de se casar com um engenheiro amante-da-natureza. Se assim fosse, nada disso teria acontecido. Precisamente agora, neste exato momento, ela provavelmente estaria à mesa do jantar com o marido escritor-famoso, falando sobre os prós e os contras de outros escritores famosos, enquanto se decidia sobre quem mereceria o Nobel póstumo.

Naquela noite, disquei o número de Misha, mas desliguei ao primeiro toque.

18. E DEPOIS ERA TERÇA-FEIRA

Continuava a chover. No caminho para o metrô passei pelo terreno baldio onde Bird havia pendurado um encerado sobre a pilha de entulho que chegava a quase dois metros de altura, com sacos de lixo e cordas velhas amarrados dos lados. Um mastro se erguia da massa, possivelmente à espera de uma bandeira.

O balcão de limonada também estava lá ainda, bem como o anúncio que dizia: LIMON-AJU-DA 50 CENTAVOS SIRVA-SE POR FAVOR (PULSO ABERTO), seguido de um novo acréscimo: TODOS OS LUCROS DESTINADOS A CARIDADE. Mas a mesa estava vazia, e não havia sinal de Bird em lugar nenhum.

No metrô, em algum ponto entre Carroll e Bergen, decidi ligar para Misha e fazer de conta que nada havia acontecido. Quando saltei do trem, achei um telefone público que funcionava e disquei o número dele. Meu coração acelerou ao primeiro toque. "Alô, sra. Shklovsky", eu disse, procurando soar natural. "Misha está?" Eu a ouvi chamá-lo. Depois do que pareceu ser muito tempo, ele atendeu. "Alô", eu disse. "Alô." "Como vai?" "Bem." "O que está fazendo?" "Estou lendo." "O quê?" "Quadrinhos." "Pergunte-me onde estou." "Onde?" "Em frente ao Departamento de Saúde da Cidade de Nova York." "Por quê?" "Vou procurar os registros de Alma Mereminski." "Ainda procurando", disse Misha. "É", eu disse. Houve um silêncio incômodo. Eu disse: "Bem, liguei para saber se não quer alugar *Topázio* hoje à noite". "Não posso." "Por quê?" "Tenho outros planos." "Que planos?" "Vou assistir a um filme." "Com quem?" "Uma garota que eu conheço." Meu estômago se revirou. "Que garota?" Pensei: Por favor, que não seja... "Luba", ele disse. "Talvez se lembre, você a encontrou uma vez." É claro que eu lembrava. Como se pode esquecer de uma garota de um metro e oitenta, loira, que afirma ser descendente de Catarina, a Grande?

O dia prometia ser ruim.

"M-E-R-E-M-I-N-S-K-I", eu disse à mulher atrás da mesa na sala 133. Pensei: Como ele podia gostar de uma garota incapaz de fazer o Teste Universal de Comestibilidade ainda que dele dependesse sua vida? "M-E-R-E", disse a mulher, e eu disse: "M-I-N-S...", pensando. Ela provavelmente nunca ouviu falar de *Janela indiscreta*. "M-Y-N-S", a mulher disse. "Não", eu disse. "M-*I*-*N*-S." "M-*I*-*N*-S", a mulher disse. "K-I", eu disse. E ela disse: "K-I".

Uma hora passou, e não encontramos nenhum atestado de óbito de Alma Mereminski. Mais meia hora, e continuamos sem encontrá-lo. A solidão se transformou em depressão. Passadas duas horas, a mulher disse que tinha cem por cento de certeza de que não havia nenhuma Alma Mereminski que morrera em Nova York depois de 1948.

Naquela noite aluguei *Intriga internacional* de novo e o vi pela décima primeira vez. Depois fui dormir.

19. PESSOAS SOLITÁRIAS ESTÃO SEMPRE ACORDADAS NO MEIO DA NOITE

Quando abri os olhos, tio Julian estava em pé a meu lado. "Quantos anos você tem?", perguntou. "Catorze. Vou fazer quinze no mês que vem." "Quinze no mês que vem", ele disse, como se revirasse um problema de matemática na cabeça. "O que quer ser quando crescer?" Ele ainda estava com a capa de chuva, encharcada. Uma gota de água caiu no meu olho. "Não sei." "Vamos, deve haver alguma coisa." Sentei-me no saco de dormir, esfreguei o olho e olhei para meu relógio digital. Há um botão que se pode apertar e os números brilham. Também tem uma bússola. "São três e vinte e quatro da manhã", eu disse. Bird dormia na minha cama. "Eu sei. Estava só imaginando. Diga, e prometo que deixo você dormir de novo. O que você quer ser?" Pensei: Alguém pode sobreviver em temperaturas abaixo de zero e andar em busca de comida e construir uma caverna de neve e começar um fogo a partir de nada. "Não sei. Quem sabe pintora", disse, para fazê-lo feliz e para que ele me deixasse voltar a dormir. "Engraçado", ele disse. "Era isso que eu esperava que você dissesse."

20. ACORDADA NO ESCURO

Pensei em Misha e Luba, e no meu pai e na minha mãe, e por que Zvi Litvinoff havia se mudado para o Chile e desposado Rosa, em vez de Alma, de quem ele gostava de verdade.

Ouvi tio Julian tossir enquanto dormia do outro lado do hall.

Depois pensei: Espere um minuto.

21. ELA DEVE TER SE CASADO!

Era isso! Era por isso que eu não tinha encontrado o atestado de óbito de Alma Mereminski. Por que eu não tinha pensado nisso antes?

22. SENDO NORMAL

Procurei embaixo da cama e peguei a lanterna na minha mochila de sobrevivência, com o terceiro volume do *Como sobreviver na selva*. Quando acendi a lanterna, alguma coisa me chamou a atenção. Estava presa entre a moldura da cama e a parede, perto do chão. Escorreguei sob a cama e apontei a lanterna para ver melhor. Era um caderno de redação branco e preto. Na frente estava escrito יהוה. Ao lado disso via-se PRIVADO. Uma vez Misha tinha me dito que em russo não havia palavra para *privacidade*. Eu o abri.

9 de abril

יהוה

Fui uma pessoa normal durante três dias seguidos. Isso significa que não subi ao topo de nenhum edifício nem escrevi o nome de D-us em nada que não me pertencesse nem respondi a uma pergunta absolutamente normal com uma citação da Torá. Significa também que não fiz nada que resultasse na resposta NÃO *à pergunta:* UMA PESSOA NORMAL FARIA ISSO? *Até aqui não foi muito difícil.*

10 de abril

יהוה

Este é o quarto dia seguido em que agi normalmente. Na aula de ginástica Josh K. me prensou na parede e perguntou se eu me achava um gênio gordão, e eu disse a ele que não me achava um gênio gordão. Porque eu não queria arruinar um dia inteiro normal, não lhe disse que poderia ser o Messias. Também o meu pulso está melhor. Se quiser saber como o abri, eu o abri ao subir no telhado porque cheguei cedo na escola hebraica e a porta estava fechada e havia uma escada apoiada na lateral do edifício. A escada estava enferrujada, mas a não ser por isso não foi muito difícil. Havia uma grande poça de água no meio do telhado e decidi ver o que aconteceria se eu atirasse a minha bola de elásticos nela e tentasse pegá-la. Foi divertido! Repeti umas quinze vezes até perdê-la na hora em que ela caiu sobre a beirada. Depois eu deitei de costas e olhei para o céu. Contei três aviões. Quando fiquei entediado decidi descer. Era mais difícil que subir porque eu tinha de ir de costas. No meio do caminho passei pelas janelas de uma das salas de aula. Vi a sra. Zucker na frente e por isso eu sabia que era a Daleds. (Se quiser saber, este ano eu sou um Hay.) Eu não conseguia ouvir o que a sra. Zucker dizia e tentei ler os lábios dela. Tive de me inclinar muito para fora da escada para ter uma boa visão. Colei o rosto com força na janela e de repente todos se voltaram para me olhar e então eu acenei e nesse momento perdi o equilíbrio. Eu caí, e o rabino Wizner disse que era um milagre eu não ter quebrado nada, mas no fundo eu sabia que estava seguro o tempo todo e que D-us não deixaria que nada me acontecesse porque eu sou quase com certeza um lamed vovnik.

11 de abril

יהוה

Hoje foi o meu quinto dia de normalidade. Alma diz que se eu fosse normal isso faria a minha vida mais fácil, para não falar da vida dos outros todos. Consegui tirar a banda-

gem do pulso, e ele agora dói apenas um pouco. Provavelmente doeu muito mais quando quebrei o meu pulso com seis anos, mas eu não lembro.

Pulei alguns trechos até chegar em:

27 de junho

יהוה

Até aqui arrecadei $ 295,50 com a venda de limon-ajuda. Isso representa 591 copos! O meu melhor freguês é o sr. Goldstein, que compra dez copos de cada vez porque sente muita sede. Também tio Julian, que uma vez me deu uma gorjeta de 20 dólares. Faltam apenas $ 384,50.

28 de junho

יהוה

Hoje eu quase fiz algo não normal. Eu passava por um edifício na rua 4 e havia uma prancha de madeira apoiada nos andaimes e não havia ninguém por perto e tive muita vontade de pegá-la. Não teria sido um roubo comum porque a coisa especial que estou construindo vai ajudar as pessoas e D-us quer que eu a construa. Mas também sei que se a roubasse e alguém descobrisse eu teria problemas e Alma me pegaria e ficaria brava. Porém, aposto que ela não vai mais ficar brava quando começar a chover e eu finalmente lhe disser qual é a coisa especial que comecei a construir. Eu já juntei muitas coisas de que vou precisar, principalmente coisas que as pessoas jogaram fora com o lixo. Uma coisa de que preciso muito e é difícil de encontrar é isopor porque flu-

tua. Por enquanto não tenho muito. Algumas vezes eu me preocupo com o fato de que pode começar a chover antes de eu terminar a construção.

Se Alma soubesse o que está para acontecer. Eu também não acho que ela ficaria muito perturbada por eu ter escrito יהוה *no caderno dela. Li todos os três volumes do* Como sobreviver na selva *e eles são muito bons e cheios de fatos interessantes e úteis. Uma parte é toda sobre o que fazer se houver uma bomba atômica. Embora eu não ache que vai haver uma bomba atômica, por via das dúvidas li com muito cuidado. Depois decidi que se houver uma bomba atômica antes de eu chegar em Israel e cinzas caírem por toda parte como neve, eu vou fazer anjos. Vou entrar na casa de quem eu quiser porque todos terão desaparecido. Não vou poder ir à escola, mas isso na realidade não importa porque nunca aprendemos nada de importante como o que acontece depois que morremos. Seja como for, estou só brincando porque não vai haver bomba. O que vai haver é uma inundação.*

23. LÁ FORA, AINDA CHOVIA

Aqui estamos juntos

Na última manhã na Polônia, depois que o amigo baixou o chapéu sobre os olhos e desapareceu na esquina, Litvinoff voltou para o seu quarto. Já estava vazio, a mobília vendida ou dada. As malas achavam-se junto da porta. Ele tirou o pacote de papel marrom que levava dentro do casaco. Tinha lacre, e, na frente, na letra familiar do amigo, lia-se: *Para ser guardado para Leopold Gursky até você encontrá-lo de novo*. Litvinoff o enfiou no bolso lateral da mala. Dirigiu-se à janela e olhou para o pequeno quadrado de céu uma última vez. Sinos de igreja soaram na distância como centenas de vezes enquanto ele trabalhava ou dormia, tantas vezes que pareciam produções da sua própria mente. Correu os dedos pela parede, perfurada de marcas de tachinhas onde ele pendurava as imagens e artigos que recortava do jornal. Deteve-se para se examinar no espelho a fim de que mais tarde pudesse relembrar exatamente da sua aparência naquele dia. Sentiu um nó na garganta. Pela enésima vez, conferiu o passaporte e as passagens no bolso. Depois deu uma olhada no relógio, suspirou, ergueu as malas e saiu.

Se Litvinoff não sentiu grande admiração pelo amigo no início, era porque tinha muitas outras coisas em mente. Por meio das maquinações do pai, a quem alguém que conhecia alguém devia um favor, ganhara um visto para a Espanha. Da Espanha viajaria para Lisboa, e de Lisboa pretendia tomar um navio para o Chile, onde o primo do pai morava. Uma vez no navio, outras coisas desviaram sua atenção: acessos de enjôo, o medo da água escura, meditações acerca do horizonte, especulações sobre a vida no fundo do oceano, ataques de nostalgia, a visão de uma baleia, a figura de uma bela morena francesa.

Quando o navio finalmente chegou ao porto de Valparaíso e Litvinoff desembarcou trêmulo ("pernas mareadas", ele dizia a si mesmo, ainda anos mais tarde, quando o tremor às vezes voltava sem explicação), havia outras coisas para ocupá-lo. Nos primeiros meses no Chile ele trabalhou em todo emprego que pôde arranjar; primeiro numa fábrica de salsichas, de onde foi despedido no terceiro dia, quando tomou o bonde errado e chegou com quinze minutos de atraso, e, depois disso, numa mercearia. Uma vez, a caminho de falar com um capataz que, lhe disseram, oferecia emprego, Litvinoff se perdeu e se viu diante da redação do jornal da cidade. As janelas estavam abertas, e ele ouviu o som das máquinas de escrever. Sentiu uma pontada de nostalgia. Pensou nos colegas do diário, o que o fez se lembrar de sua mesa com os torrões de turfa incrustados na madeira onde ele dedilhava para ajudá-lo a pensar, o que o fez se lembrar da máquina de escrever com o S preso que fazia com que os textos dele tivessem sempre frases como *a morte dele deixa um vazio nasss vidasss daquelesss que ele sssocorreu*, o que o fez se lembrar do cheiro dos charutos baratos do chefe, o que o fez se lembrar da sua promoção de correspondente a redator de obituários, o que o fez se lembrar de Isaac Babel, que foi até onde ele se permitiu chegar antes de interromper as recordações e descer a rua apressado.

No final, encontrou trabalho numa farmácia — seu pai havia sido farmacêutico, e Litvinoff assimilara o suficiente sobre o ofício para auxiliar o velho judeu alemão que tocava um negócio decente numa parte calma da cidade. Somente então, quando se permitiu alugar um quarto próprio, Litvinoff conseguiu por fim desfazer as malas. No bolso de uma delas encontrou o pacote de papel marrom com a escrita do amigo na frente. Uma onda de tristeza o assaltou. Sem nenhuma razão, ele de súbito se lembrou de uma camisa branca que deixara secando no varal do pátio em Minsk.

Tentou recordar o aspecto de seu rosto no espelho naquele último dia. Fechou os olhos e forçou a lembrança a voltar. Mas tudo o que lhe veio à mente foi a expressão no rosto do amigo parado na esquina da rua. Com um suspiro, Litvinoff recolocou o envelope na mala vazia, fechou-a com o zíper e a guardou na prateleira do armário.

O dinheiro que sobrava do aluguel e da comida Litvinoff guardava para trazer a irmã mais nova, Miriam. Como irmãos mais próximos em idade e aparência, eles haviam sido muitas vezes confundidos com gêmeos quando pequenos, embora Miriam fosse mais bonita e usasse óculos de aro de tartaruga. Ela cursara a faculdade de direito em Varsóvia até ser proibida de assistir às aulas.

A única despesa que Litvinoff se permitiu foi um rádio de ondas curtas. Toda noite ele girava o dial entre os dedos, percorria o continente da América do Sul para encontrar a nova estação, A Voz da América. Falava apenas um pouco de inglês, mas era o bastante. Escutava com horror o avanço dos nazistas. Hitler rompera o pacto com a Rússia e invadira a Polônia. As coisas iam de mal a aterrorizantes.

As poucas cartas de amigos e parentes chegavam com freqüência cada vez menor, e era difícil saber o que de fato acontecia. Dobrado dentro da antepenúltima carta que recebeu da irmã — em que ela lhe contava que tinha se apaixonado por outro estudante de direito e se casara —, havia um retrato tirado quando ela e Zvi eram crianças. Atrás ela escrevera: *Aqui estamos juntos.*

De manhã, Litvinoff fazia o café enquanto ouvia os cães vadios que brigavam na viela. Esperava o bonde, assando no sol matinal. Comia o almoço nos fundos da farmácia, cercado de caixas de pílulas e pós e xarope de cereja e elásticos de cabelo, e, à noite, depois de esfregar o chão e polir todos os potes até divisar o rosto da irmã neles, ia para casa. Não fez nenhum amigo. Não tinha mais ânimo para fazer amigos. Quando não trabalhava, ouvia o rádio. Ouvia até ficar exausto e adormecer na cadeira, e mesmo então ouvia, os sonhos ganhando forma em torno da voz do locutor. Havia outros refugiados em volta dele que experimentavam os mesmos medos e o desamparo, mas Litvinoff não encontrava nenhum consolo nisso, porque existem dois tipos de pessoas no mundo: as que preferem ser tristes entre as outras e as que preferem ser tristes sozinhas. Litvinoff preferia ficar sozinho. Quando as pessoas o convidavam para jantar, achava uma desculpa. Certa vez, quando a proprietária do quarto o convidou para um chá num domingo, ele lhe disse que tinha de terminar alguma coisa que estava escrevendo. "Você escreve?", ela perguntou, surpresa. "O que você escreve?" Para Litvinoff uma mentira era tão boa quanto outra, e, assim, sem pensar muito, ele disse: "Poemas".

Começou a correr um rumor de que ele era poeta. E Litvinoff, no íntimo envaidecido, não fez nada para contradizê-lo. Chegou a comprar um chapéu do tipo usado por Alberto Santos-Dumont, que, de acordo com os brasileiros, fez o primeiro vôo bem-sucedido e cujo chapéu-panamá, segundo Litvinoff ouvira, empenado de tanto abanar o motor do avião, era popular entre os tipos literários.

O tempo passou. O velho judeu alemão morreu dormindo, a farmácia fechou, e, em parte pela força dos rumores de suas aptidões literárias, Litvinoff foi contratado como professor na escola judaica. A guerra acabou. Pouco a pouco, Litvinoff soube do que acontecera à irmã Miriam e aos pais e a quatro dos outros irmãos (o que acontecera com o irmão mais velho, Andre, ele pôde apenas reconstruir pelas probabilidades). Aprendeu a conviver com a verdade. Não a aceitá-la, mas a conviver com ela. Era como viver com um elefante. O quarto era pequeno, e toda manhã ele tinha de se espremer em torno da verdade para chegar ao banheiro. Para alcançar o armário e pegar uma cueca, tinha de engatinhar sob a verdade, rezando para que ela não escolhesse aquele momento para sentar-se sobre o seu rosto. À noite, quando fechava os olhos, ele a sentia assomar acima dele.

Perdeu peso. Tudo à sua volta pareceu encolher, a não ser as orelhas e o nariz, que cederam e se tornaram mais alongados, emprestando-lhe um ar de melancolia. No ano em que ele fez trinta e dois anos, seu cabelo caía em chumaços. Abandonou o chapéu-panamá empenado e passou a usar um casaco pesado em todo lugar, em cujo bolso interno ele levava um pedaço gasto e amassado de papel que carregava consigo havia anos e que começara a rasgar nas dobras. Na escola, as crianças se provocavam às suas costas se ele as advertia.

Foi nesse estado que Rosa começou a notar Litvinoff nos cafés à beira da água. Ele saía à tarde com a desculpa de ler um romance ou um jornal de poesia (primeiro em nome da sua reputação, e mais tarde pelo interesse crescente). Mas na realidade queria apenas roubar um pouco mais de tempo antes de voltar para casa, onde a verdade o esperava. No café, Litvinoff se permitia esquecer um pouco. Meditava sobre as ondas e observava os estudantes, algumas vezes espreitava as discussões, as mesmas que tivera quando estudante havia cem anos (isto é, doze). Chegou a saber o nome de alguns deles. Inclusive o de Rosa. Como não saberia? As pessoas sempre a chamavam.

Na tarde em que ela se aproximou da sua mesa e, em vez de passar adiante para cumprimentar algum jovem, deteve-se com uma graça repentina e perguntou se podia juntar-se a ele, Litvinoff pensou que fosse uma brincadeira. O cabelo dela estava brilhante e negro e cortado justo abaixo do queixo, realçando o nariz proeminente. Ela usava um vestido verde (mais tarde Rosa afirmaria que era vermelho, vermelho com bolinhas pretas, mas Litvinoff se recusou a abrir mão da lembrança de um chiffon esmeralda sem mangas). Somente depois de ela ficar sentada com ele durante meia hora, dos amigos dela se desinteressarem e voltarem a suas conversas, é que Litvinoff percebeu que o gesto tinha sido sincero. Houve uma pausa incômoda na conversa. Rosa sorriu.

"Nem me apresentei", ela disse.

"Você é Rosa", Litvinoff disse.

Na tarde seguinte, Rosa apareceu para um segundo encontro, como havia prometido. Quando ela olhou para o relógio e viu como era tarde, eles programaram um terceiro encontro, e depois era natural que houvesse um quarto. Na quinta vez em que se encontraram, sob o encanto da espontaneidade jovem de Rosa — a meio caminho de uma discussão acalorada sobre quem era um poeta maior, Neruda ou Darío —, Litvinoff se surpreendeu ao lhe propor que fossem juntos a um concerto. Quando Rosa concordou de imediato, ele se deu conta, milagre dos milagres, de que a menina encantadora poderia de fato abrigar *sentimentos* por ele. Era como se alguém tivesse soado um gongo em seu peito. Seu corpo todo reverberou com a novidade.

Alguns dias depois do concerto, encontraram-se no parque e fizeram um piquenique. A este se sucedeu no domingo seguinte um passeio de bicicleta. No sétimo encontro, viram um filme. Quando acabou, Litvinoff acompanhou Rosa até sua casa. Estavam em pé lado a lado, discutindo as qualidades da interpretação de Grace Kelly em contraposição à sua beleza inacreditável, quando de repente Rosa se inclinou para a frente e o beijou. Ou, ao menos, tentou beijá-lo, mas Litvinoff, pego de surpresa, recuou, deixando Rosa curvada num ângulo estranho, com o pescoço estendido. A noite toda ele passara a monitorar a diminuição e o fluxo da distância entre as várias partes dos seus corpos com um prazer crescente. Mas as medidas mutáveis haviam sido tão mínimas que o ataque repentino do nariz de Rosa quase o levou às lágrimas. Ao perceber o erro, ele cegamente esticou o pescoço para o abismo. Mas, nessa hora, Rosa já tinha contabilizado as perdas e se recolhera a território mais seguro. Litvinoff equilibrou-se a meio caminho. Tempo suficiente para que um sopro do perfume de Rosa lhe excitasse o nariz, e em seguida ele bateu em retirada. Ou começou a bater em retirada, quando Rosa, que não queria mais correr riscos, atirou os lábios no espaço disputado, esquecida por um instante do apêndice, seu nariz, do qual se conscientizou um segundo depois, quando ele colidiu com o de Litvinoff, no instante em que os lábios dele se esmagaram contra os dela, de modo que no primeiro beijo eles se tornaram parentes de sangue.

Litvinoff sentiu-se tonto no percurso de ônibus para casa. Oferecia um sorriso a todos que olhavam para ele. Desceu sua rua assobiando. Mas, à medida que enfiava a chave na fechadura, certa frieza assaltou seu coração. Ficou no quarto escuro sem acender a luz. *Por Deus*, pensou. *Onde você está com a cabeça? O que no mundo você pode oferecer a uma garota como ela, não seja idiota, você se deixou desmontar, as peças se perderam, e agora não resta mais nada para dar, você não pode esconder para sempre, mais cedo ou mais tarde ela vai descobrir a verdade: você é uma casca, tudo o que ela tem de fazer é bater em você para descobrir que você é vazio.*

Durante muito tempo ele ficou com a cabeça contra a janela, pensando em tudo. Depois tirou a roupa. Apalpando, no escuro, lavou a roupa de baixo e a pendurou para secar sobre o aquecedor. Ligou o rádio, que brilhou e ganhou vida, mas um minuto depois o desligou, e um tango se extinguiu no silêncio. Sentou-se nu na cadeira. Uma mosca pousou no seu pênis encolhido. Ele murmurou algumas palavras. E, porque murmurar lhe fez bem, murmurou algumas mais. Eram palavras que sabia de cor, porque as levava num pedaço de papel dobrado no bolso do casaco desde a noite, muitos anos antes, em que cuidara do amigo, rezando para que ele não morresse. Dissera-as tantas vezes, mesmo sem saber que as dizia, que, ocasionalmente, se esquecia de que as palavras não eram dele.

Naquela noite, Litvinoff foi até o armário e desceu a mala. No bolso lateral, procurou um envelope de papel grosso. Retirou-o, sentou-se de novo na cadeira e o pôs no colo. Embora nunca o tivesse aberto, sem dúvida sabia o que havia nele. Fechou os olhos para protegê-los da luz, ergueu a mão e acendeu a lâmpada.

Para ser guardado para Leopold Gursky até você encontrá-lo de novo.

Mais tarde, a despeito da quantidade de vezes que tentou enterrar a frase no lixo debaixo de cascas de laranja e filtros de café, ela sempre parecia emergir novamente. Assim, certa manhã, Litvinoff pescou o envelope vazio cujo conteúdo agora jazia seguro sobre a sua mesa. Em seguida, engoliu as lágrimas, acendeu um fósforo e acompanhou a incineração da letra do amigo.

Morra rindo

O que diz ali?

Estávamos sob as estrelas, na Grand Central, ou assim devo pensar, pois seria mais fácil enganchar os tornozelos nas orelhas do que inclinar a cabeça para trás e conseguir uma visão desimpedida do que havia no alto.

O que diz ali?, repetiu Bruno, golpeando minhas costelas com os cotovelos enquanto eu erguia um pouco mais o queixo na direção do painel que anunciava as partidas. Meu lábio superior separou-se do inferior, para se livrar do peso da mandíbula. *Corra*, disse Bruno. *Segure-se*, eu disse, mas com a boca aberta isso saiu como *Rale-se*. Só consegui ver os números. *Nove e quarenta e cinco*, disse, ou melhor, *nove-rarenta-rinco*. *Que horas são agora?*, perguntou Bruno. Fiz meu olhar se voltar com dificuldade para o meu relógio. *Nove e quarenta e três*, disse.

Começamos a correr. Não a correr, mas a andar do modo como duas pessoas decididas a que seja o que Deus quiser andam quando querem alcançar um trem. Eu seguia na frente, mas Bruno vinha nos meus calcanhares. Depois Bruno, que achara um meio, resistente a toda descrição, de sacudir os braços para ganhar velocidade, me ultrapassou, e por um momento me deixei levar, enquanto ele, entre aspas, desafiava o vento. Eu me concentrava em sua nuca quando, sem aviso, ela desapareceu de vista. Olhei para trás. Ele estava amontoado no chão, sem um dos sapatos. *Vá!*, gritou. Eu tropecei, sem saber o que fazer. *VÁ!*, ele gritou de novo, e eu fui, e, quando dei por mim, ele havia cortado caminho e puxava a fila de novo, sapato na mão, sacudindo velozmente os braços.

Todos a bordo na rampa 22.

Bruno se atirou escada abaixo para a plataforma. Eu vinha logo atrás. Havia todas as razões para acreditar que conseguiríamos. E no entanto. Numa mudança inesperada de planos, ele se deteve no instante em que chegou ao trem. Incapaz de reduzir a velocidade, passei rolando por ele para dentro do vagão. As portas se fecharam às minhas costas. Ele sorriu para mim pelo vidro. Bati na janela com o punho. *Dane-se, Bruno.* Ele acenou. Ele sabia que eu não teria ido sozinho. E no entanto. Ele sabia que eu tinha de ir. Sozinho. O trem começou a andar. Os lábios de Bruno se moveram. *Boa*, disseram. Os lábios fizeram uma pausa. Por que boa?, eu quis gritar. Diga-me: por que boa? E eles disseram: *Sorte*. O trem deu uma guinada para fora da estação e penetrou na escuridão.

Cinco dias depois da chegada do envelope marrom com as páginas do livro que tinha escrito meio século antes, eu estava a caminho de recuperar o livro que tinha escrito meio século depois. Ou, para dizer de outro modo: uma semana depois da morte do meu filho, eu estava a caminho da casa dele. De qualquer forma, estava só.

Achei um assento junto da janela e tentei recobrar o fôlego. Disparamos pelo túnel. Apoiei a cabeça no vidro. Alguém havia rabiscado “belos peitos” na superfície. Impossível não me perguntar: De quem? O trem rompeu a luz turva e a chuva. Era a primeira vez na minha vida que eu tomava um trem sem uma passagem.

Um homem subiu em Yonkers e sentou-se a meu lado. Tirou um livro de bolso. Meu estômago roncou. Eu ainda não tinha posto nada nele, sem contar o café que tomara com Bruno naquela manhã no Dunkin' Donuts. Era cedo. *Traga um com geléia e um polvilhado*, disse Bruno. *Para ele, traga um com geléia e um polvilhado*, eu disse. *E eu quero um café pequeno*. O homem de chapéu de papel parou. *É mais barato tomar um médio*. América, Deus a abençoe. *Está bem*, eu disse. *Que seja um médio*. O homem foi embora e voltou com o café. *Para mim, traga um Creme Bávaro e um com glacê*, disse Bruno. Eu o fuzilei com o olhar. *Quê?*, ele disse, dando de ombros. *Traga um Creme Bávaro para ele...*, eu disse. *E um de baunilha*, disse Bruno. Eu me voltei para encará-lo. *Mea culpa*, ele disse. *Baunilha. Sente-se*, eu lhe disse. Ele ficou de pé. *SENTE-SE*, eu disse. *Troque por uma rosca*, ele disse. O Creme Bávaro desapareceu em quatro mordidas. Ele lambeu os dedos, depois ergueu a rosca contra a luz. *É um donut, não um diamante*, eu disse. *Está velho*, disse Bruno. *Coma de qualquer forma*, eu lhe disse. *Troque por um de maçã*, ele disse.

O trem deixou a cidade para trás. Campos verdes se espalhavam dos dois lados. Chovia fazia dias, e continuava a chover.

Eu tinha imaginado a casa de Isaac muitas vezes. Eu a encontrara num mapa. Uma ocasião cheguei a ligar para Informações. *Se eu quiser ir de Manhattan para a casa do meu filho*, perguntei, *como devo fazer?* Ensaiei tudo nos menores detalhes. Dias felizes! Eu levaria um presente. Um pote de geléia, quem sabe. Não faríamos cerimônia. Tarde demais. Talvez batêssemos uma bola no gramado. Não sei defender. Nem, sinceramente, lançar. E no entanto. Falaríamos sobre beisebol. Eu acompanhava o jogo desde a infância de Isaac. Quando ele torcia para os Dodgers, eu também torcia. Queria ver o que ele via e ouvir o que ele ouvia. Mantive-me atualizado, na medida do possível, sobre música popular. Os Beatles, os Rolling Stones, Bob Dylan — "Lay, lady, lay", você não precisa de uma cama de metal para compreendê-la. Toda noite eu chegava em casa do trabalho e encomendava comida do Mr. Tong's. Depois tirava um disco da capa, erguia a agulha e ouvia.

Toda vez que Isaac se mudava, eu mapeava o caminho entre a minha casa e a dele. A primeira vez, ele tinha onze anos. Eu costumava ficar do outro lado da rua da escola no Brooklyn e esperar por ele, só para dar uma olhada, quem sabe, e, se tivesse sorte, ouvir o som da sua voz. Um dia esperei, e ele não saiu. Pensei que talvez estivesse com problemas e tivera de ficar até mais tarde. Escureceu, apagaram as luzes, e ele não apareceu. Voltei no dia seguinte, e de novo esperei e de novo ele não apareceu. Naquela noite, imaginei o pior. Não consegui dormir, e imaginei as coisas terríveis que poderiam ter acontecido ao meu filho. Embora tivesse prometido a mim mesmo que jamais o faria, na manhã seguinte acordei cedo e passei por onde ele morava. Passei, não. Fiquei do outro lado da rua. Esperei por ele, ou por Alma, ou mesmo pelo *shlemiel*, o marido dela. E no entanto. Nenhum deles apareceu. Por fim, parei um garoto que saía do prédio. *Você conhece a família Moritz?* Ele olhou para mim. *Sim. E daí?*, disse. *Eles ainda moram aqui?*, perguntei. *O que você tem com isso?*, ele disse, e começou a descer a rua batendo uma bola de borracha. Eu o agarrei pelo colarinho. Vi um olhar de medo nos seus olhos. *Mudaram-se para Long Island*, soltou, e saiu correndo.

Uma semana depois chegou uma carta de Alma. Ela sabia meu endereço porque uma vez por ano, no seu aniversário, eu lhe mandava um cartão. *Feliz aniversário*, escrevia, *de Leo*. Abri a carta. *Sei que você o observa*, ela escreveu. *Não me pergunte como, mas eu sei. Espero pelo dia em que ele vai querer saber a verdade. Algumas vezes, quando olho nos olhos dele, vejo você. Ouço a sua voz como se você estivesse do meu lado.*

Li a carta não sei quantas vezes. Mas não é essa a questão. O que importava era que no canto superior esquerdo do envelope ela havia escrito o endereço do remetente: *Atlantic Avenue, 121, Long Beach, NY*.

Peguei o mapa e memorizei os detalhes da viagem. Costumava fantasiar desastres, inundações, terremotos, o mundo lançado no caos, para que eu tivesse uma razão para buscá-lo e protegê-lo sob a minha capa. Quando perdi a esperança de encontrar circunstâncias atenuantes, comecei a sonhar em trombar com ele por acaso. Calculei todas as maneiras pelas quais nossas vidas poderiam se cruzar por acaso — me via sentado a seu lado num trem, ou na sala de espera do médico. Mas, no limite, sabia que dependia de mim. Quando Alma partiu e, dois anos depois, Mordecai, não havia mais nada que me detivesse. E no entanto.

Duas horas depois, o trem chegou à estação. Perguntei ao funcionário da bilheteria como eu podia conseguir um táxi. Fazia muito tempo que não saía da cidade. Fiquei maravilhado com o verdor de tudo.

Andamos durante algum tempo. Saímos da estrada principal para uma via menor, e depois para uma menor ainda. Por fim, subimos um caminho acidentado no meio do nada. Era difícil imaginar que um filho meu morasse num lugar daqueles. Digamos que ele desejasse ardentemente uma pizza, para onde iria? Digamos que quisesse ficar só num cinema escuro, ou ver alguns jovens se beijarem na Union Square.

Uma casa branca apareceu. Um vento fraco perseguia as nuvens. Entre os galhos, vi um lago. Eu tinha imaginado a casa dele muitas vezes. Porém, nunca com um lago. A omissão me doeu.

Pode me deixar aqui, eu disse, antes de chegarmos à clareira. Não esperava que houvesse alguém na casa. Até onde eu sabia, Isaac morava sozinho. Mas nunca se sabe. O táxi parou. Paguei e desci, e ele voltou por onde viera. Inventei uma história sobre um carro quebrado e a necessidade de um telefone, respirei fundo e ergui a gola contra a chuva.

Bati. Havia uma campainha, e toquei. Sabia que ele estava morto, mas uma pequena parte de mim ainda tinha esperança. Imaginei seu rosto quando abrisse a porta. O que eu teria dito a ele, meu único filho? Perdoe-me, sua mãe não me amou como eu queria ser amado; talvez eu também não a tenha amado como ela desejava. E no entanto. Não houve resposta. Esperei, só para ter certeza. Uma vez que ninguém atendeu, dei a volta por trás da casa. Havia uma árvore no gramado que me lembrava a árvore em que um dia eu talhara nossas iniciais, A + L, sem que ela jamais soubesse, como eu durante cinco anos não soube que a soma resultara num filho.

A grama estava escorregadia por causa da lama. À distância, vi um barco a remo amarrado ao pontão. Olhei por sobre a água. Deve ter sido um bom nadador, puxou ao pai, pensei com orgulho. Meu próprio pai, que tinha grande respeito pela natureza, havia jogado cada um de nós no rio logo depois de nascidos, antes de nossos elos com os anfíbios, ele afirmava, serem cortados completamente. Minha irmã Hanna atribuía o ceceio dela ao trauma dessa lembrança. Eu gostava de pensar que teria feito diferente. Seguraria meu filho nos braços. Diria a ele: *Um dia você foi um peixe. Um peixe?*, ele perguntaria. *É o que estou lhe dizendo, um peixe. Como você sabe? Porque eu também fui um peixe. Você também? É claro. Há muito tempo. Há quanto tempo? Muito. Seja como for, sendo um peixe, você sabia nadar. Eu sabia? É claro. Você era um grande nadador. Um campeão de natação, você era. Você amava a água. Por quê? O que você quer dizer, por quê? Por que eu amava a água? Porque era a sua vida!* E, enquanto falávamos, eu o soltaria, um dedo de cada vez, até que, sem perceber, ele flutuasse sem mim.

E depois pensei: Talvez seja esse o significado de ser pai — ensinar o filho a viver sem você. Nesse caso, ninguém foi um pai melhor que eu.

Havia uma porta nos fundos com apenas uma fechadura; era bem simples, em contraposição à fechadura dupla na frente. Bati uma última vez e, como não houve resposta, comecei a trabalhar. Trabalhei nela durante um minuto para conseguir abri-la. Girei a maçaneta e empurrei. Fiquei imóvel na soleira da porta. Olá?, chamei. Silêncio. Senti um frio na espinha. Entrei e fechei a porta atrás de mim. Senti cheiro de fumaça de madeira.

Esta é a casa de Isaac, disse a mim mesmo. Tirei a capa de chuva e a pendurei num cabide ao lado de outra. Era de tweed marrom, com um forro de seda marrom. Ergui a manga e a encostei no rosto. Pensei: Esta é a colônia dele. Peguei a capa e a provei. As mangas eram muito compridas. Porém. Não importava, eu as subi. Tirei os sapatos, cobertos de lama. Havia um par de tênis de corrida, dobrados nos dedos. Calcei-os nos meus pés como uns Mr. Rogers comuns. O tênis era no mínimo tamanho 43, talvez 44. Meu pai tinha pés pequenos; quando minha irmã se casou com um rapaz de uma aldeia vizinha, ele passou o casamento inteiro fixando, desolado, os pés do novo genro. Posso imaginar seu choque se tivesse vivido para ver os do neto.

Assim entrei na casa do meu filho: vestido na sua capa, seus sapatos nos meus pés. Nunca estivera tão próximo dele. Tão distante.

Meus passos ecoaram no corredor estreito que levava à cozinha. No meio da sala, esperei pelas sirenes da polícia, que não veio.

Havia um prato sujo na pia. Um copo de boca para baixo

secava, um saquinho de chá endurecido num pires. Sobre a mesa da cozinha, um pouco de sal derramado. Um cartão-postal grudado na janela. Eu o tirei e olhei o verso. *Caro Isaac*, começava. *Mando isto da Espanha, onde moro há um mês. Escrevo para dizer que não li seu livro nem vou fazê-lo.*

Atrás de mim houve um estrondo. Apertei o peito. Pensei que fosse me voltar e ver o fantasma de Isaac. Mas era apenas a porta escancarada pelo vento. Com mãos trêmulas, pus o cartão de volta no lugar e fiquei em silêncio, o coração na boca.

As tábuas do piso rangeram sob o meu peso. Havia livros por todo lado. Havia canetas e um vaso de vidro azul, um cinzeiro do Dolder Grand de Zurique, a ponta enferrujada de um cata-vento, uma pequena ampulheta de metal, ouriços-do-mar no parapeito da janela, um par de binóculos, uma garrafa de vinho vazia que servia de castiçal, com cera derretida no gargalo. Toquei numa coisa ou noutra. No fim, tudo o que resta de nós são nossos bens. Talvez seja por isso que nunca fui capaz de jogar nada fora. Talvez seja por isso que juntei o mundo: na esperança de que, ao morrer, a soma das minhas coisas sugerisse uma vida maior do que a vivida.

Senti tontura e me agarrei na grade da lareira. Voltei para a cozinha de Isaac. Estava sem apetite, mas abri a geladeira, porque o médico tinha me dito que não devia ficar sem comer, alguma coisa com a pressão. Um cheiro forte bateu nas minhas narinas. Era um resto de frango estragado. Joguei-o fora, com algumas peras marrons e um pouco de queijo embolorado. Depois lavei o prato sujo. Não sei como descrever meu sentimento ao fazer esses gestos corriqueiros na casa do meu filho. Eu os fiz com amor. O copo, guardei no armário. Joguei fora o saquinho de chá e enxagüei o pires. Provavelmente havia gente — o homem de gravata-borboleta amarela, ou um futuro biógrafo — que desejaria deixar as coisas exatamente como Isaac deixara.

Quem sabe um dia não fariam um museu sobre a vida dele, um oferecimento das pessoas que tinham salvado o copo em que Kafka tomou o último gole, o prato em que Mandelstamm comeu as últimas migalhas. Isaac era um grande escritor, o escritor que eu jamais seria. E no entanto. Era também meu filho.

Subi as escadas. A cada porta e armário e gaveta que abria, eu aprendia alguma coisa nova sobre Isaac, e, a cada coisa nova que aprendia, a falta dele se tornava mais real e, quanto mais real, mais impossível de acreditar. Abri o armário de remédios. Nele havia dois potes de talco. Nem sei bem o que é talco, ou por que alguém o usa, mas esse fato simples sobre a vida dele me comoveu mais do que qualquer detalhe jamais imaginado por mim. Abri o armário de roupas e enfiei o rosto nas camisas dele. Ele gostava da cor azul. Peguei um par de sapatos sociais marrons. Os calcanhares estavam quase inteiramente gastos. Pus o nariz dentro deles e cheirei. Encontrei um relógio no criado-mudo e o provei. A pulseira de couro estava gasta em volta do orifício em que ele costumava fechá-la. O pulso dele era mais grosso que o meu. Quando ele se tornara maior do que eu? O que eu fazia, e o que fazia meu filho no exato instante em que ele me passava em altura?

A cama estava feita com cuidado. Ele havia morrido nela? Ou sentira que a coisa vinha e se levantara para saudar a infância de novo, apenas para ser derrubado? Qual fora a última coisa para a qual tinha olhado? Teria sido o relógio no meu pulso, parado às doze e trinta e oito? O lago pela janela? O rosto de alguém? E teria ele sentido dor?

Somente uma vez alguém morreu nos meus braços. Eu trabalhava como porteiro num hospital, no inverno de 1941. Foi apenas por um breve período. Acabei perdendo o emprego. Mas certa noite, na minha última semana, eu esfregava o chão quando ouvi alguém engasgando. Os sons vinham do quarto de uma mulher que tinha uma doença no sangue. Corri para ela. Seu corpo se contraía e convulsionava. Peguei-a nos braços. Acho que posso afirmar que nenhum de nós duvidava do que estava para acontecer. A mulher tinha um filho. Eu sabia porque o vira visitá-la uma vez com o pai. Um menino de botas polidas e casaco de botões dourados. Brincou com um carrinho o tempo todo, ignorando a mãe, a não ser quando ela falava com ele. Talvez estivesse bravo com ela por deixá-lo só com o pai por tanto tempo. Ao olhar para o rosto dela, foi nele que pensei, no menino que cresceria sem saber como perdoar a si mesmo. Senti certo alívio e orgulho, até superioridade, por desempenhar o papel que ele não podia cumprir. E então, menos de um ano depois, aquele filho cuja mãe morrera sem ele era eu.

Houve um ruído atrás de mim. Um estalo. Dessa vez não me voltei. Apertei os olhos. *Isaac*, murmurei. O som da minha própria voz me assustou, mas não parei. *Quero te dizer...*, e então me calei. O que eu quero lhe dizer? A verdade? Qual é a verdade? Que confundi sua mãe com a minha vida? Não. *Isaac*, eu disse. *A verdade é o que inventei para poder viver.*

Nessa hora eu me virei e me vi no espelho na parede de Isaac. Um imbecil em trajes de imbecil. Eu viera para pegar meu livro de volta, mas já não me importava achá-lo. Pensei: Que se perca como o resto. Não importava, não mais.

E no entanto.

No canto do espelho, refletida do hall, vi a máquina de escrever dele. Ninguém tinha de me dizer que era a mesma que a minha. Eu havia lido numa entrevista de jornal que ele escrevera na mesma Olympia manual durante quase vinte e cinco anos. Alguns meses depois vi exatamente o mesmo modelo à venda numa loja de segunda mão. O homem disse que funcionava, e, assim, a comprei. No começo gostava só de olhar para ela, de saber que meu filho olhava para ela também. Dia após dia ela sorria para mim, como se as teclas fossem dentes. Depois tive o ataque cardíaco, e ela continuou a sorrir, e assim, um dia, pus nela uma folha de papel e escrevi uma frase.

Atravessei o hall. Pensei: E se eu encontrasse meu livro ali, sobre a sua mesa? E me dei conta de como seria estranho. Eu na capa, meu livro sobre a sua mesa. Ele com meus olhos, eu nos sapatos dele.

Tudo o que eu queria era uma prova de que ele o tinha lido.

Sentei-me na cadeira diante da máquina de escrever. A casa estava fria. Ajeitei a capa dele em volta de mim. Pensei ter ouvido uma risada, mas disse a mim mesmo que era apenas o gemido do pequeno barco na tempestade. Pensei ter ouvido passadas no telhado, mas disse a mim mesmo que era somente um animal em busca de alimento. Balancei um pouco, como meu pai costumava balançar quando rezava. Uma vez meu pai me disse: *Quando um judeu reza, ele pergunta a Deus uma pergunta que não tem fim.*

A noite caiu. A chuva caía.

Nunca perguntei: Que pergunta?

E agora é tarde demais. Porque eu te perdi, *Tateh*. Um dia, na primavera de 1938, num dia chuvoso que deu lugar a uma abertura entre as nuvens, eu te perdi. Você tinha saído para coletar espécimes para uma teoria que você chocava sobre chuva, instinto e borboletas. E então você partiu. Nós o encontramos deitado debaixo de uma árvore, o rosto salpicado de lama. Sabíamos que você era livre então, desprendido de resultados desapontadores. E o enterramos no cemitério onde seu pai estava enterrado, e o pai dele, sob a sombra de um castanheiro. Três anos depois, perdi *Mameh*. A última vez que a vi, ela usava o avental amarelo. Guardava coisas numa mala, a casa era uma ruína. Mandou que eu saísse para a mata. Tinha feito um pacote de comida para mim, e pediu que eu vestisse a capa, embora fosse julho. "Vá", ela disse. Eu era muito velho para escutar, mas, como uma criança, escutei. Ela disse que viria atrás de mim no dia seguinte. Escolhemos um lugar conhecido na mata. A nogueira gigante de que você gostava, *Tateh*, porque dizia que tinha características humanas. Não me preocupei em dizer adeus. Escolhi acreditar no que era mais fácil. Esperei. Porém. Ela nunca veio. Desde então vivi com a culpa de ter compreendido muito tarde que ela se achava um peso para mim. Perdi Fritzy. Ele estudava em Vilna, *Tateh* — alguém que conhecia alguém me disse que ele foi visto pela última vez num trem. Perdi Sari e Hanna para os cães. Perdi Herschel para a chuva. Perdi Josef para uma ruptura no tempo. Perdi o som das risadas. Perdi um par de sapatos, eu os tirara para dormir, os sapatos que Herschel havia me dado, e, quando acordei, eles tinham desaparecido, andei descalço durante dias e depois não suportei e roubei os de outra pessoa. Perdi a única mulher que eu quis amar. Perdi anos. Perdi livros. Perdi a casa em que nasci. E perdi Isaac. E quem pode dizer se em algum lugar ao longo do caminho, sem que eu saiba, não perdi também a cabeça?

Meu livro não estava em lugar nenhum. Além de mim mesmo, não havia sinal de mim.

Se não, não

1. O QUE EU PAREÇO NUA

Quando acordei no saco de dormir, a chuva tinha parado e minha cama estava vazia, os lençóis, retirados. Olhei para o relógio. Eram dez e três. Era também dia 30 de agosto, e isso significava que faltavam apenas dez dias para o início da escola, um mês para eu fazer quinze anos, e somente três anos para quando se imaginava minha saída da universidade para eu começar minha vida, coisa que, a essa altura, não parecia muito provável. Por isso e por outras razões meu estômago doía. Olhei pelo corredor para o quarto de Bird. Tio Julian dormia, de óculos, o volume II d'*A destruição dos judeus europeus* aberto sobre o peito. Bird ganhara o conjunto de livros numa caixa como presente de uma prima da minha mãe que vive em Paris e que se interessou por ele depois de nos encontrarmos com ela para um chá em seu hotel. Ela nos contou que o marido havia lutado na Résistance, e Bird parou de tentar construir uma casa de cubinhos de açúcar para dizer: "Resistançando quem?".

No banheiro tirei a camiseta e a roupa de baixo, fiquei de pé em cima do vaso e me olhei no espelho. Tentei pensar nos cinco adjetivos que descreveriam o que eu parecia, e um foi esquelética e o outro foi *Minhas orelhas são salientes*. Imaginei uma argola no nariz. Quando ergui os braços sobre a cabeça, o peito afundou.

2. SOU TRANSPARENTE PARA A MINHA MÃE

No andar de baixo, minha mãe estava de quimono lendo o jornal ao sol. "Alguém me ligou?", perguntei. "Bem, obrigada, e você, como vai?", ela disse. "Mas eu não disse como vai você", eu disse. "Eu sei." "Não devíamos ter de ser sempre educados com a família." "Por que não?" "Seria melhor se as pessoas dissessem apenas o que quisessem dizer." "Está dizendo que não se importa em saber como estou?" Olhei para ela. "Bemobrigadaevocê?", eu disse. "Bem, obrigada", disse minha mãe. "Alguém ligou?" "Por exemplo?" "Alguém." "Aconteceu alguma coisa entre você e Misha?" "Não", eu disse, abrindo a geladeira e examinando um aipo murcho. Enfiei um muffin na torradeira, e minha mãe virou a página do jornal, percorrendo as manchetes. Perguntei-me se ela perceberia se eu o deixasse queimar até virar carvão.

"A *história do amor* começa quando Alma tinha dez anos, não é?", eu disse. Minha mãe ergueu os olhos e assentiu. "Bem, quantos anos ela tem quando termina?" "É difícil dizer. Há tantas Almas no livro." "Quantos anos tem a mais velha?" "Não muitos. Talvez vinte." "Então o livro acaba quando Alma tem só vinte anos?" "De certa forma. Mas é mais complicado que isso. Em alguns capítulos ela nem é mencionada. E toda a idéia de tempo e história no livro é muito vaga." "Mas não existe uma Alma com mais de vinte anos em nenhum dos capítulos?" "Não", disse minha mãe. "Acho que não."

Fiz um registro mental de que, se Alma Mereminski era uma pessoa real, Litvinoff deve ter se enamorado dela quando os dois tinham dez anos e que vinte era provavelmente a idade deles quando ela partiu para a América, possivelmente a última vez que ele a viu. Por que outra razão o livro terminaria quando ela era tão jovem?

Comi o muffin com manteiga de amendoim, em pé diante da torradeira. "Alma?", minha mãe disse. "Que foi?" "Venha, dê-me um abraço", ela disse, e assim fiz, embora não sentisse vontade. "Como você ficou tão alta?" Dei de ombros, na esperança de que ela não prosseguisse. "Vou à biblioteca", eu disse, uma mentira, mas, pelo modo como ela olhou para mim, eu sabia que ela não tinha ouvido de verdade, pois não era a mim que ela via.

3. TODAS AS MENTIRAS QUE JAMAIS CONTEI VÃO VOLTAR PARA MIM UM DIA

Na rua, passei por Herman Cooper, que estava sentado em sua varanda. Ele havia estado no Maine durante todo o verão, onde ganhara um bronzeado e a carta de motorista. Perguntou-me se eu queria dar uma volta uma hora qualquer. Eu poderia tê-lo lembrado dos rumores que ele espalhara a meu respeito quando eu tinha seis anos e ele dissera que eu era adotada e porto-riquenha, ou quando eu tinha dez e ele espalhara que eu havia levantado a saia em seu porão e mostrado tudo. Em vez disso, disse que estava enjoada de carros.

Voltei para a rua Chambers, 31, de novo, dessa vez para descobrir se havia algum registro de casamento em nome de Alma Mereminski. O mesmo homem de óculos pretos estava sentado atrás da mesa na sala 103. "Olá", eu disse. Ele ergueu os olhos. "Srta. Carne de Coelho. Como vai?" "Bemobrigadaevocê?", eu disse. "Bem, acho." Virou a página de uma revista e acrescentou: "Um pouco cansado, sabe?, e acho que posso estar pegando um resfriado, e hoje de manhã acordei e minha gata tinha vomitado, o que não seria tão ruim se não tivesse sido no meu sapato". "Oh", eu disse. "Além de tudo, acabei de descobrir que vão cortar meu cabo porque me atrasei um pouco para pagar a conta, e isso significa que vou perder todos os meus programas, e também a planta que minha mãe me deu de Natal está ficando um pouco amarelada, e, se ela morrer, nunca mais vou parar de ouvir falar nisso." Esperei para o caso de ele continuar, mas isso não aconteceu, e eu disse: "Talvez ela tenha se casado". "Quem?" "Alma Mereminski." Ele fechou a revista e olhou para mim. "Você não sabe se sua própria bisavó se casou?" Pesei minhas alternativas. "Ela não era minha bisavó de fato", disse. "Pensei que tinha dito..." "Na verdade não somos nem parentes." Ele pareceu confuso e um pouco perturbado. "Desculpe. É uma longa história", eu disse, e parte de mim desejava que ele perguntasse por que eu a procurava, para que pudesse lhe contar a verdade: que não tinha certeza, que começara a procurar por alguém capaz de fazer minha mãe feliz de novo e, embora não tivesse desistido de encontrá-lo, no caminho começara a procurar outra pessoa também, ligada à primeira busca, mas também diferente, porque tinha a ver comigo. Mas ele apenas suspirou e disse: "Ela teria se casado antes de 1937?". "Não tenho certeza." Ele suspirou e ajeitou os óculos no nariz, e me disse que na sala 103 eles só tinham registros de casamento até 1937.

De qualquer forma, procuramos, mas não encontramos nenhuma Alma Mereminski. "É melhor você ir ao cartório da cidade", ele disse, mal-humorado. "É onde eles têm todos os registros mais recentes." "Onde fica?" "Na rua Centre, 1, sala 252", ele disse. Eu nunca tinha ouvido falar da rua Centre, por isso pedi que me orientasse. Não era longe, portanto decidi ir a pé e, enquanto o fazia, imaginei por toda a cidade salas que guardavam arquivos de que ninguém nunca ouvira falar, com palavras derradeiras, mentiras inofensivas e descendentes falsas de Catarina, a Grande.

4. A LÂMPADA QUEBRADA

O homem atrás da mesa no cartório da cidade era velho. "Em que posso ajudar?", perguntou, quando chegou minha vez. "Eu quero saber se uma mulher chamada Alma Mereminski se casou e mudou de nome", eu disse. Ele assentiu e anotou alguma coisa. "M-E-R", comecei, e ele disse: "E-M-I-N-S-K-I. Ou é com Y?" "É com I", eu disse. "Foi o que pensei", ele disse. "Quando ela teria se casado?" "Não sei. Pode ter sido a qualquer momento depois de 1937. Se ainda está viva, deve ter cerca de oitenta anos." "Primeiro casamento?" "Acho que sim." Ele rabiscou uma anotação em seu bloco. "Alguma idéia do homem com quem ela teria se casado?" Balancei a cabeça. Ele lambeu o dedo, virou a página e fez outra anotação. "O casamento... teria sido civil, ou foi um padre ou quem sabe um rabino que o realizou?" "Provavelmente um rabino", eu disse. "Foi o que pensei", ele disse.

Abriu uma gaveta e tirou um cilindro de Life Savers. "Hortelã?" Balancei a cabeça. "*Pegue*", ele disse, e eu peguei uma. Jogou uma bala na boca e chupou. "Ela teria vindo da Polônia, talvez?" "Como sabe?" "Fácil", ele disse. "Com esse nome." Rolou a bala de um lado para o outro na boca. "É possível que tenha vindo em 39, 40, antes da guerra? Ela teria...", lambeu o dedo e voltou uma página, depois tirou uma calculadora e apertou as teclas com a borracha do lápis. "Dezenove, vinte. Eu lhe daria no máximo vinte e um."

Anotou os números no bloco. Estalou a língua e balançou a cabeça. "Deve ter sido solitária, a coitada." Olhou para mim com ar interrogativo. Seus olhos estavam embaçados e úmidos. "Acho que sim", eu disse. "É claro que sim!", ele disse. "Quem ela conhece? Ninguém! A não ser talvez um primo que não quer saber dela. Ele agora vive na América, o grande *macher*, para que precisa de uma *refugenik*? O garoto dele fala inglês sem sotaque, um dia vai ser um advogado rico, a última coisa de que ele precisa é da *mishpocheh* da Polônia, magra como um cadáver, batendo na porta." Não parecia uma boa idéia dizer alguma coisa, e eu não disse. "Talvez ela tenha sorte, uma ou duas vezes ele a convide para o *shabbes*, e a mulher dele resmungue porque eles não têm comida nem para eles mesmos, ela tem de implorar ao açougueiro para que, de novo, venda fiado uma galinha: É a última vez, ela diz ao marido; dê uma cadeira ao porco, e ele vai querer sentar-se à mesa, para não dizer que na Polônia os assassinos estão matando a família dela, todos eles, que-descansem-em-paz, da minha boca aos ouvidos de Deus."

Eu não sabia o que dizer, mas ele parecia esperar, e eu disse: "Deve ter sido terrível". "É o que estou lhe dizendo", ele disse, e depois estalou a língua de novo e disse: "Coitadinha. Era um Goldfarb, Arthur Goldfarb, alguém, uma sobrinha-neta, acho, esteve aqui faz alguns dias. Um médico, a mulher tinha uma fotografia, um sujeito bonito, foi um *shiddukh* ruim, acabou se divorciando depois de um ano. Teria sido perfeito para a sua Alma". Mastigou a bala e enxugou o nariz com um lenço. "Minha esposa diz que não há talento nenhum em ser um casamenteiro para os mortos, e eu digo a ela que, se você sempre bebe vinagre, fica sem saber que existem coisas mais doces." Levantou-se da cadeira. "Espere aqui, por favor."

Quando voltou, estava ofegante. Acomodou-se de novo na banqueta. "Como procurar ouro, tão difícil foi encontrar essa Alma." "Encontrou?" "O quê?" "Encontrou-a?" "É claro que encontrei, que espécie de funcionário pensa que sou, incapaz de encontrar uma moça bonita? Alma Mereminski, aqui está. Casou-se no Brooklyn em 1942 com Mordecai Moritz, casamento realizado por um rabino Greenberg. Traz também os nomes dos pais." "É ela de verdade?" "E quem seria? Alma Mereminski, aqui diz que nasceu na Polônia. Ele nasceu no Brooklyn, mas os pais eram de Odessa. Diz aqui que o pai dele tinha uma fábrica de roupas, portanto ela não estava tão mal. Para ser franco, estou aliviado. Talvez tenha sido um belo casamento. Naqueles dias quebrava uma lâmpada com os pés, o chazzan, porque ninguém podia dispor de um copo."

5. NÃO HÁ TELEFONES PÚBLICOS NO ÁRTICO

Achei um telefone público e liguei para casa. Tio Julian atendeu. "Alguém me ligou?", perguntei. "Acho que não.

Desculpe ter acordado você na noite passada, Al." "Não tem problema." "Fico feliz por termos conversado um pouco." "Sim", eu disse, esperando que ele não voltasse à história de eu ser pintora. "Que acha de sair para jantar hoje à noite? A não ser que tenha outros planos." "Não tenho", eu disse.

Desliguei e chamei Informações. "Que distrito?" "Brooklyn." "Qual sobrenome?" "Moritz. O primeiro nome é Alma." "Comercial ou residencial?" "Residencial." "Não tenho nada nesse nome." "Quem sabe Mordecai Moritz?" "Não." "Bem, quem sabe em Manhattan?" "Tenho um Mordecai Moritz na 52." "Tem?", eu disse. Não pude acreditar. "Vou passar o número." "Espere!", eu disse. "Preciso do endereço." "Rua 52, 54", disse a mulher. Anotei na palma da mão e tomei um metrô para o norte da cidade.

6. EU BATO, E ELA ABRE

Ela é velha, com longos cabelos brancos presos por um pente de tartaruga. O apartamento é banhado pelo sol, e ela tem um papagaio que fala. Eu lhe conto como meu pai, David Singer, encontrou *A história do amor* na vitrine de uma livraria em Buenos Aires quando tinha vinte e dois anos e viajava sozinho com um mapa topográfico, uma bússola, um canivete suíço e um dicionário espanhol-hebraico. Também lhe conto sobre minha mãe e sua parede de dicionários, e sobre Emanuel Chaim, conhecido por Bird em nome de sua liberdade e pelo fato de ele ter sobrevivido a uma tentativa de voar que deixou uma cicatriz na sua cabeça. Ela me mostra um retrato seu com a minha idade. O papagaio falante grita: "Alma", e nós duas nos viramos.

Em devaneio, perdi o ponto e tive de voltar dez quadras a pé, e a cada quadra me sentia mais nervosa e menos segura. E se Alma — a Alma real, viva — tivesse de verdade aberto a porta? O que se esperaria que eu dissesse a alguém saído das páginas de um livro? E se ela nunca tivesse ouvido falar d'A *história do amor*? E se tivesse, mas quisesse esquecê-lo? Eu estivera tão ocupada em encontrá-la que jamais me ocorrera que talvez ela não desejasse ser encontrada.

Mas não havia tempo para pensar, porque eu estava no final da rua 52, diante do prédio dela. "Posso ajudar?", perguntou o porteiro. "Meu nome é Alma Singer. Procuro a sra. Alma Moritz. Ela está?", perguntei. "A sra. Moritz?", ele disse. Falou o nome com ar de estranheza. "Uh", disse. "Não." Parecia sentir pena de mim, e então eu senti pena de mim, porque em seguida ele disse que Alma não estava viva. Ela havia morrido fazia cinco anos. Foi assim que descobri que todos a quem eu devia meu nome estavam mortos. Alma Mereminski e meu pai, David Singer, e minha tia-avó, Dora, que morrera no gueto de Varsóvia e de quem eu recebera meu nome hebraico, Devorah. Por que as pessoas sempre herdam o nome de gente morta? Se o nome tem de vir de algum lugar, por que não pode ser de coisas mais duradouras, como o céu ou o mar, ou mesmo de idéias, que nunca morrem de verdade, nem mesmo as más?

O porteiro continuava a falar, mas nesse momento parou. "Você está bem?", perguntou. "Bemobrigada", eu disse, embora não estivesse. "Quer sentar, ou quer alguma outra coisa?" Balancei a cabeça. Não sei por quê, mas pensava na época em que papai me levara para ver pingüins no zoológico e me pusera nos ombros no frio úmido cheirando a peixe para que eu pudesse grudar o rosto no vidro e observá-los sendo alimentados, e como ele me ensinara a pronunciar a palavra *Antártica*. Depois me perguntei se aquilo havia mesmo acontecido.

Porque não tinha mais nada a dizer, eu disse: "Você ouviu falar de um livro chamado *A história do amor*?". O porteiro deu de ombros e balançou a cabeça. "Se quer falar de livros, deveria falar com o filho." "O filho de Alma?" "Exato, Isaac. Ele ainda vem algumas vezes." "Isaac?" "Isaac Moritz. Escritor famoso. Não sabia que é filho deles? Sim, ele ainda usa o lugar quando está na cidade. Não quer deixar um recado?", ele perguntou. "Não, obrigada", eu disse, porque nunca tinha ouvido falar de nenhum Isaac Moritz.

8. TIO JULIAN

Naquela noite tio Julian pediu uma cerveja para ele e um *lassi* de manga para mim e disse: "Sei que algumas vezes as coisas são difíceis com a mamãe". "Ela sente falta de papai", eu disse, o que equivalia a dizer que um arranha-céu é alto. Tio Julian assentiu. "Eu sei que você não conheceu seu avô. Em muitos sentidos ele era maravilhoso. Mas era também um homem difícil. *Controlador* seria uma palavra suave para ele. Tinha regras muito rigorosas sobre como sua mãe e eu devíamos viver." Eu não conhecera meu avô muito bem porque ele tinha morrido de velhice enquanto passava férias num hotel em Bournemouth alguns anos depois do meu nascimento. "Charlotte sofreu o golpe maior, pois era a mais velha e menina. Acho que é por isso que sempre se recusou a dizer a você e a Bird o que ou como fazer." "Com exceção dos nossos modos", observei. "É, ela não se contém em relação aos modos, não é? Acho que o que estou tentando dizer é que sei que algumas vezes ela pode parecer distante. Ela tem suas próprias questões, que precisa elaborar. A falta do pai de vocês é uma delas. Discutir com o próprio pai é outra. Mas você sabe o quanto ela te ama, Al, não sabe?" Assenti. O modo como tio Julian sorria era sempre um pouco assimétrico, com um lado da boca retorcido mais alto que o outro, como se parte dele se recusasse a cooperar com o resto. "Bem, então", ele disse, e ergueu o copo. "Aos seus quinze anos, e por eu terminar este livro maldito."

Batemos os copos. Depois ele me contou a história de como se apaixonara por Alberto Giacometti quando tinha vinte e cinco anos. "Como você se apaixonou por tia Frances?", perguntei. "Ah", disse tio Julian, e esfregou a testa, reluzente e úmida. Estava ficando um pouco calvo, mas de um modo atraente. "Quer mesmo saber?" "Sim." "Ela estava usando leggings azuis." "Como assim?" "Eu a vi no zoológico diante da jaula dos chimpanzés, e ela estava usando leggings azuis brilhantes. E eu pensei: Aquela é a garota com quem vou me casar." "Por causa dos leggings?" "Sim. A luz brilhava nela de uma maneira muito bonita. E ela estava completamente fascinada pelo chimpanzé. Mas, se não fossem os leggings, acho que jamais me aproximaria dela." "Você pensa no que teria acontecido se ela tivesse decidido não usar os leggings naquele dia?" "O tempo todo", disse tio Julian. "Eu teria sido um homem muito mais feliz." Empurrei o *tikka masala* no meu prato. "Mas provavelmente não", ele disse. "E se fosse?", perguntei. Julian suspirou. "Quando penso nisso, é difícil imaginar qualquer coisa — felicidade ou o contrário — sem ela. Vivi com Frances por tanto tempo que não consigo imaginar como a vida pareceria ou seria com outra pessoa." "Como Flo?", eu disse. Tio Julian engasgou com a comida. "Como sabe de Flo?" "Encontrei a carta começada no cesto de lixo." O rosto dele ficou vermelho. Olhei para o mapa da Índia na parede. Todos que tinham catorze anos deveriam saber a localização precisa de Calcutá. Não convinha andar por aí sem a menor idéia da localização de Calcutá. "Sei", disse tio Julian. "Bem, Flo é uma colega de Courtauld. E é uma boa amiga, e Frances sempre teve um pouco de ciúmes dela. Existem algumas coisas... Como dizer, Al? Está bem. Deixe-me dar um exemplo. Posso lhe dar um exemplo?" "Sim." "Existe um auto-retrato de Rembrandt. Está na Kenwood House, muito perto de onde moramos. Levamos você lá quando era pequena. Lembra?" "Não." "Não importa. A questão é que se trata de um dos meus quadros preferidos. Vou vê-lo com freqüência. Começo uma caminhada em Heath, e depois me vejo lá. É um dos últimos auto-retratos que ele fez. Ele o pintou em algum momento entre 1665 e sua morte, quatro anos depois, falido e solitário. Faixas inteiras da tela são vazias. Há uma intensidade apressada nas pinceladas — pode-se ver onde ele riscou a tinta úmida com a extremidade rígida do pincel. Era como se soubesse que não lhe restava muito tempo. E, no entanto, existe uma serenidade no rosto, um sentimento de alguma coisa que sobreviveu à própria ruína." Escorreguei na banqueta, meu pé oscilou, e chutei a perna de tio Julian sem querer. "O que ele tem a ver com tia Frances e com Flo?", perguntei. Por um instante tio Julian pareceu perdido. "Na verdade não sei", disse. Esfregou a testa de novo e pediu a conta. Ficamos sentados em silêncio. A boca de tio Julian se contraiu. Ele tirou uma nota de vinte da carteira e a dobrou num pequeno quadrado, depois a dobrou num quadrado ainda menor. Em seguida, muito depressa, disse: "Fran não ligava a mínima para aquele quadro", e levou o copo de cerveja vazio aos lábios.

"Se quer saber, não acho que você seja um cachorro", eu disse. Tio Julian sorriu. "Posso lhe fazer uma pergunta?", eu disse, enquanto o garçom voltava com o troco. "Claro." "Mamãe e papai alguma vez brigaram?" "Imagino que sim. Sem dúvida, algumas vezes. Não mais que outros." "Você acha que papai desejaria que mamãe se apaixonasse de novo?" Tio Julian me deu um de seus sorrisos assimétricos. "Acho", disse. "Acho que ele gostaria muito."

9. MERDE

Quando chegamos em casa, minha mãe estava no quintal. Pela janela, eu a vi ajoelhada num macacão enlameado, plantando flores na pouca luz que restava. Abri a porta de tela. As folhas mortas e as ervas daninhas que cresciam havia anos tinham sido arrancadas e varridas, e quatro sacos pretos de lixo estavam perto do banco de jardim de ferro em que ninguém sentava. "Que está fazendo?", chamei. "Plantando crisântemos e margaridas", ela disse. "Por quê?" "Estava com vontade." "Por que estava com vontade?" "Mandei mais alguns capítulos hoje à tarde e pensei em fazer alguma coisa relaxante." "*Quê?*" "Eu disse que mandei mais alguns capítulos para Jacob Marcus, e pensei em relaxar um pouco", ela repetiu. Eu não podia acreditar. "Você mesma mandou os capítulos? Mas você sempre me dá tudo para eu levar ao correio!" "Desculpe. Não sabia que isso era tão importante para você. Seja como for, você passou o dia todo fora. E eu queria despachá-los. Por isso, eu mesma os levei." VOCÊ MESMA OS LEVOU?, eu quis gritar. Minha mãe largou uma flor num buraco e começou a enchê-lo de terra. Virou-se e olhou para mim por cima dos ombros. "Papai adorava jardinagem", disse, como se eu não o tivesse conhecido.

10. LEMBRANÇAS QUE ME FICARAM DA MINHA MÃE

i Levantar para ir à escola na escuridão
ii Brincar entre os escombros de edifícios bombardeados perto da sua casa em Stamford Hill
iii O cheiro de livros velhos trazidos pelo pai dela da Polônia
iv O toque da mão grande do pai sobre a cabeça dela quando ele a abençoava nas sextas-feiras à noite
v O navio turco que ela pegou de Marselha para Haifa; o enjôo no mar
vi O grande silêncio e os campos vazios de Israel, e também o barulho dos insetos que deu profundidade e grandeza ao silêncio e ao vazio na primeira noite dela no kibutz Yavne
vii A vez em que meu pai a levou ao mar Morto
viii Encontrar areia nos bolsos das suas roupas
ix O fotógrafo cego
x Meu pai dirigindo o carro com uma só mão
xi Chuva
xii Meu pai
xiii Milhares de páginas

11. COMO RESTABELECER AS BATIDAS DE UM CORAÇÃO

Os capítulos 1 a 28 d'A *história do amor* estavam numa pilha ao lado do computador da minha mãe. Procurei no cesto de lixo, mas não havia rascunhos de cartas que ela teria enviado a Marcus. Tudo o que encontrei foi um papel amassado que dizia: *De volta a Paris, Alberto começou a repensar*.

12. DESISTI

Esse foi o fim da minha tentativa de encontrar alguém que deixasse minha mãe feliz de novo. Enfim compreendi que independentemente do que eu fizesse, ou de quem encontrasse, nem eu — nem ele — nenhum de nós — seria capaz de suplantar as lembranças que ela guardava de papai, lembranças que a acalentavam ainda que a entristecessem, porque, com elas, ela havia construído um mundo em que sabia como sobreviver, embora ninguém mais conseguisse.

Não consegui dormir naquela noite. Sabia que Bird também estava acordado, pelo som da sua respiração. Queria interrogá-lo sobre a coisa que construía no terreno baldio, e sobre como ele sabia que era um *lamed vovnik*, e lhe dizer que lamentava ter gritado com ele quando ele escrevera no meu caderno. Queria dizer que estava assustada, por ele e por mim, e queria lhe contar a verdade sobre todas as mentiras que lhe contara nesses anos todos. Sussurrei seu nome. "Sim?", ele sussurrou de volta. Eu estava deitada na escuridão e no silêncio, que não tinham nada a ver com a escuridão e o silêncio em que meu pai, quando menino, ficava deitado numa casa numa rua suja de Tel Aviv, nem com a escuridão e o silêncio em que minha mãe ficou deitada na sua primeira noite no kibutz Yavne, mas que continham aquelas escuridões e silêncios também. Tentei pensar no que eu queria dizer. "Eu não estou acordada", disse por fim. "Eu também não", disse Bird.

Mais tarde, Bird adormeceu, eu acendi a lanterna e li um pouco mais d'A *história do amor*. Pensei como, se o lesse com atenção suficiente, poderia descobrir alguma verdade sobre meu pai e sobre as coisas que ele desejaria me dizer se não tivesse morrido.

Na manhã seguinte, acordei cedo. Ouvi Bird andando em volta de mim. Quando abri os olhos, ele enrolava os lençóis, e os fundilhos do seu pijama estavam molhados.

13. E DEPOIS ERA SETEMBRO

E o verão acabou, e Misha e eu não nos falávamos oficialmente, e não chegaram mais cartas de Jacob Marcus, e tio Julian anunciou que voltaria a Londres para tentar acertar as coisas com tia Frances. Na noite anterior à partida para o aeroporto e ao início da minha nona série, ele bateu na minha porta. "Aquilo que eu disse sobre Frances e o Rembrandt", disse, quando o deixei entrar. "Podemos fazer de conta que eu nunca o disse?" "Disse o quê?", eu disse. Ele sorriu, exibindo o vão entre os dentes da frente que tínhamos herdado os dois da minha avó. "Obrigado", ele disse. "Ei, tenho uma coisa para você." E me deu um envelope grande. "O que é?" "Abra." Dentro havia um prospecto de uma escola de arte da cidade. Olhei para ele. "Vá em frente, leia." Abri a capa e um pedaço de papel flutuou até o chão. Tio Julian abaixou-se e o pegou. "Aqui", disse, esfregando a testa. Era um formulário de inscrição. Nele estava meu nome e o nome de um curso chamado "Desenhando a vida real". "Há um cartão também", ele disse. Procurei no envelope. Era um cartão de um auto-retrato de Rembrandt. Atrás se lia: *Cara Al, Wittgenstein um dia escreveu que, quando o olho vê alguma coisa bela, a mão deseja desenhá-la. Eu gostaria de poder desenhar você. Feliz aniversário antecipado. Com amor, seu tio Julian.*

A última página

No começo, foi fácil. Litvinoff fazia de conta que apenas matava o tempo cantarolando distraído enquanto ouvia o rádio, como seus alunos enquanto ele dava aula. Uma coisa que ele não fez foi sentar-se à prancheta, em que a reza mais importante dos judeus havia sido entalhada pelo filho da proprietária, e pensar: Vou plagiar meu amigo assassinado pelos nazistas. Também não pensou: Se ela pensar que escrevi isso, vai me amar. Simplesmente copiou a primeira página, o que, naturalmente, levou à cópia da segunda.

O nome de Alma não apareceu até a terceira página. Ele parou. Já havia modificado um Feingold de Vilna para um De Biedma de Buenos Aires. Seria muito terrível se substituísse Alma por Rosa? Três simples letras — o A final permaneceria. Ele já tinha ido tão longe. Levou a caneta à página. De qualquer forma, disse a si mesmo, Rosa seria a única a ler.

Porém, se, quando escreveria um R maiúsculo onde havia um A maiúsculo, a mão de Litvinoff se deteve, talvez fosse porque ele era a única pessoa, além do verdadeiro autor, que tinha lido A *história do amor* e conhecido a Alma real. De fato, ele a conhecera desde a infância e avançara com ela nos anos escolares até partir para estudar numa *yeshiva*. Ela era uma de um grupo de garotas que, de magras ervas daninhas, ele vira desabrochar em belezas tropicais que agitavam o ar em torno delas numa umidade densa. Alma deixara uma impressão indelével em sua mente, como as seis ou sete outras garotas cuja transformação ele havia testemunhado e, nas dores de sua própria puberdade, se revezaram como seus objetos de desejo. Mesmo todos aqueles anos depois, sentado à sua mesa em Valparaíso, Litvinoff lembrava do elenco original de coxas desnudas, dobras de cotovelo e nucas que inspiraram incontáveis variações frenéticas. O envolvimento indeciso de Alma com outro não eximia sua presença nos devaneios de Litvinoff (que dependiam muito do recurso à montagem). Se ele alguma vez teve inveja de ela ter sido possuída, não fora por um sentimento especial por Alma, mas por um desejo de ser da mesma forma escolhido e amado.

E, se, quando ele tentou uma segunda vez substituir o nome dela por outro, pela segunda vez sua mão se paralisou, talvez fosse porque ele sabia que retirar o nome dela seria como apagar toda a pontuação, e as vogais, e todo adjetivo e substantivo. Porque, sem Alma, não haveria livro.

Com a caneta imóvel sobre a página, Litvinoff se lembrou do dia, no início do verão de 1936, em que tinha voltado para Slonim depois de dois anos na *yeshiva*. Tudo parecia menor do que na sua memória. Ele descera a rua com as mãos nos bolsos, o chapéu novo que comprara com o dinheiro economizado e que na sua imaginação lhe dava um ar de experiência mundana. Ao entrar numa rua que saía da praça, sentiu que havia passado muito mais que dois anos. As mesmas galinhas punham ovos nas cooperativas, os mesmos homens desdentados discutiam sobre nada, mas de algum modo tudo parecia menor e mais miserável. Litvinoff sabia que nele alguma coisa tinha mudado. Ele se tornara diferente. Passou por uma árvore com um buraco no tronco em que um dia escondera um retrato sujo roubado da mesa do pai de seu amigo. Mostrara-o a cinco ou seis rapazes antes de a notícia chegar a seu irmão, que o confiscou para suas próprias finalidades. Litvinoff se dirigiu para a árvore. E foi então que os viu. Estavam a cerca de nove metros dele. Gursky se apoiava numa cerca, e Alma se apoiava nele. Litvinoff viu Gursky pegar o rosto dela entre as mãos. Ela se deteve e depois ergueu o rosto para encontrar o dele. E, enquanto Litvinoff os via se beijarem, tudo o que lhe pertencia pareceu sem valor.

Dezesseis anos depois, ele via, a cada noite, mais um capítulo do livro escrito por Gursky ressurgir na sua própria escrita. Oficialmente, copiou-o palavra por palavra, a não ser pelos nomes, que mudou, com exceção de um.

O CAPÍTULO 18, ele escreveu na décima oitava noite. *AMOR ENTRE OS ANJOS.*

COMO OS ANJOS DORMEM. Inquietos. Eles se agitam e viram de um lado para o outro, na tentativa de compreender o mistério dos Viventes. Sabem muito pouco sobre como é mandar fazer óculos segundo uma prescrição, e de repente ver o mundo de novo com um misto de desapontamento e gratidão. A primeira vez que uma garota chamada — aqui, Litvinoff parou para estalar as juntas das mãos — *Alma põe a mão bem debaixo da tua última costela: sobre essa sensação eles têm apenas teorias, mas nenhuma idéia sólida. Se alguém lhes desse um globo de neve, nem saberiam como agitá-lo.*

Não sonham, também. Por essa razão têm um assunto a menos para conversar. De uma forma retrospectiva, quando acordam, sentem como se houvesse alguma coisa que estivessem esquecendo de dizer uns aos outros. Os anjos discordam quanto a isso ser resultado de um vestígio, ou resultado da empatia que sentem pelos Viventes, tão poderosa que às vezes os faz chorar. De modo geral, na temática dos sonhos eles caem nessas duas categorias. Mesmo entre os anjos existe a tristeza da cisão.

Nesse ponto Litvinoff se levantou para urinar e puxou a descarga para ver se conseguia esvaziar a bexiga antes de o vaso se encher de novo com água limpa. Depois, olhou-se no espelho, pegou uma pinça no armário de remédios e arrancou um pêlo do nariz. Atravessou o hall para a cozinha e explorou o armário em busca de alguma coisa para comer. Sem encontrar nada, pôs a chaleira para ferver, sentou-se à mesa e seguiu copiando.

ASSUNTOS PESSOAIS. *É verdade que eles não têm o sentido do olfato, mas os anjos, em seu amor infinito pelos Viventes, andam por toda parte cheirando tudo numa imitação. Como cães, não se sentem acanhados em cheirar uns aos outros. Algumas vezes, ao se verem incapazes de dormir, ficam na cama com o nariz nas axilas, perguntando-se sobre o cheiro que exalam.*

Litvinoff assoou o nariz, amassou o papel e o jogou a seus pés.

AS DISCUSSÕES ENTRE OS ANJOS. *São eternas e sem esperança de solução. Porque eles discutem sobre o significado de estar entre os Viventes e porque sabem que podem apenas especular, muito como os Viventes especulam sobre a natureza (ou a falta)* — aqui a chaleira começou a apitar — *de Deus.*

Litvinoff levantou-se para fazer uma xícara de chá. Abriu a janela e atirou fora a maçã esmagada.

ESTAR SÓ. *Como os Viventes, os anjos às vezes se cansam uns dos outros e querem estar sós. Porque as casas em que moram se acham apinhadas e não há para onde ir, a única coisa que um anjo pode fazer nesses momentos é fechar os olhos e pousar a cabeça nos braços. Quando um anjo faz isso, os demais entendem que ele tenta se iludir fingindo que está só, e andam à sua volta na ponta dos pés. Para ajudar, podem falar dele como se ele não estivesse ali. Se acontecer de se chocarem com ele acidentalmente, murmuram: "Não fui eu".*

Litvinoff sacudiu a mão, que começava a ter cãibras. Em seguida, continuou a escrever:

SEJA COMO FOR. *Anjos não se casam. Em primeiro lugar, são muito ocupados e, em segundo, não se apaixonam uns pelos outros.* (*Se você não conhece a sensação de quando alguém que você ama põe a mão debaixo da sua última costela pela primeira vez, que possibilidade existe para o amor?*)

Litvinoff fez uma pausa para imaginar a mão macia de Rosa nas costelas dele e ficou satisfeito em saber que ela lhe provocava arrepios.

O modo como vivem juntos não é diferente de um cesto de cachorrinhos recém-nascidos: cegos e agradecidos e nus. O que não significa que não sintam amor, porque o sentem; algumas vezes o sentem com tanta força que pensam estar sofrendo um ataque de pânico. Nesses momentos, o coração deles bate descontrolado, e receiam vomitar. Mas o amor que sentem não é por um semelhante, e sim pelos Viventes, a quem não podem compreender, nem cheirar, nem tocar. Trata-se de um amor geral pelos Viventes (*embora a generalização não o faça menos poderoso*)*. Apenas de tempos em tempos um anjo encontra em si um defeito que o leva a sentir amor, não um amor generalizado, mas dirigido.*

No dia em que Litvinoff chegou à última página, ele reuniu o manuscrito do amigo Gursky, embaralhou as páginas e as atirou no cesto de lixo debaixo da pia da cozinha. Porém, Rosa vinha com freqüência, e lhe ocorreu que poderia encontrá-las. Assim, pegou-as de novo e as jogou nas latas de metal atrás da casa, escondidas sob alguns sacos de lixo. Em seguida se preparou para deitar. Mas meia hora depois, tomado pelo medo de que alguém poderia encontrá-las, levantou-se novamente e revirou as latas para recuperar as páginas. Enfiou-as debaixo da cama e tentou dormir, porém o cheiro de lixo era muito forte, e ele se levantou, muniu-se de uma lanterna, pegou uma espátula de jardinagem no barracão da proprietária, cavou um buraco perto das suas hortênsias brancas, pôs as páginas ali e as enterrou. Quando foi para a cama de novo, em seu pijama enlameado, o céu já clareava.

Seria o fim da história, não fosse pelo fato de que, toda vez que via as hortênsias da proprietária pela janela, Litvinoff se lembrava do que desejava esquecer. Quando chegou a primavera, ele começou a olhar para o arbusto obsessivamente, na expectativa de que este florescesse com a notícia de seu segredo. Certa tarde, viu num suspense exacerbado a proprietária plantar algumas tulipas ao redor do arbusto. Sempre que fechava os olhos para dormir, as imensas flores brancas apareciam em sua mente para escarnecer dele. As coisas só pioravam, a consciência o atormentava cada vez mais, até que, na noite anterior ao casamento com Rosa e à mudança para o bangalô nos penhascos, Litvinoff se levantou suando frio, esgueirou-se para fora no meio da noite e desenterrou seu fardo de uma vez por todas. Daí em diante, guardou-o numa gaveta da mesa no escritório da casa nova, trancado com uma chave que ele imaginava ter escondido.

Sempre acordávamos às cinco ou seis da manhã, escreveu Rosa no parágrafo final da introdução à segunda e última edição d'A *história do amor. Ele morreu num janeiro quente de rachar. Empurrei sua cama para perto da janela aberta no andar de cima. O sol se derramou sobre nós, e ele se livrou das cobertas e tirou tudo e se bronzeou ao sol, como fazíamos toda manhã, porque a enfermeira chegava às oito horas, e a partir de então o dia se tornava bem terrível. Problemas médicos que não interessavam a nenhum de nós. Zvi não sentia dor. Eu lhe perguntava: "Está com dor?". E ele dizia: "Nunca me senti tão confortável na vida". E, naquela manhã, olhamos para o céu brilhante e sem nuvens. Zvi tinha aberto o livro de poemas chineses que estava lendo num poema que ele dizia ser para mim. Chamava-se "Não vá embora". É muito curto. Começa: "Não vá embora!/ Amanhã o vento vai ceder;/ E você poderá partir,/ E eu não vou me preocupar com você". Na manhã em que ele morreu, havia caído um temporal tremendo, uma tempestade no jardim a noite toda, mas, quando abri a janela, o céu estava claro. Nenhum sinal de vento. Eu me virei e o chamei. "Querido, o vento parou!" E ele disse: "Então eu posso partir que você não vai se preocupar comigo?". Achei que meu coração ia parar. Mas era verdade. E assim foi.*

Mas não foi simplesmente assim. Não exatamente. Na noite anterior à morte de Litvinoff, quando a chuva martelava o telhado e escorria pelas calhas, ele havia chamado Rosa. Ela lavava os pratos, e correu para ele. "Que foi, querido?", perguntou, com a mão na testa dele. Ele tossiu tão forte que ela pensou que fosse cuspir sangue. Quando passou, ele disse: "Há uma coisa que quero lhe dizer". Ela esperou, atenta. "Eu", ele começou, mas a tosse voltou, causando convulsões. "Psiu", Rosa disse, cobrindo os lábios dele com os dedos. "Não fale." Litvinoff pegou a mão dela e a apertou. "Eu preciso", ele disse, e dessa vez o corpo cedeu e se acalmou. "Você não vê?", ele disse. "Não vejo o quê?", ela perguntou. Ele apertou os olhos e os abriu de novo. Ela continuava ali, olhando para ele com delicadeza e carinho. Ela bateu na mão dele. "Vou fazer um pouco de chá para você", disse, e se levantou. "Rosa!", ele chamou. Ela se voltou. "Eu queria que você me amasse", ele sussurrou. Rosa olhou para ele. Ele lhe parecia, naquele exato instante, ser o filho que jamais tiveram. "Eu te amei", ela disse, endireitando uma cúpula de abajur. Depois saiu e fechou a porta com cuidado atrás de si. E assim a conversa terminou.

Seria conveniente imaginar que foram essas as últimas palavras de Litvinoff. Mas não foram. Mais tarde naquela noite ele e Rosa falaram sobre a chuva, e sobre o sobrinho de Rosa, e se ela não deveria comprar uma torradeira nova, já que a velha tinha pegado fogo duas vezes. Porém, A *história do amor* não foi mais mencionado, nem seu autor.

Anos antes, quando A *história do amor* fora aceito por uma pequena editora de Santiago, o editor deu umas poucas sugestões e, desejando ser agradável, Litvinoff procurou fazer as modificações pedidas. Algumas vezes ele quase se convencia de que não fazia nada de terrível: Gursky estava morto, ao menos o livro seria por fim publicado e lido, isso não bastava? A essa pergunta retórica, a consciência respondia com descaso. Desesperado, sem saber o que mais fazer, naquela noite ele fez também uma modificação que o editor não tinha pedido. Trancou a porta do escritório, pegou do bolso o pedaço de papel que levava consigo havia anos e o abriu. Tirou uma folha em branco da gaveta da escrivaninha. No alto, escreveu: *CAPÍTULO 39: A MORTE DE LEOPOLD GURSKY*. Em seguida, copiou a página, palavra por palavra, e a traduziu para o espanhol o melhor que pôde.

Quando o editor recebeu o manuscrito, respondeu para Litvinoff. *Onde é que você estava com a cabeça quando acrescentou o capítulo final novo? Vou suprimi-lo — não tem nada a ver com nada*. A maré estava baixa, e Litvinoff ergueu os olhos da carta e viu as gaivotas disputando alguma coisa encontrada nas rochas. *Se o fizer*, escreveu, *eu retiro o livro*. Um dia de silêncio. *Por Deus!*, veio a resposta do editor. *Não seja tão sensível*. Litvinoff pegou a caneta no bolso. *Não está em discussão*, escreveu.

E por isso, quando a chuva enfim cessou na manhã seguinte e Litvinoff morreu em silêncio na cama banhada de sol, ele não levou o segredo consigo. Ou não inteiramente. Tudo o que alguém tinha de fazer era abrir a última página, e ali encontraria, soletrado em branco e preto, o nome do verdadeiro autor d'A *história do amor*.

Dentre os dois, Rosa era melhor para guardar segredos. Por exemplo, nunca contou a ninguém que vira a mãe beijando o embaixador português numa festa ao ar livre oferecida pelo tio. Nem que vira a empregada enfiar uma corrente de ouro pertencente à irmã no bolso do avental. Nem que o primo Alfonso, muito popular entre as garotas por conta dos olhos verdes e lábios cheios, preferia rapazes, nem que o pai dela sofria de dores de cabeça que o faziam chorar. Assim, não surpreende que também jamais contara a ninguém sobre a carta endereçada a Litvinoff chegada alguns meses depois da publicação d'A *história do amor*. Vinha selada da América, e Rosa supôs que fosse uma carta de recusa de um dos editores de Nova York. Com a intenção de proteger Litvinoff de alguma dor, enfiou-a numa gaveta e a esqueceu. Alguns meses mais tarde, ao procurar um endereço, encontrou-a de novo e a abriu. Para sua surpresa, era escrita em iídiche. *Querido Zvi*, começava. *Para que você não tenha um ataque cardíaco, vou começar dizendo que sou seu velho amigo Leo Gursky. Você provavelmente vai ficar surpreso por eu estar vivo, como às vezes eu também fico. Escrevo de Nova York, onde moro agora. Não sei se a carta vai chegar até você. Há alguns anos mandei uma carta para o único endereço seu que eu tinha, e ela voltou. Como eu por fim consegui este é uma longa história. De qualquer forma, tenho muito a dizer, mas é difícil fazê-lo numa carta. Espero que você esteja bem e feliz, e que leve uma boa vida. É claro que sempre me perguntei se você guardou o pacote que lhe dei na última vez que nos vimos. Nele estava o livro que eu escrevia quando você me conheceu em Minsk. Se você o tem, poderia mandá-lo de volta? Hoje ele não vale nada para ninguém, a não ser para mim. Um abraço caloroso, L. G.*

Devagar, Rosa se deu conta da verdade: algo terrível tinha acontecido. Era grotesco, realmente; sentiu-se nauseada só de pensar. E parte da culpa era dela. Lembrou do dia em que descobriu a chave da gaveta da escrivaninha, abriu-a, achou a pilha de páginas sujas numa letra que não conhecia e decidiu não perguntar nada. Litvinoff havia mentido para ela, sim. Mas, com uma sensação horrível, ela se lembrou de como tinha insistido em que ele publicasse o livro. Ele discutira com ela, dissera que era pessoal demais, um assunto privado, mas ela insistira e insistira, e minara sua resistência, até que ele por fim cedera e concordara. Por que não era isso que se esperava das mulheres de artistas? Guardar o trabalho do marido para o mundo pois, sem elas, ele se perderia na obscuridade?

Quando o choque amainou, Rosa rasgou a carta em pedaços e os jogou na privada. Rapidamente, pensou no que fazer. Sentou-se à pequena mesa da cozinha, pegou um pedaço de papel em branco e escreveu: *Caro sr. Gursky, sinto muito dizer que meu marido, Zvi, está muito doente para responder. Ele ficou encantado de receber sua carta e de saber que o senhor está vivo. Infelizmente, seu manuscrito foi destruído quando uma inundação atingiu nossa casa. Espero que possa encontrar um meio de nos perdoar.*

No dia seguinte, preparou um piquenique e disse a Litvinoff que fariam uma viagem às montanhas. Depois da excitação que cercara sua recente publicação, ela disse, ele precisava de um descanso. Supervisionou o carregamento das provisões no carro. Quando Litvinoff deu a partida, Rosa bateu na testa: "Quase esqueci dos morangos", disse, e voltou correndo para casa.

Ao entrar, foi direto para o escritório de Litvinoff, retirou a pequena chave grudada debaixo da escrivaninha, abriu a gaveta e tirou um maço de páginas amassadas, sujas, com cheiro de mofo. Depois, num cuidado adicional, pegou o manuscrito em iídiche, escrito na letra de Litvinoff, de uma estante alta e o passou para uma estante mais baixa. Ao sair, abriu a torneira da pia e tampou o ralo. Parou para ver a água encher a pia e transbordar. Em seguida, fechou a porta do escritório, apanhou a cesta de morangos da mesa do hall e correu para o carro.

Minha vida debaixo d'água

1. A NOSTALGIA EXISTENTE ENTRE AS ESPÉCIES

Depois que tio Julian partiu, minha mãe se tornou mais reclusa, ou quem sabe *obscura* seria uma palavra melhor, como em incerto, indistinto, distante. Xícaras vazias de chá se juntavam em torno dela, e páginas de dicionário caíam a seus pés. Ela abandonou o jardim e os crisântemos e margaridas que lhe confiaram a superação da primeira geada que pesasse sobre suas cabeças encharcadas. Cartas chegavam de seus editores perguntando se ela se interessaria em traduzir um ou outro livro. Ficavam sem resposta. Os únicos telefonemas que atendia eram do tio Julian, e, sempre que falava com ele, fechava a porta.

A cada ano as lembranças que tenho do meu pai se tornam mais incertas, indistintas e distantes. Houve uma época em que eram vívidas e verdadeiras, depois passaram a ser como fotografias, e agora são mais como fotografias de fotografias. Porém, algumas vezes, em raros momentos, uma lembrança dele volta tão repentina e clara que todo o sentimento que suprimi durante anos desperta como se saltasse de uma caixinha de surpresas. Nesses momentos, me pergunto se é esse o sentimento de ser minha mãe.

2. AUTO-RETRATO COM SEIOS

Toda terça à noite eu tomava o metrô para a cidade e assistia ao "Desenhando a vida real". Na primeira aula, descobri a que isso se referia. Referia-se às pessoas cem por cento despidas contratadas para ficarem imóveis no centro do círculo formado pelas nossas cadeiras. Eu era de longe a pessoa mais jovem da classe. Procurava parecer natural, como se desenhasse pessoas nuas havia anos. O primeiro modelo foi uma mulher com seios caídos, cabelos crespos e joelhos vermelhos. Eu não sabia para onde olhar. Ao meu redor, a classe se debruçava sobre as pranchetas e desenhava com fúria. Tracei algumas linhas hesitantes no papel. "Gente, não se esqueçam dos mamilos", advertiu a professora, passando em volta do círculo. Acrescentei mamilos. Quando chegou em mim, ela disse: "Posso?", e ergueu meu desenho para o resto da classe. Até a modelo se voltou para olhar. "Sabem o que é isso?", ela disse, apontando meu desenho. Alguns balançaram a cabeça. "Um Frisbee com um mamilo", ela disse. "Desculpe", murmurei. "Não se desculpe", disse a professora, com a mão no meu ombro: "*Sombreie*". Depois demonstrou para a classe como transformar meu Frisbee num seio imenso.

A modelo da segunda aula se parecia muito com a da primeira. Sempre que a professora se aproximava, eu me curvava sobre meu trabalho e sombreava com vigor.

3. COMO IMPERMEABILIZAR SEU IRMÃO

A chuva começou perto do final de setembro, alguns dias antes do meu aniversário. Choveu sem interrupção durante uma semana, e, quando parecia que o sol ia aparecer, ele foi obrigado a recuar, e a chuva recomeçou. Em alguns dias caía com tanta força que Bird teve de abandonar o trabalho na torre de entulho, embora tivesse pendurado uma lona sobre a cabana que começava a tomar forma no alto. Talvez estivesse construindo uma casa para encontros de *lamed vovniks*. Algumas tábuas velhas formavam duas paredes, e ele tinha empilhado caixas de papelão para fazer as outras duas. A não ser pela lona vergada, ainda não havia telhado. Certa tarde parei para observá-lo quando ele descia com dificuldade a escada apoiada num dos lados da pilha. Carregava uma grande apara de metal. Eu queria ajudá-lo, mas não sabia como.

4. QUANTO MAIS EU PENSAVA NAQUILO, MAIS MEU ESTÔMAGO DOÍA

Na manhã do meu décimo quinto aniversário acordei com Bird gritando: "PRA CIMA DELES!", seguido de "Ela é uma boa camarada", uma canção que nossa mãe costumava cantar nos aniversários quando éramos pequenos, tarefa que Bird tomara para si. Ela entrou pouco depois e deixou os presentes junto aos de Bird na minha cama. O clima estava leve e alegre até eu abrir o presente de Bird, que vinha a ser um salva-vidas laranja. Houve um instante de silêncio enquanto eu olhava para aquilo, aninhado na embalagem.

"Um salva-vidas!", minha mãe exclamou. "Que bela

idéia. Onde o encontrou, Bird?", perguntou, mexendo nas tiras com admiração sincera. "Tão útil", ela disse.

Útil?, eu quis gritar. ÚTIL?

Eu começava a me preocupar seriamente. E se a religiosidade de Bird não fosse apenas uma fase passageira, mas um estado de fanatismo permanente? Minha mãe achava que era seu modo de lidar com a perda de papai e que um dia ele a superaria. Mas e se a idade apenas reforçasse as crenças dele, a despeito das provas contrárias? E se ele nunca fizesse amigos? E se ele se tornasse alguém que vagasse pela cidade numa capa suja distribuindo salva-vidas, obrigado a negar o mundo por ser inconsistente em relação ao seu sonho?

Tentei encontrar seu diário, mas Bird o tirara de trás da cama, e ele não estava em nenhum dos lugares onde procurei. Em vez disso, misturado a roupas sujas debaixo da minha cama e com um atraso de duas semanas, achei *Rua dos crocodilos*, de Bruno Schulz.

5. UMA VEZ

Eu havia perguntado despretensiosamente à minha mãe se tinha ouvido falar de Isaac Moritz, o escritor que o porteiro da rua 52, 450 leste, dissera que era o filho de Alma. Ela estava sentada no banco do jardim, olhando para um imenso arbusto de marmelo como se ele fosse dizer alguma coisa. Primeiro, não me ouviu. "Mamãe?", repeti. Ela se voltou, parecendo surpresa. "Eu disse: alguma vez ouviu falar de um escritor chamado Isaac Moritz?" Ela disse sim. "Leu algum livro dele?", perguntei. "Não." "Acha que ele merece o Nobel?" "Não." "Como sabe se não leu nenhum livro dele?" "É um palpite", ela disse, porque jamais admitiria que só dava Nóbeis a pessoas mortas. Depois voltou a fixar o arbusto de marmelo.

Na biblioteca, digitei "Isaac Moritz" no computador. Apareceram seis livros. O que tinha mais exemplares era *O remédio*. Anotei os números de registro e, quando achei os livros dele, tirei *O remédio* da estante. Na quarta capa havia uma fotografia do autor. Foi estranho olhar para o seu rosto, sabedora de que a pessoa a quem eu devia o nome se pareceria muito com ele. Tinha cabelos encaracolados, uma calvície incipiente, e olhos castanhos que pareciam pequenos e frágeis atrás dos óculos de aro de metal. Voltei para o começo e abri a primeira página. *CAPÍTULO 1*, dizia. *Jacob Marcus esperava pela mãe na esquina da Broadway com a Graham.*

6. LI DE NOVO

Jacob Marcus esperava pela mãe na esquina da Broadway com a Graham.

7. E DE NOVO

Jacob Marcus esperava pela mãe

8. E DE NOVO

Jacob Marcus

9. SANTO DEUS

Voltei para a fotografia. Depois li a primeira página inteira. Depois voltei para a fotografia, li mais uma página, depois voltei e fixei a fotografia. Jacob Marcus era simplesmente um personagem do livro! O homem que mandava cartas para a minha mãe o tempo todo era o escritor Isaac Moritz. *Filho* de Alma. Ele assinava as cartas como o personagem de seu livro mais famoso! Uma linha de suas cartas me voltou: *Algumas vezes faço de conta que escrevo, mas não engano ninguém.*

Cheguei à página 58 antes que a biblioteca fechasse. Estava escuro quando saí. Fiquei na frente da entrada com o livro debaixo do braço, olhando a chuva e tentando compreender a situação.

10. A SITUAÇÃO

Naquela noite, enquanto minha mãe estava no andar de cima traduzindo A *história do amor* para o homem cujo nome ela pensava ser Jacob Marcus, eu terminei O *remédio*, sobre um personagem chamado Jacob Marcus, de um escritor chamado Isaac Moritz, filho do personagem Alma Mereminski, que acontecia de também ter sido real.

11. À ESPERA

Quando terminei a última página, liguei para Misha e deixei o telefone tocar duas vezes antes de desligar. Era um código que usávamos se queríamos nos falar tarde da noite. Passara mais de um mês desde que nos falamos pela última vez. Fiz uma lista no meu caderno de todas as coisas das quais sentia falta. O modo como ele franzia o nariz quando pensava era uma. Como segurava as coisas era outra. Mas agora eu precisava falar com ele de verdade, e nenhuma lista resolveria. Fiquei junto do telefone enquanto meu estômago se revirava. Durante a espera, uma espécie inteira de borboletas poderia ter se extinguido, ou um mamífero grande, complexo, com sentimentos, como os meus.

Mas ele nunca ligou de volta. Isso provavelmente significava que não queria falar comigo.

12. TODOS OS AMIGOS QUE UM DIA EU TIVE

No fundo do hall, em seu quarto, meu irmão dormia, com o quipá caído no chão. Impresso na borda em letras douradas lia-se *Casamento de Marsha e Joe, 13 de junho de 1987*, e, embora Bird afirmasse que o encontrara no armário da sala de jantar e estivesse convencido de que pertencera a papai, nenhum de nós tinha ouvido falar de Marsha nem de Joe. Sentei-me a seu lado. O corpo dele estava morno, quase quente. Pensei que, se eu não tivesse inventado tantas coisas sobre papai, talvez Bird não o venerasse tanto e acreditasse que ele próprio teria de ser extraordinário.

A chuva batia contra as janelas. "Acorde", sussurrei. Ele abriu os olhos e grunhiu. A luz no hall brilhava. "Bird", eu disse, tocando seu braço. Ele me olhou de lado e esfregou os olhos. "Você tem de parar de falar em Deus, está bem?" Ele não disse nada, mas eu tinha certeza de que estava acordado. "Logo vai fazer doze anos. Tem de parar de fazer barulhos estranhos, e de pular de coisas e se machucar." Eu sabia que implorava, mas não me importei. "Você tem de parar de molhar a cama", sussurrei, e nisso, na luz fraca, vi a dor no rosto dele. "Você tem apenas de conter seus sentimentos e tentar ser normal. Se não o fizer..." A boca dele se estreitou, mas ele não ficou em silêncio. "Você tem de fazer alguns amigos", eu disse. "Eu tenho um amigo", ele sussurrou. "Quem?" "O sr. Goldstein." "Precisa ter mais de um." "Você não tem mais de um", ele disse. "A única pessoa que te telefona é Misha." "Sim, eu tenho. Eu tenho muitos amigos", eu disse, e somente quando as palavras saíram me dei conta de que não eram verdadeiras.

13. NO OUTRO LADO DO QUARTO, MINHA MÃE DORMIA ENCOLHIDA JUNTO DO CALOR DE UMA PILHA DE LIVROS

14. TENTEI NÃO PENSAR EM

a) Misha Shklovsky
b) Luba, a Grande
c) Bird
d) Minha mãe
e) Isaac Moritz

15. EU DEVIA

Sair mais, entrar em alguns clubes. Devia comprar roupas novas, tingir o cabelo de azul, deixar que Herman Cooper me levasse para dar uma volta no carro do pai dele, me beijasse e possivelmente até sentisse meus seios inexistentes. Devia desenvolver algumas aptidões úteis como falar em público, tocar violoncelo elétrico, fazer soldas, consultar um médico sobre minhas dores de estômago, encontrar um herói que não seja um homem que escreveu um livro infantil e espatifou seu avião, parar de armar a tenda do meu pai em tempo recorde, jogar fora meus cadernos, ficar de pé ereta e abandonar esse hábito de responder a toda pergunta sobre meu bem-estar com uma resposta digna de uma escolar inglesa afetada, que acredita que a vida não passa de uma longa preparação para alguns canapés com a rainha.

16. CEM COISAS PODEM MUDAR SUA VIDA

Abri a gaveta da minha escrivaninha e a revirei em busca do pedaço de papel onde tinha copiado o endereço de Jacob Marcus, que era, na realidade, Isaac Moritz. Debaixo de um boletim da escola encontrei uma velha carta de Misha, uma das primeiras. *Querida Alma*, dizia. *Como você me conhece tão bem? Acho que somos como duas ervilhas numa vagem. É verdade que eu gosto mais do John do que do Paul. Mas tenho um grande respeito pelo Ringo também.*

No sábado de manhã imprimi um mapa e o percurso tirados da internet, e disse para a minha mãe que ia passar o dia na casa de Misha. Em seguida, subi a rua e bati na porta dos Cooper. Herman saiu com o cabelo espetado e uma camiseta dos Sex Pistols. "Uau", disse quando me viu. Afastou-se da porta. "Quer dar uma volta?", perguntei. "Está brincando?" "Não." "Tudo beeem", disse Herman. "Espere um minuto, por favor." Subiu para pedir as chaves a seu pai, e, quando desceu, tinha molhado o cabelo e vestido uma camiseta limpa.

"Para onde vamos, para o Canadá?", perguntou Herman quando viu o mapa. Havia uma marca pálida no pulso dele no lugar em que usara o relógio no verão. "Connecticut", eu disse. "Só se você tirar esse capuz", ele disse. "Por quê?" "Não consigo ver seu rosto." Eu o tirei. Ele sorriu para mim. Havia marcas de sono no canto do olho dele. Uma gota de chuva escorreu pela sua testa. Li as instruções sobre o percurso, e falamos das universidades em que ele tinha se inscrito para o ano seguinte. Contou-me que pensava em se especializar em biologia marinha e queria viver uma vida como a de Jacques Cousteau. Pensei que talvez tivéssemos mais em comum do que eu originalmente pensara. Ele perguntou o que eu queria ser, e eu disse que de passagem tinha pensado em paleontologia, e ele me perguntou o que fazia um paleontologista, e eu lhe disse que, se ele pegasse um guia ilustrado completo do Metropolitan Museum of Art, picasse em cem pedaços, os lançasse ao vento das escadas do museu etc., e depois ele me perguntou por que eu havia mudado de idéia, e eu lhe disse que não me achava com vocação para isso, e então ele me perguntou qual seria minha vocação, e eu lhe disse: "É uma longa história", então ele disse: "Eu tenho tempo", e eu disse: "Quer mesmo saber?", e ele disse sim, então eu lhe contei a verdade, comecei pelo canivete suíço do meu pai e o livro sobre as *Plantas e flores comestíveis da América do Norte*, e terminei com meus planos de um dia explorar a imensidão ártica sem levar nada a não ser o que pudesse carregar nas costas. "Espero que não o faça", ele disse. Depois pegamos a saída errada e paramos num posto de gasolina para pedir orientação e comprar SweetTarts. "Esses são por minha conta", disse Herman quando tirei a carteira para pagar. Quando ele estendeu uma nota de cinco dólares para o balconista, suas mãos tremiam.

18. CONTEI PARA ELE TODA A HISTÓRIA SOBRE *A HISTÓRIA DO AMOR*

Chovia tão forte que tivemos de encostar na beira da estrada. Tirei os tênis e pus os pés no painel. Herman escreveu meu nome no pára-brisa embaçado. Depois recordamos uma guerra de água que havíamos feito cem anos antes, e eu senti uma ponta de tristeza, porque no ano seguinte Herman partiria para começar a vida.

19. EU SIMPLESMENTE SEI

Depois de procurar por uma eternidade, finalmente encontramos a estrada de terra para a casa de Isaac Moritz. Devíamos ter passado por ela duas ou três vezes sem notá-la. Eu estava inclinada a desistir, mas Herman não. As palmas das minhas mãos começaram a transpirar quando subimos a rampa enlameada, porque eu jamais tinha encontrado um escritor famoso, e por certo nunca um escritor para quem tivesse mandado uma carta forjada. Os números da casa estavam pregados num grande bordo. "Como você sabe que é um bordo?", Herman perguntou. "Eu simplesmente sei", eu disse, poupando-o dos detalhes. Em seguida, vi o lago. Herman estacionou próximo à casa e desligou o carro. De repente, fez-se silêncio absoluto. Eu me abaixei para amarrar os tênis. Quando me sentei de volta, ele olhava para mim.

Seu rosto estava esperançoso e incrédulo e também um pouco triste, e me perguntei se tinha alguma semelhança com o rosto do meu pai quando ele olhara todos aqueles anos antes para o mar Morto e pusera em movimento uma sucessão de acontecimentos que por fim me levaram até ali, no meio do nada, com um garoto com quem eu crescera mas mal conhecia.

20. *SHALLON, SHALLOP, SHALLOT, SHALLOW*

Desci do carro e respirei fundo.

Pensei: Meu nome é Alma Singer você não me conhece mas meu nome é uma homenagem à sua mãe.

21. *SHALOM, SHAM, SHAMAN, SHAMBLE*

Bati na porta. Não houve resposta. Toquei a campainha, e também não houve resposta, assim dei a volta na casa e olhei pelas janelas. Dentro, estava escuro. Quando voltei para a frente, Herman estava encostado no carro com os braços cruzados no peito.

22. DECIDI QUE NÃO TINHA NADA A PERDER

Sentamos juntos na varanda da casa de Isaac Moritz, balançando num banco e olhando a chuva. Perguntei a Herman se já tinha ouvido falar de Antoine de Saint-Exupéry e, quando ele disse não, perguntei se tinha ouvido falar d'*O pequeno príncipe*, e ele disse que achava que sim. Então lhe contei de quando Saint-Ex caiu no deserto da Líbia, bebeu o orvalho das asas do avião, que recolheu num trapo manchado de óleo, e andou centenas de quilômetros, desidratado e delirante de calor e de frio. Quando cheguei à parte em que ele foi encontrado por alguns beduínos, Herman escorregou sua mão na minha, e eu pensei: Uma média de setenta e quatro espécies se extinguem a cada dia, uma boa razão, mas não a única, para segurar a mão de alguém, e em seguida nos beijamos, e eu descobri que sabia como, e me senti feliz e triste em partes iguais, porque sabia que estava me apaixonando, mas não era por ele.

Esperamos por muito tempo, mas Isaac não veio. Eu não sabia o que mais fazer, assim deixei um recado na porta com o número do meu telefone.

Uma semana e meia depois — lembro da data, 5 de outubro — minha mãe lia o jornal e disse: "Lembra daquele escritor sobre quem me perguntou, Isaac Moritz?", e eu disse: "Sim", e ela disse: "Há um obituário sobre ele no jornal".

Naquela noite subi ao escritório dela. Restavam cinco capítulos d'A *história do amor*, e ela não sabia que agora os traduzia apenas para mim.

"Mãe?", eu disse. Ela se virou. "Posso lhe falar sobre uma coisa?"

"Claro, querida. Venha cá."

Dei alguns passos. Havia tanta coisa que eu queria dizer.

"Eu preciso que você seja...", eu disse, e comecei a chorar.

"Que eu seja?", ela disse, abrindo os braços.

"Não triste", eu disse.

Uma coisa boa

28 de setembro

יהוה

Hoje é o décimo dia seguido de chuva. O dr. Vishnubakat disse que uma coisa boa de escrever no meu diário seria aquilo que eu penso e sinto. Ele disse que se eu desejava que ele soubesse como eu me sinto mas não tivesse vontade de falar eu poderia simplesmente lhe dar o meu diário. Eu não disse que você nunca ouviu falar na palavra PRIVADO? Um pensamento que tenho é que pegar um avião para Israel é muito caro. Sei disso porque tentei comprar uma passagem no aeroporto e disseram que custava mil e duzentos dólares. Quando eu disse à mulher que uma vez a minha mãe tinha comprado uma passagem por setecentos dólares, ela disse que não havia mais passagens por setecentos dólares. Eu pensei que ela o dissera simplesmente porque achava que eu não tinha o dinheiro, assim peguei a caixa de sapatos e lhe mostrei setecentos e quarenta e um dólares e cinqüenta centavos. Ela me perguntou onde eu arranjara tanto dinheiro, então eu lhe falei dos mil e quinhentos copos de limonada, embora não fosse inteiramente verdade. Depois ela me perguntou por que eu queria tanto ir para Israel e eu lhe perguntei se ela guardaria um segredo e ela disse sim e eu lhe contei que era um lamed vovnik e também quem sabe o Messias. Quando ouviu isso ela me levou a uma sala especial reservada para empregados e me deu um broche da El Al. Depois veio a polícia e me levou para casa. O sentimento que eu tive foi o de ficar bravo.

29 de setembro

יהוה

Chove há onze dias. Como pode alguém ser um lamed vovnik se primeiro custa setecentos dólares para chegar a Israel e depois o preço muda para mil e duzentos dólares? Deveriam manter o preço igual para que as pessoas saibam quanto limão terão de vender se quiserem ir para Jerusalém.

Hoje o dr. Vishnubakat pediu que eu explicasse o recado que deixei para mamãe e Alma quando achava que ia para Israel. Ele o pôs na minha frente para refrescar a memória. Mas eu não precisava refrescar a memória porque sabia o que ele dizia porque eu tinha feito nove rascunhos porque queria que parecesse oficial e eu não parava de cometer erros. Ele dizia "Querida mamãe e Alma e qualquer um, eu tenho de ir embora e posso ficar longe durante muito tempo. Por favor não tentem me encontrar. É porque sou um lamed vovnik e tenho de cuidar de muitas coisas. Vai haver um dilúvio mas vocês não precisam se preocupar porque eu construí uma arca para vocês. Alma, você sabe onde ela está. Com amor, Bird".

O dr. Vishnubakat me perguntou como comecei a ser chamado de Bird. Eu lhe disse que simplesmente me chamava assim. Se você quiser saber por que o dr. Vishnubakat se chama dr. Vishnubakat é porque ele vem da Índia. Se você quiser se lembrar como se fala esse nome pense apenas em dr. Bichonoabacate.

30 de setembro

יהוה

Hoje a chuva parou, e os bombeiros desmontaram a minha arca porque disseram que ela oferecia risco de incêndio. Isso me deixou triste. Eu tentei não chorar porque o sr. Goldstein diz que D-us faz sempre o melhor, e também porque Alma disse que eu devia engolir os meus sentimentos para ter amigos. Outra coisa que o sr. Goldstein diz é O que os olhos não vêem o coração não sente, mas eu tinha de ver o que acontecera à arca porque de repente lembrei que tinha pintado יהוה na parte de trás, coisa que ninguém pode jogar fora. Fiz mamãe chamar os bombeiros para perguntar onde eles tinham posto os pedaços. Ela me disse que eles os empilharam na calçada para o lixeiro, e eu fiz ela me levar até lá, mas o lixeiro já tinha passado e tudo havia sumido. Depois chorei e chutei uma pedra e mamãe tentou me consolar mas eu não deixei porque ela não devia ter deixado os bombeiros tirarem a arca, e também ela devia ter me perguntado antes de jogar fora tudo o que pertencia a papai.

1º de outubro

יהוה

Hoje eu fui ver o sr. Goldstein pela primeira vez desde que tentei ir para Israel. Mamãe me levou para a escola hebraica e esperou do lado de fora. Ele não estava no seu escritório no porão, nem no santuário, mas eu finalmente o encontrei lá fora, atrás, cavando um buraco para alguns siddurs com lombadas rachadas. Eu disse Olá sr. Goldstein e por muito tempo ele não disse nada nem olhou para mim, de modo que eu disse Bem, provavelmente vai começar a chover de novo amanhã, e ele disse Idiotas e ervas daninhas crescem sem chuva, e continuou a cavar. Sua voz parecia triste e eu tentei entender o que ele queria me dizer. Fiquei ao seu lado e vi o buraco ficar mais fundo. Havia sujeira nos sapatos dele e eu lembrei como uma vez alguém da Daleds pregou uma mensagem nas costas dele que dizia CHUTE-ME, e ninguém lhe contou, nem eu, porque eu não queria que ele soubesse que ela estava lá. Eu o observei enquanto embrulhava três siddurs num pano velho e depois os beijava. Os círculos debaixo dos olhos dele estavam mais azuis do que nunca. Eu pensei que talvez Idiotas e ervas daninhas cresçam sem chuva significava que ele estava desapontado e tentei pensar por quê, e quando ele pôs o pano com os siddurs danificados no buraco eu disse Yisgadal veyisqadash shemei rabbah, Magnífico e santificado seja Seu nome no mundo que Ele criou, e possa o Seu reino chegar em suas vidas e seus dias, e depois vi lágrimas saírem dos olhos do sr. Goldstein. Ele começou a varrer terra para dentro do buraco e eu vi que os lábios dele se moviam mas não ouvia o que diziam, e assim escutei com mais atenção, pus meu ouvido bem na boca dele, e ele disse: Chaim, que é como ele me chama, um lamed vovnik é humilde e trabalha em segredo, e depois ele se virou, e eu compreendi que ele chorava por mim.

2 de outubro

יהוה

Hoje começou a chover de novo, mas eu não me importei porque não havia mais arca, e porque eu tinha desapontado o sr. Goldstein. Ser um lamed vovnik significa nunca dizer a ninguém que você é uma das trinta e seis pessoas de quem o mundo depende, significa fazer coisas boas que ajudam as pessoas sem que ninguém perceba. Em vez disso eu contei para Alma que era um lamed vovnik, e para a mamãe, e para a mulher da El Al, e para Louis, e para o sr. Hintz, meu professor de ginástica, porque ele tentou me fazer tirar o quipá e vestir short, e também para algumas outras pessoas, e a polícia foi obrigada a vir e me pegar, e os bombeiros vieram e tiraram a arca. Isso me dá vontade de chorar. Eu desapontei o sr. Goldstein e também D-us. Não sei se isso significa que não sou mais um lamed vovnik.

3 de outubro

יהוה

Hoje o dr. Vishnubakat me perguntou se eu me sentia deprimido e eu disse O que você quer dizer com deprimido e ele disse Por exemplo você se sente triste e uma coisa que eu não disse é Você é um ignorante? porque isso não é o que um lamed vovnik diria. Em vez disso eu disse Se um cavalo soubesse como o homem é pequeno comparado a ele, ele o esmagaria, que é uma coisa que o sr. Goldstein às vezes diz, e o dr. Vishnubakat disse Isso é interessante, você pode elaborar? e eu disse Não. Em seguida ficamos sentados em silêncio que é uma coisa que às vezes fazemos, mas eu fiquei entediado e assim eu disse Milho pode crescer no estrume que é outra coisa que às vezes o sr. Goldstein diz, e isso pareceu interessar muito o dr. Vishnubakat porque ele o anotou na caderneta, assim eu disse O orgulho jaz no monte de esterco. Em seguida o dr. Vishnubakat disse Posso lhe fazer uma pergunta e eu disse Depende e ele disse Você sente falta do seu pai e eu disse Na realidade não me lembro dele, e ele disse Eu acho que é muito difícil perder o pai, e eu não disse nada. Se você quer saber por que eu não disse nada é porque eu não gosto que alguém fale de papai a não ser que o tenha conhecido.

Uma coisa que decidi é que de agora em diante antes de fazer algo eu sempre vou me perguntar UM LAMED VOVNIK FARIA ISSO? Por exemplo hoje Misha ligou para Alma e eu não disse Você quer dar um beijo de língua nela? porque quando eu me fiz a pergunta UM LAMED VOVNIK FARIA ISSO? a resposta foi NÃO. Em seguida Misha disse Como ela está? e eu disse BEM e ele disse Diga a ela que liguei para saber se ela encontrou a pessoa que procurava, e eu não sabia do que ele estava falando e assim disse Perdão? e ele disse Na verdade não se preocupe não diga a ela que eu liguei, e eu disse ESTÁ BEM e não contei a ela porque um lamed vovnik é bom para guardar segredos. Eu não sabia que Alma procurava alguém e tentei pensar quem seria mas não consegui.

4 de outubro

יהוה

Hoje aconteceu uma coisa terrível. O sr. Goldstein ficou muito doente e desmaiou e ninguém o encontrou durante três horas e agora ele está no hospital. Quando a mamãe me contou eu fui ao banheiro e tranquei a porta e pedi a D-us que por favor se certificasse de que o sr. Goldstein ficaria bem. Quando eu tinha quase cem por cento de certeza de que era um lamed vovnik eu costumava pensar que D-us me ouvia. Mas não tenho mais certeza. Depois tive um pensamento horrível de que talvez o sr. Goldstein tivesse ficado doente porque eu o havia desapontado. De repente me senti muito, muito triste. Apertei os olhos para que nenhuma lágrima saísse, e tentei pensar no que fazer. Depois tive uma idéia. Se eu podia fazer alguma coisa boa para ajudar alguém e não dizer nada a ninguém, quem sabe o sr. Goldstein ficaria bom de novo, e eu seria um lamed vovnik de verdade!

Algumas vezes quando preciso saber de alguma coisa eu pergunto a D-us. Por exemplo eu digo Se você quer que eu roube mais cinqüenta dólares da carteira da mamãe para comprar uma passagem para Israel mesmo que roubar seja ruim faça com que eu encontre três Fuscas em seqüência amanhã, e se eu encontrar três Fuscas em seqüência a resposta é sim. Mas eu sabia que dessa vez não podia pedir a ajuda de D-us porque tinha de decidir por mim. Assim tentei pensar em alguém que precisasse de ajuda e de repente eu sabia a resposta.

A última vez que te vi

Eu estava na cama sonhando um sonho que acontecia na antiga Iugoslávia, ou quem sabe em Bratislava, ou, se dependesse de mim, poderia ser na Bielo-Rússia. Quanto mais penso nele, mais difícil é situá-lo. *Acorde!*, gritou Bruno. Ou devo imaginar que gritou antes de recorrer à jarra de água fria que esvaziou no meu rosto. Talvez estivesse me trazendo de volta pela ocasião em que salvei a vida dele. Arrancou os cobertores. Lamento pelo que possa ter encontrado. E no entanto. Não há o que discutir. Toda manhã está em posição de sentido, como o conselheiro principal da defesa.

Veja!, gritou Bruno. *Escreveram sobre você numa revista.*

Eu não estava a fim das peças dele. Largado à própria sorte, me contento em acordar a mim mesmo com um peido. Assim, joguei o travesseiro molhado no chão e me enterrei de cabeça nos lençóis. Bruno bateu na minha cabeça com a revista. *Levante e olhe*, disse. Fiz o papel de surdo-mudo que aperfeiçoara ao longo dos anos. Ouvi os passos de Bruno, que recuava. Um estrondo vindo do armário do hall. Preparei-me. Houve um barulho alto, e um grito de resposta. *ESCREVERAM SOBRE VOCÊ NUMA REVISTA*, Bruno disse através do chifre de boi que conseguira desenterrar dentre as minhas coisas. A despeito de eu estar debaixo dos lençóis, ele achou a localização precisa dos meus ouvidos. *REPITO*, gritava o chifre. *VOCÊ: NUMA REVISTA*. Livrei-me dos lençóis e arranquei o chifre dos lábios dele.

Quando foi que você ficou tão idiota?, eu disse.

E você?, disse Bruno.

Escute, Gimpel, eu disse. *Vou fechar os olhos e contar até dez. Quando abrir, quero você fora daqui.*

Bruno pareceu ofendido. *Você não está dizendo isso*, ele disse.

Sim, estou, eu disse, e fechei os olhos. *Um, dois.*

Diga que você não quis dizer isso, ele disse.

De olhos fechados me lembrei da primeira vez em que encontrei Bruno. Ele chutava uma bola na terra, um garoto magro, de cabelos vermelhos, cuja família acabava de se mudar para Slonim. Fui até ele. Ele ergueu os olhos e me acolheu. Sem uma palavra, chutou a bola para mim. Eu a chutei de volta.

Três, quatro, cinco, eu disse. Senti a revista cair aberta no meu colo e ouvi os passos de Bruno, que se afastava no corredor. Por um instante, houve uma pausa. Tentei imaginar minha vida sem ele. Pareceu impossível. E no entanto. *SETE!*, gritei. *OITO!* No nove ouvi a porta da frente bater. *Dez*, eu disse, para ninguém em especial. Abri os olhos e olhei para baixo.

Ali, na página da única revista que eu assinava, estava o meu nome.

Pensei: Que coincidência, outro Leo Gursky! Obviamente fiquei excitado, ainda que se tratasse de outra pessoa. Não é um nome incomum. E no entanto. Também não é comum.

Li uma frase. E foi tudo o que tive de ler para saber que não poderia ser outro a não ser eu mesmo. Sabia disso porque era o único que tinha escrito a frase. No meu livro, no romance da minha vida. Que eu começara a escrever depois do meu ataque cardíaco e enviara, na manhã depois da aula de arte, para Isaac. Cujo nome, eu via agora, estava impresso em maiúsculas no alto da página da revista. *PALAVRAS PARA TUDO*, dizia, o título que por fim eu havia escolhido, e debaixo dele: *ISAAC MORITZ*.

Olhei para o teto.

Olhei para baixo. Como disse, havia trechos que eu sabia de cor. E a frase que eu sabia de cor ainda estava lá. Como outras cento e tantas que eu sabia, também de cor, apenas editadas aqui e ali, de um modo que me fazia sentir certa náusea. Quando voltei para ler as notas dos colaboradores, diziam que Isaac havia morrido naquele mês e que a peça publicada era parte de seu último manuscrito.

Levantei-me da cama e peguei a lista telefônica debaixo de *Citações famosas* e d'A *história da ciência*, com que Bruno gosta de se encorajar quando senta à mesa da minha cozinha. Encontrei o número da revista. *Alô*, disse, quando a telefonista atendeu. *Ficção*, por favor.

Tocou três vezes.

Departamento de Ficção, disse um homem. Parecia jovem.

Onde vocês conseguiram essa história?, perguntei.

Desculpe?

Onde conseguiram essa história?

Que história, senhor?

Palavras para tudo.

É de um romance do falecido Isaac Moritz, ele disse.

Ha, ha, eu disse.

Perdão?

Não, não é, eu disse.

É sim, ele disse.

Não, não é.

Eu lhe asseguro que é.

Eu lhe asseguro que não.

Sim, senhor. É sim.

Está bem, eu disse. *É*.

Posso saber com quem estou falando?, ele disse.

Leo Gursky, eu disse.

Houve uma pausa estranha. Quando ele falou de novo, sua voz estava menos segura.

Isso é alguma brincadeira?

Não, eu disse.

Mas esse é o nome do personagem da história.

Exatamente o que eu quero dizer, eu disse.

Vou ter de checar no Departamento de Verificação de Fatos, ele disse. *Normalmente eles nos informam se existe uma pessoa com o mesmo nome.*

Surpresa!, gritei.

Por favor, espere, ele disse.

Desliguei o telefone.

Uma pessoa tem no máximo duas, três idéias boas na vida. E nas páginas da revista estava uma das minhas. Li de novo. Aqui e ali ri alto e me maravilhei com meu próprio brilho. E no entanto. No mais das vezes, estremeci.

Liguei para a revista outra vez e pedi o Departamento de Ficção.

Adivinhe quem é, eu disse.

Leo Gursky?, disse o homem. Ouvi o medo na voz dele.

Acertou, eu disse, e depois disse: *Esse tal livro.*

Sim?

Quando vai sair?

Por favor, espere, ele disse.

Esperei.

Em janeiro, ele disse quando voltou.

Janeiro!, gritei. *Assim cedo!* O calendário na minha parede marcava 17 de outubro. Não pude resistir, perguntei: *Ele é bom?*

Algumas pessoas dizem que é um dos melhores dele.

Um dos melhores dele! Minha voz subiu uma oitava e falhou.

Sim, senhor.

Eu gostaria de uma prova, eu disse. *Posso não viver até janeiro para ler a respeito de mim mesmo.*

Fez-se silêncio do outro lado.

Bem, ele disse por fim. *Vou ver se consigo arranjar uma. Qual é seu endereço?*

O mesmo de Leo Gursky na história, eu disse, e desliguei. Pobre rapaz. Levaria anos para desvendar o mistério.

Mas eu tinha meu próprio mistério para desvendar. A saber, se meu manuscrito fora encontrado na casa de Isaac e tomado como dele, isso não significava que ele o lera, ou ao menos começara a lê-lo, antes de morrer? Porque, se ele o fizera, isso mudaria tudo. Significaria...

E no entanto.

Andei pelo apartamento, pelo menos o quanto era possível andar, com uma raquete de badminton aqui e uma pilha de *National Geographics* acolá, e um conjunto de *boules*, um jogo sobre o qual eu não sabia nada, espalhado no chão da sala de estar.

Era simples. Se ele tinha lido meu livro, sabia da verdade.

Eu era o pai dele.

Ele era meu filho.

E nessa hora me dei conta de que era possível ter havido uma pequena janela de tempo em que ambos, Isaac e eu, vivemos um consciente da existência do outro.

Fui ao banheiro, lavei o rosto com água fria e desci as escadas para verificar a correspondência. Pensava que ainda existia a possibilidade de chegar uma carta do meu filho, postada antes da morte dele. Pus a chave na caixa e girei.

E no entanto. Uma pilha de lixo, era tudo. O *Guia da TV*, uma revista da Bloomingdale's, uma carta da Federação Mundial de Vida Selvagem, que permanecera como uma companheira fiel desde que eu lhes mandara dez dólares em 1979. Levei tudo para cima para jogar fora. Estava com o pé no pedal do cesto de lixo quando o vi, um pequeno envelope com o nome datilografado na frente. Os setenta e cinco por cento do meu coração que ainda viviam começaram a bater forte. Rasguei-o.

Caro Leopold Gursky, dizia. *Por favor, encontre-me às 4h do sábado nos bancos em frente à entrada do zoológico do Central Park. Acho que você sabe quem eu sou.*

Tomado pela emoção, gritei alto: *Eu sei!*

Sua, dizia.

Minha, pensei.

Alma.

E ali naquele instante eu sabia que a hora havia chegado. Minhas mãos tremiam tanto que o papel farfalhava. Senti as pernas cederem. A cabeça ficou leve. Então é assim que enviam o anjo. Com o nome da garota que você sempre amou.

Bati na estufa para chamar Bruno. Não tive resposta, nem um minuto mais tarde, nem um minuto depois do primeiro, embora batesse e batesse, três batidas significavam VOCÊ ESTÁ VIVO?, duas significavam SIM, uma significava NÃO. Fiquei à escuta, mas não houve resposta. Talvez não devesse tê-lo chamado de idiota, porque agora, quando eu mais precisava dele, não havia nada.

Um lamed vovnik faria isso?

5 de outubro

יהוה

Hoje de manhã eu entrei de mansinho no quarto de Alma enquanto ela estava no chuveiro e peguei o volume 3 do Como sobreviver na selva na mochila dela. Depois, voltei para a cama e o escondi debaixo das cobertas. Quando mamãe entrou, fingi que estava doente. Ela pôs a mão na minha testa e disse O que está sentindo? e eu disse Eu acho que as minhas glândulas estão inchadas, e ela disse Deve aparecer alguma coisa, e eu disse Mas eu tenho de ir para a escola, e ela disse Não vai acontecer nada se você perder um dia, e eu disse Está bem. Ela me trouxe um pouco de chá de camomila com mel e eu o tomei de olhos fechados para mostrar como estava doente. Ouvi Alma sair para a escola, e mamãe subir para trabalhar. Quando ouvi a cadeira dela ranger, peguei o volume 3 do Como sobreviver na selva e comecei a ler para ver se havia alguma pista sobre quem Alma procurava.

A maioria das páginas estava cheia de informações sobre como fazer uma cama de pedras aquecidas, ou um abrigo, ou como fazer água potável que eu não entendi porque nunca vi água que não pudesse ser colocada num pote. (A não ser gelo talvez.) Eu começava a me perguntar se encontraria alguma coisa sobre o mistério quando cheguei numa página que dizia COMO SOBREVIVER SE O PÁRA-QUEDAS NÃO ABRIR. Havia dez passos mas nenhum deles fazia sentido. Por exemplo se você está caindo no ar e o pára-quedas não abre eu não acho que ajudaria muito ter um jardineiro que manca. Também dizia para procurar uma pedra mas por que haveria pedras a não ser que alguém as estivesse atirando em você ou que você tivesse uma no bolso, o que a maioria das pessoas normais não têm? O último passo era simplesmente um nome que era Alma Mereminski.

Um pensamento que tive foi que Alma estava apaixonada por alguém chamado sr. Mereminski e queria se casar com ele. Mas depois virei a página e ali dizia ALMA MEREMINSKI = ALMA MORITZ. Assim pensei que talvez Alma estivesse apaixonada pelo sr. Mereminski E pelo sr. Moritz. Depois eu virei a página e no alto dizia COISAS DE QUE SINTO FALTA e havia uma lista de quinze coisas, e a primeira era O MODO COMO ELE SEGURA AS COISAS. Eu não entendia como se podia sentir falta do modo como alguém segura as coisas.

Tentei pensar mas foi difícil. Se Alma estava apaixonada pelo sr. Mereminski ou pelo sr. Moritz, por que eu nunca tinha encontrado nenhum deles, e como eles nunca lhe telefonaram como Herman ou Misha? E se ela gostava do sr. Mereminski ou do sr. Moritz, por que sentia falta dele?

O resto do caderno estava em branco.

A única pessoa de quem realmente sinto falta é papai. Algumas vezes sinto ciúmes de Alma porque ela conheceu papai mais do que eu e se lembra de tantas coisas dele. Mas a coisa esquisita é que quando li o volume 2 do caderno dela no ano passado ele dizia: SINTO-ME TRISTE PORQUE NUNCA CONHECI PAPAI DE FATO.

Eu pensava por que ela havia escrito aquilo quando de repente tive uma idéia muito estranha. E se mamãe estivesse apaixonada por outra pessoa chamada sr. Mereminski ou sr. Moritz, e ELE fosse o pai de Alma? E se ele tivesse morrido, ou ido embora, e por isso Alma nunca o conhecera? E depois disso mamãe encontrou David Singer e me teve. E depois ELE morreu, e por isso mamãe era tão triste. Isso explicaria por que ela havia escrito ALMA MEREMINSKI e ALMA MORITZ mas não ALMA SINGER. Talvez ela estivesse tentando encontrar seu verdadeiro pai!

Ouvi mamãe se levantar da cadeira e fiz o melhor que pude para dar a impressão de alguém que dormia como eu tinha ensaiado em frente ao espelho cem vezes. Mamãe entrou e sentou na beirada da minha cama e não disse nada durante muito tempo. Mas de repente eu tive de espirrar e abri os olhos e espirrei e mamãe disse Pobrezinho. Em seguida fiz uma coisa muito arriscada. Com a voz de quem estava com muito sono eu disse Mamãe você amou alguém antes do papai? Eu tinha quase cem por cento de certeza que ela ia dizer não. Mas em vez disso um olhar engraçado apareceu no rosto dela e ela disse: Eu acho que sim! Eu disse Ele morreu? e ela riu e disse Não! Dentro de mim eu estava ficando louco mas não queria que ela suspeitasse e fingi que tinha adormecido de novo.

Agora eu acho que sei quem Alma está procurando. Eu também sei que se eu for um lamed vovnik de verdade vou poder ajudá-la.

6 de outubro

יהוה

Eu fingi estar doente pelo segundo dia seguido para não ir

à escola de novo e também para não ter de ver o dr. Vishnubakat. Quando mamãe subiu, eu acertei o alarme no meu relógio e a cada dez minutos tossia sem parar durante cinco segundos. Passada meia hora, levantei da cama de mansinho para buscar mais pistas na mochila de Alma. Não vi nada além das coisas que sempre estão nela como um kit de primeiros socorros e o canivete do Exército suíço, mas depois eu tirei o suéter dela e nele havia algumas páginas embrulhadas. Não precisei olhar para elas por mais de um segundo para saber que eram do livro que mamãe traduzia chamado A história do amor, porque ela joga rascunhos no lixo o tempo todo e eu sei como eles são. Eu também sei que Alma guarda apenas coisas muito importantes na mochila de que ela pode precisar em caso de emergência e por isso tentei compreender por que A história do amor era tão importante para ela.

A seguir pensei numa coisa. Mamãe sempre diz que papai lhe deu A história do amor. Mas e se nesse tempo todo ela se referisse ao pai de Alma e não ao meu? E se o livro contivesse o segredo de quem ele era?

Mamãe desceu e eu tive de correr para o banheiro e fingir que estava com o intestino preso durante dezoito minutos para que ela não suspeitasse de nada. Quando saí ela me deu o número do sr. Goldstein no hospital e disse que se eu quisesse telefonar para ele eu podia. A voz dele pareceu muito cansada, e quando perguntei como ele se sentia ele disse De noite todos os gatos são pardos. Eu queria dizer para ele sobre a coisa boa que ia fazer, mas sabia que não podia contar para ninguém, nem mesmo para ele.

Voltei para a cama e falei comigo mesmo para tentar entender por que a identidade do pai de Alma tinha de ser secreta. A única razão que eu conseguia imaginar era que ele seria um espião como a mulher loira no filme preferido de Alma, aquela que trabalhava para o FBI e não podia revelar a identidade verdadeira para Roger Thornhill apesar de estar apaixonada por ele. Talvez o pai real de Alma não pudesse revelar a identidade verdadeira também, nem mesmo para a mamãe. Talvez por isso ele tivesse dois nomes! Ou mesmo mais que dois! Senti ciúmes por meu pai não ser um espião também mas depois não senti mais ciúmes porque lembrei que talvez eu fosse um lamed vovnik que é melhor do que ser espião.

Mamãe desceu para ver como eu estava. Ela disse que ia sair por uma hora, e me perguntou se eu ficaria bem sozinho. Depois de ouvir a porta fechar e a chave girar na fechadura eu fui ao banheiro para falar com D-us. Em seguida fui para a cozinha para fazer um sanduíche de manteiga de amendoim e geléia. Foi quando o telefone tocou. Não pensei que fosse alguma coisa especial mas quando atendi a pessoa do outro lado disse Alô aqui fala Bernard Moritz, poderia falar com Alma Singer?

Foi assim que descobri que D-us me ouvia.

O meu coração batia como louco. Tive de pensar muito depressa. Eu disse Ela não está agora mas eu posso pegar o recado. Ele disse Bem é uma longa história. Assim eu disse que podia dar a ela um longo recado.

Ele disse Bem eu encontrei uma mensagem que ela deixou na porta da casa do meu irmão. Deve ter sido ao menos há uma semana, ele estava no hospital. Dizia que ela sabia quem ele era e precisava falar com ele sobre A história do amor. Ela deixou esse telefone.

Eu não disse Eu sabia! nem Você sabia que ele era um espião? Eu simplesmente fiquei em silêncio para não dizer a coisa errada.

Mas quando o homem disse Seja como for meu irmão morreu, estava doente havia muito tempo e eu não teria ligado se antes de morrer ele não tivesse me dito que tinha encontrado algumas cartas na gaveta da mamãe.

Eu não disse nada, e o homem continuou falando.

Ele disse Ele leu as cartas e pôs na cabeça que o homem que era seu pai de verdade era o autor de um livro chamado A história do amor. Não acreditei nisso até ver o recado de Alma. Ela mencionou o livro e, veja, o nome da minha mãe também era Alma. Achei que devia falar com ela, ou ao menos lhe contar que Isaac tinha morrido, assim ela não ficaria sem saber.

Agora eu estava todo confuso de novo porque tinha pensado que aquele sr. Moritz era o pai de Alma. A única coisa que pude pensar foi que o pai de Alma havia tido muitos filhos que não o conheciam. Talvez o irmão desse homem fosse uma dessas crianças e Alma outra, e as duas procuravam pelo pai ao mesmo tempo.

Eu disse Você disse que ele pensava que o pai dele de verdade era o autor d'A história do amor?

O homem no telefone disse Sim.

Então eu disse Bem ele pensava que o nome do pai dele era Zvi Litvinoff?

Agora o homem no telefone pareceu confuso. Ele disse Não ele pensava que era Leopold Gursky.

Fiz minha voz parecer muito calma e triste Você pode soletrar isso? E ele disse G-U-R-S-K-Y. Eu disse Por que ele pensava que o nome do pai era Leopold Gursky? E o homem disse Porque foi quem mandou para a nossa mãe as cartas com partes do livro que ele estava escrevendo chamado A história do amor.

Eu estava ficando louco por dentro porque mesmo que não entendesse tudo tinha certeza de estar muito perto de solucionar o mistério sobre o pai de Alma, e se eu pudesse resolvê-lo faria alguma coisa útil, e se eu fizesse alguma coisa útil em segredo eu ainda poderia ser um lamed vovnik e tudo estaria bem.

Em seguida o homem disse Olhe acho que seria melhor se eu falasse com a sra. Singer pessoalmente. Eu não quis que ele suspeitasse de nada, e disse Vou dar o seu recado para ela e desliguei o telefone.

Fiquei sentado na mesa da cozinha para pensar sobre tudo. Agora eu sabia que quando mamãe tinha dito que papai havia lhe dado A história do amor ela queria dizer que o pai de Alma o tinha dado para ela porque ele é que o tinha escrito.

Apertei os olhos e disse a mim mesmo Se eu sou um lamed vovnik como posso encontrar o pai de Alma que se chama Leopold Gursky e também Zvi Litvinoff e também sr. Mereminski e também sr. Moritz?

Abri os olhos. Olhei para o bloco onde tinha escrito G-U-R-S-K-Y. Em seguida olhei para a lista telefônica em cima da geladeira. Peguei a escadinha e subi. Havia muita poeira na capa e eu a limpei e abri na letra G. Eu não achava que ia encontrá-lo de verdade. Eu vi GURLAND John. Desci o dedo pela página, GUROL, GUROV, GUROVICH, GURRERA, GURRIN, GURSHON, e depois de GURSHUMOV, vi o nome dele. GURSKY Leopold. Tinha estado ali o tempo todo. Escrevi o número do telefone e o endereço, Grand Street, 504, fechei a lista e guardei a escada.

7 de outubro

יהוה

Hoje foi sábado e eu não tive de fingir que estava doente de novo. Alma levantou cedo e disse que ia sair, e quando mamãe me perguntou como eu me sentia eu disse Muito melhor. Em seguida perguntou se eu queria fazer alguma coisa junto com ela como ir ao zoológico, porque o dr. Vishnubakat tinha dito que seria bom se nós fizéssemos mais coisas juntos como uma família. Embora quisesse eu sabia que havia uma coisa que eu tinha de fazer. Assim eu disse a ela Talvez amanhã. Depois subi para o escritório dela e liguei o computador e imprimi A história do amor. Eu o pus num envelope marrom e na frente escrevi PARA LEOPOLD GURSKY. Eu disse para a mamãe que ia sair para brincar um pouco, e ela disse Brincar onde? e eu disse Na casa de Louis, apesar dele não ser mais meu amigo. Mamãe disse Está bem mas não deixe de me ligar. Peguei cem dólares do meu dinheiro da limon-aju-da e os enfiei no bolso. Escondi o envelope com A história do amor debaixo do casaco, e saí. Não sabia onde ficava a Grand Street mas tenho quase doze anos e sabia que a encontraria.

A + L

A carta chegou pelo correio, sem o endereço do remetente. Meu nome, Alma Singer, vinha datilografado na frente. As únicas cartas que eu recebera haviam sido todas de Misha, mas ele nunca usara uma máquina de escrever. Eu a abri. Tinha apenas duas linhas. *Cara Alma*, dizia. *Por favor, encontre-me às 4h do sábado nos bancos em frente à entrada do zoológico do Central Park. Acho que você sabe quem eu sou. Seu, Leopold Gursky.*

Não sei há quanto tempo estou sentado neste banco do parque. A luz quase se foi, mas, enquanto houve luz, pude admirar as estátuas. Um urso, um hipopótamo, alguma coisa com cascos fendidos que me pareceu ser uma cabra. No caminho, passei por uma fonte. O reservatório estava seco. Olhei para ver se havia alguns centavos no fundo. Mas havia apenas folhas mortas. Estão por toda parte, caem e caem, transformam o mundo de novo em terra. Algumas vezes esqueço que o mundo não tem a mesma programação que eu. Que nem tudo está morrendo, ou, se está morrendo, vai voltar à vida, com um pouco de sol e o encorajamento de costume. Algumas vezes penso: sou mais velho que essa árvore, mais velho que este banco, mais velho que a chuva. E no entanto. Não sou mais velho que a chuva. Cai há anos e, depois da minha partida, vai continuar a cair.

Li a carta de novo. *Acho que você sabe quem eu sou*, dizia. Mas eu não conhecia ninguém chamado Leopold Gursky.

Decidi ficar aqui sentado e esperar. Não tenho nada mais a fazer na vida. Minhas nádegas podem ficar doloridas, mas que isso seja o pior. Se eu tiver sede, não vai ser um crime me ajoelhar e lamber a grama. Gosto de imaginar meus pés criando raízes no chão e o limo crescendo nas minhas mãos. Talvez tire os sapatos para acelerar o processo. Terra molhada entre os dedos, como um menino de novo. Folhas vão crescer dos meus dedos. Talvez uma criança me escale. O menino que eu via atirando pedregulhos na fonte vazia não era velho demais para subir em árvores. Podia-se dizer que ele tinha muita sabedoria para a idade. Provavelmente acreditava que não era feito para este mundo. Eu queria lhe dizer: *Se não você, quem?*

Talvez fosse mesmo de Misha. É o tipo de coisa que ele seria capaz de fazer. Eu viria no sábado, e ele estaria no banco. Passaram dois meses desde a tarde no quarto dele, com seus pais gritando do outro lado da parede. Eu lhe diria o quanto sentia sua falta.

Gursky — soava russo.

Talvez fosse de Misha.

Mas provavelmente não.

Algumas vezes eu não pensava em nada e algumas vezes pensava na minha vida. Ao menos eu ganhara a vida. Que espécie de vida? Uma vida. Eu vivi. Não foi fácil. E no entanto. Descobri quão poucas coisas são insuportáveis.

Se não fosse de Misha, talvez fosse do homem de óculos que trabalhava nos Arquivos Municipais da rua Chambers, 31, aquele que tinha me chamado de srta. Carne de Coelho. Eu nunca perguntara o nome dele, mas ele sabia o meu, e meu endereço, porque eu tivera de preencher um formulário. Talvez houvesse encontrado alguma coisa — um arquivo ou um certificado. Ou talvez pensasse que eu tinha mais de quinze anos.

Houve um tempo em que morei na floresta, ou nas florestas, plural. Comi minhocas. Comi besouros. Comi tudo o que pudesse pôr na boca. Algumas vezes, passei mal. Meu estômago estava péssimo, mas eu precisava de alguma coisa para mastigar. Tomei água de poças. Neve. Tudo o que eu conseguia. Algumas vezes me esgueirava em celeiros de batatas que os fazendeiros tinham em volta das aldeias. Eram bons para se esconder porque eram um pouco mais quentes no inverno. Mas havia ratos neles. Dizer que comi ratos crus — sim, comi. Aparentemente, eu queria muito viver. E havia uma única razão: ela.

A verdade é que ela me disse que não podia me amar. Quando disse adeus, dizia adeus para sempre.

E no entanto.

Eu me forcei a esquecer. Não sei por quê. Vivo me perguntando. Mas eu o fiz.

Ou talvez fosse do velho judeu que trabalhava no cartório da rua Centre, 1. Ele parecia alguém que poderia se chamar Leopold Gursky. Talvez soubesse alguma coisa sobre Alma Moritz, ou sobre Isaac, ou sobre *A história do amor*.

Lembro-me da primeira vez que me dei conta de que era capaz de ver alguma coisa que não existia. Tinha dez anos e caminhava da escola para casa. Alguns meninos da minha classe passaram correndo, rindo e gritando. Eu queria ser como eles. E no entanto. Não sabia como. Sempre me senti diferente dos outros, e a diferença doía. E depois dobrei a esquina e o vi. Um elefante imenso, parado solitário na praça. Eu sabia que o imaginava. E no entanto. Eu quis acreditar.

Assim, tentei.

E descobri que podia.

Talvez a carta fosse do porteiro da rua 52, 450 leste. Talvez ele tivesse perguntado a Isaac sobre *A história do amor*. Talvez Isaac tivesse lhe perguntado meu nome. Talvez antes de morrer ele tivesse descoberto quem eu era e entregado alguma coisa ao porteiro para que ele me entregasse.

Depois do dia em que vi o elefante, me permiti ver mais e acreditar mais. Era um jogo que eu jogava comigo mesmo. Quando contei a Alma as coisas que via, ela riu e disse que adorava minha imaginação. Para ela, transformei pedregulhos em diamantes, sapatos em espelhos, transformei vidro em água, eu lhe dei asas e tirei pássaros dos seus ouvidos e nos bolsos dela encontrei as penas, pedi a uma pêra que virasse um abacaxi, a um abacaxi que virasse uma lâmpada, a uma lâmpada que virasse a lua, e à lua que virasse uma moeda, que joguei pelo amor dela, e os dois lados eram cara: eu sabia que não tinha como perder.

E agora, no final da minha vida, mal posso distinguir a diferença entre aquilo que é real e aquilo em que acredito. Por exemplo, esta carta na minha mão — eu a sinto entre os dedos. O papel é liso, a não ser nas dobras. Posso abri-la, e dobrá-la de novo. A existência desta carta é tão certa quanto o fato de eu estar aqui sentado neste momento.

E no entanto.

No íntimo, sei que minha mão está vazia.

Ou talvez a carta fosse do próprio Isaac, que a escreveu antes de morrer. Talvez Leopold Gursky fosse outro personagem de seu livro. Talvez houvesse coisas que ele quisesse me dizer. E agora era tarde demais — quando eu fosse no dia seguinte, o banco do parque estaria vazio.

Existem tantas maneiras de estar vivo, mas apenas uma maneira de estar morto. Fiquei na posição. Pensei: Ao menos vão me encontrar antes que eu empesteie o prédio inteiro. Depois que a sra. Freid morreu e ninguém a encontrou durante três dias, puseram lembretes debaixo das nossas portas que diziam: *MANTENHAM AS JANELAS ABERTAS HOJE. ASSINADO: A DIREÇÃO.* E, assim, nós todos desfrutamos de brisa fresca, cortesia da sra. Freid, que vivera uma longa vida, com muitas guinadas estranhas, que quando criança ela jamais imaginaria, encerrada numa viagem final à doceira para comprar uma caixa de cookies que ela ainda teria de abrir quando se deitou para descansar e seu coração parou.

Pensei: Melhor esperar ao ar livre. O tempo tinha piorado, um vento frio rasgava o ar, as folhas se espalhavam. Algumas vezes eu pensava na minha vida e algumas vezes não pensava. De tempos em tempos, quando batia a necessidade, eu fazia uma rápida pesquisa: Não para a pergunta: Você sente suas pernas? Não para a pergunta: Nádegas? Sim para a pergunta: Seu coração bate?

E no entanto.

Tive paciência. Sem dúvida havia outros, em outros bancos do parque. A Morte estava atarefada. Tantos para cuidar. Para que ela não pensasse que se tratava de um alarme falso, tirei a ficha que levo na carteira e a preguei no casaco.

Cem coisas podem mudar sua vida. E por alguns dias, entre a hora em que recebi a carta e a hora em que fui encontrar quem a enviara, tudo foi possível.

Um policial passou. Leu a ficha pregada no meu peito e olhou para mim. Pensei que fosse pôr um espelho debaixo do meu nariz, mas apenas perguntou se eu estava bem. Eu disse sim, pois o que se esperava que eu dissesse?, esperara a vida inteira por ela, ela era o contrário da morte — e agora eu ainda estava aqui à espera?

O sábado por fim chegou. O único vestido que eu tinha, usado no Muro das Lamentações, estava muito pequeno. Assim, pus uma saia e enfiei a carta no bolso. Em seguida, saí.

Agora que a minha está quase terminada, posso dizer que o que mais me impressionou na vida foi a possibilidade de mudança. Um dia você é uma pessoa, e, no dia seguinte, dizem que você é um cão. De início, é difícil suportar, mas passado algum tempo você aprende a não tomar a coisa como uma perda. Chega a haver um momento em que é divertido perceber quão pouco é necessário permanecer igual para você prosseguir no esforço pelo que chamam de, por falta de palavra melhor, ser humano.

Saí da estação do metrô e caminhei na direção do Central Park. Passei pelo hotel Plaza. Já era outono; as folhas se tornavam amarelas e caíam.

Entrei no parque pela rua 59 e subi o caminho para o zoológico. Quando cheguei na entrada, meu coração ficou apertado. Havia cerca de vinte e cinco bancos enfileirados. E gente sentada em sete deles.

Como se esperava que eu soubesse quem era ele?

Subi e desci diante da fileira. Ninguém me lançou um segundo olhar. Por fim, sentei-me ao lado de um homem. Ele não me deu atenção.

Meu relógio marcava quatro horas e dois minutos. Talvez ele estivesse atrasado.

Uma vez eu estava escondido num celeiro de batatas quando os SS chegaram. A entrada estava coberta por uma camada espessa de feno. Suas passadas se aproximaram, eu ouvia a fala deles como se estivessem dentro dos meus ouvidos. Eram dois. Um disse: *Minha mulher está dormindo com outro homem*, e o outro disse: *Como sabe?*, e o primeiro disse: *Não sei, é só uma suspeita*, ao que o segundo disse: *Por que a suspeita?* enquanto meu coração se paralisava, *É só uma sensação*, disse o primeiro, e imaginei a bala que ia entrar no meu cérebro, *Não consigo pensar com clareza*, ele disse, *perdi o apetite completamente*.

Quinze minutos passaram, depois vinte. O homem a meu lado se levantou e foi embora. Uma mulher sentou-se e abriu um livro. Um banco adiante, outra mulher se levantou. Dois bancos adiante, uma mãe sentou-se e balançou o carrinho do bebê ao lado de um velho. Três bancos adiante um casal ria de mãos dadas. Em seguida eles se levantaram e foram embora. A mãe se pôs de pé e empurrou o bebê. Havia a mulher, o velho e eu. Mais vinte minutos passaram. Estava ficando tarde. Pensei que, fosse quem fosse, ele não viria. A mulher fechou o livro e se foi. O velho e eu éramos os únicos restantes. Levantei-me para ir embora. Estava desapontada. Não sei o que esperava. Comecei a ir embora. Passei pelo velho. Havia uma ficha pregada em seu peito. Dizia: *MEU NOME É LEO GURSKY NÃO TENHO FAMÍLIA POR FAVOR LIGUE PARA O CEMITÉRIO PINE-LAWN TENHO UM TERRENO LÁ NA PARTE JUDAICA OBRIGADO PELA CONSIDERAÇÃO.*

Por causa da esposa que se cansou de esperar pelo seu soldado, eu vivi. Tudo o que ele tinha a fazer era remexer no feno para descobrir que não havia nada debaixo dele; se ele não estivesse com a cabeça cheia, eu teria sido encontrado. Algumas vezes me pergunto o que aconteceu com ela. Gosto de imaginar a primeira vez em que ela se curvou para beijar o estranho, como deve ter se sentido, caída por ele, ou simplesmente abrindo mão da solidão, como um minúsculo nada que desencadeia um desastre natural do outro lado do mundo, embora fosse o oposto de um desastre o modo como por acaso ela me salvou com uma impensada ação de graça, de que ela nunca soube, e como também isso faz parte da história do amor.

Eu estava em pé diante dele.
Ele mal parecia notar.
Eu disse: “Meu nome é Alma”.

E foi nessa hora que eu a vi. É estranho o que a mente é capaz de fazer quando é o coração que dá as coordenadas. Ela parecia diferente da minha lembrança. E no entanto. Igual. Os olhos: foi por eles que a reconheci. Pensei: Então é assim que enviam o anjo. Imobilizado na idade em que você mais o amou.

Não diga!, eu disse. *Meu nome favorito.*

Eu disse: “Meu nome vem de todas as garotas de um livro chamado A *história do amor*”.

Eu disse: *Eu escrevi esse livro.*

“Oh”, eu disse. “Estou falando sério. É um livro de verdade.”

Eu a acompanhei. Disse: *Eu não poderia estar falando mais sério.*

Eu não sabia o que dizer. Ele era tão velho. Talvez estivesse brincando ou quem sabe estivesse confuso. Para puxar conversa, eu disse: “O senhor é um escritor?”.

Ele disse: “De certa forma”.

Perguntei o nome dos seus livros. Ele disse que A *história do amor* era um, e *Palavras para tudo* era outro.

“É estranho”, eu disse. “Talvez existam dois livros chamados A *história do amor*.”

Ele não disse nada. Seus olhos brilhavam.

“O de que falo foi escrito por Zvi Litvinoff”, eu disse. “Ele o escreveu em espanhol. Meu pai o deu para a minha mãe quando se encontraram pela primeira vez. Depois meu pai morreu, e ela o guardou até cerca de oito meses atrás, quando alguém escreveu pedindo que ela o traduzisse. Agora só faltam alguns capítulos. N’A *história do amor* de que falo, há um capítulo chamado ‘A Idade do Silêncio’ e um chamado ‘O despertar dos sentimentos’, e um chamado...”

O homem mais velho do mundo riu.

Disse: "Está me dizendo que esteve apaixonada também por Zvi? Não bastou você me amar, e depois você amou a mim e a Bruno, e depois você amou somente Bruno, e depois você não amou nem a Bruno nem a mim?".

Estava começando a ficar nervosa. Talvez ele fosse louco. Ou apenas solitário.

Estava ficando escuro.

Eu disse: "Desculpe. Não estou entendendo".

Vi que a tinha assustado. Sabia que era tarde demais para discutir. Sessenta anos haviam passado.

Eu disse: *Perdoe-me. Fale-me dos trechos de que você gostou. O que achou da "Idade do Vidro"? Eu queria fazer você rir.*

Os olhos dela se abriram mais.

Também chorar.

Agora ela parecia assustada e surpresa.

E nessa hora compreendi.

Parecia impossível.

E no entanto.

E se as coisas que eu acreditava possíveis fossem na verdade impossíveis, e as coisas que eu acreditava impossíveis na verdade não o fossem?

Por exemplo.

E se a menina sentada a meu lado neste banco fosse real?

E se ela se chamasse Alma em homenagem à minha Alma?

E se afinal de contas meu livro não tivesse sido perdido numa inundação?

E se...?

Um homem passou.

Desculpe, eu o chamei.

Sim?, ele disse.

Há alguém sentado a meu lado?

O homem pareceu confuso.

Não compreendo, disse.

Nem eu, eu disse. *Você se importaria de responder à pergunta?*

Se há alguém sentado a seu lado?, ele disse.

É o que estou perguntando.

E ele disse: *Sim*.

Então eu disse: *É uma garota de quinze, quem sabe dezesseis anos, ou uma de catorze, madura?*

Ele riu e disse: *Sim*.

Sim como o contrário de não?

Como o contrário de não, ele disse.

Obrigado, eu disse.

Ele foi embora.

Eu me voltei para ela.

Era verdade. Ela era familiar. E no entanto. Agora que eu olhara bem, ela não se parecia muito com a minha Alma. Para começar, era bem mais alta. E o cabelo era preto. E tinha um vão entre os dentes da frente.

Quem é Bruno?, ela perguntou.

Examinei seu rosto. Tentei pensar na resposta.

Por falar em invisível, eu disse.

À sua expressão de medo e surpresa agora se somava confusão.

Mas quem é ele?

É o amigo que não tive.

Ela olhou para mim, à espera.

É o maior personagem que criei.

Ela não disse nada. Eu temia que ela fosse se levantar e me deixar. Não conseguia pensar em mais nada para dizer. Assim, eu lhe disse a verdade.

Ele está morto.

Doeu dizê-lo. E no entanto. Havia tanto mais.

Ele morreu num dia de julho de 1941.

Esperei que ela se levantasse e fosse embora. Porém. Ela ficou ali, sem piscar.

Eu tinha ido muito longe.

Pensei: Por que não um pouco mais?

E mais uma coisa.

Ela estava atenta. Era uma alegria de se ver. Ela esperou, atenta.

Eu tive um filho que nunca soube da minha existência.

Um pombo bateu as asas na direção do céu. Eu disse:

O nome dele era Isaac.

E então me dei conta de que vinha procurando a pessoa errada.

Olhei nos olhos do homem mais velho do mundo em busca de um garoto que se apaixonara aos dez anos de idade.

Disse: "Algum dia esteve apaixonado por uma garota chamada Alma?".

Ele ficou em silêncio. Seus lábios tremeram. Pensei que não tivesse entendido e perguntei de novo. "Algum dia esteve apaixonado por uma garota chamada Alma Mereminski?"

Ele estendeu a mão. Bateu duas vezes no meu braço. Eu sabia que ele queria me dizer alguma coisa, mas não sabia o quê.

Eu disse: "Algum dia esteve apaixonado por uma garota chamada Alma Mereminski, que partiu para a América?"

Seus olhos se encheram de lágrimas, ele bateu duas vezes no meu braço, depois duas vezes de novo.

Eu disse: "O filho que o senhor pensa que não sabia da sua existência se chamava Isaac Moritz?".

Senti o coração bater forte. Pensei: Vivi até aqui. Por favor. Um pouco mais não vai me matar. Queria dizer o nome dela em voz alta, sentiria alegria em pronunciá-lo, porque sabia que de algum modo era meu amor que a nomeava. E no entanto. Não consegui falar. Temi escolher a frase errada. Ela disse: *O filho que o senhor pensa que não sabia...* Bati no braço dela duas vezes. Depois duas vezes de novo. Ela buscou minha mão. Com a outra bati nela duas vezes. Ela apertou meus dedos. Bati nela duas vezes. Ela pôs a cabeça no meu ombro. Bati nela duas vezes. Ela pôs um braço em volta de mim. Bati nela duas vezes. Ela pôs os dois braços em volta de mim e me abraçou. Parei de bater.

Alma, eu disse.

Ela disse: *Sim*.

Alma, eu disse de novo.

Ela disse: *Sim*.

Alma, eu disse.

Ela me bateu duas vezes.

A morte de Leopold Gursky

Leopold Gursky começou a morrer no dia 18 de agosto de 1920.

Morreu aprendendo a andar.

Morreu em pé diante do quadro-negro.

E uma vez, também, ao carregar uma bandeja pesada.

Morreu ao praticar uma maneira nova de assinar o nome.

Ao abrir uma janela.

Ao lavar os genitais no banho.

Morreu só, porque se sentiu muito constrangido para ligar para alguém.

Ou morreu pensando em Alma.

Ou quando escolheu não pensar.

Na verdade, não há muito para dizer.

Ele foi um grande escritor.

Ele se apaixonou.

Foi a sua vida.

ESTA OBRA FOI COMPOSTA PELO GRUPO DE CRIAÇÃO EM ELECTRA E IMPRESSA PELA PROL EDITORA GRÁFICA EM OFSETE SOBRE PAPEL PÓLEN SOFT DA SUZANO BAHIA SUL PARA A EDITORA SCHWARCZ EM MARÇO DE 2006